Viola Sanden

Shine Bright

Viola Sanden

Shine Bright

Roman

PIPER

Mehr über unsere Autoren und Bücher:
www.piper.de

Wenn Ihnen dieser Roman gefallen hat, schreiben Sie uns unter Nennung des Titels »Shine Bright« an empfehlungen@piper.de, und wir empfehlen Ihnen gerne vergleichbare Bücher.

ISBN 978-3-492-50371-6

Redaktion: Diana Steigerwald
Covergestaltung: Alexa Kim »A&K Buchcover«
Covermotiv: PNGTree
Printed in Germany

See the stars, they're shining bright
Everything's alright tonight …

– Depeche Mode – *Never Let Me Down Again*
(Words by Martin Gore
© 1987 Sonet Records & Publishing Ltd.)

BROKEN NOW

TWO YEARS AGO (BERLIN)

Wenn du deinen Freund mit einer anderen siehst, tut das furchtbar weh. Wie ein mit voller Wucht platzierter Fausthieb in den Magen. Instinktiv spanne ich die Bauchmuskeln an, bereite mich auf den Treffer vor. Und da ist er, der Schmerz. Doch in dieser lauen Sommernacht bin ich so betrunken, dass mich zugleich eine plötzliche Übelkeit erfasst, die ich mit Mühe unterdrücke. Bloß nicht hier in der U-Bahn kotzen. Ich kann den Blick nicht abwenden, schaue zu, wie meine große Liebe Kian mit seiner Zungenspitze die Lippen eines Mädchens berührt und kleine, neckische Kreise zieht, bis ihr Mund sich öffnet.

Kian kann wunderbar küssen, ich weiß das nur zu gut. Gleichzeitig lässt er eine Hand an ihrem nackten Oberschenkel entlang tief unter den Rock gleiten, wo sie verweilt. Ich kann mir vorstellen, dass seine Finger dort heimlich weiterwandern, er liebt solche Spielchen in der Öffentlichkeit. Die beiden sind so versunken ineinander, dass sie mich wohl nicht einmal bemerken würden, wenn ich ihnen direkt gegenübersitzen würde. Aber ich beobachte sie aus einigem Abstand, seitlich an der Tür stehend. Warum tut er mir das an?

Mein Herz schreit nach ihm, obwohl ich schon länger geahnt habe, dass er fremdgeht. Könnte ich klar denken, würde ich auf meinen Kopf hören, der mir sagt, sei froh, dass die Zeit der Ungewissheit vorbei ist. Aber im Moment haben meine Emotionen mich zu sehr im Griff. An der nächsten Haltestelle steige ich mit zittrigen Beinen aus, lasse mich neben dem Bahnsteig auf den Boden sinken und durchwühle meinen Rucksack nach dem Wodka. Die kleine Flasche ist fast leer. Nachdem ich den letzten Rest in mich hineingekippt habe, stehe ich schwerfällig auf und torkele ziellos durch den langen Tunnel, den Kian und seine Freunde immer Mäusetunnel nennen. Schließlich hocke ich mich auf das Treppenpodest am Aufgang zum Bahnsteig der U2.

Ich weiß nicht, wo mein Handy ist, ich weiß nicht, wie spät es ist, ich weiß gar nichts mehr. Plötzlich muss ich mich doch im Schwall übergeben, und kaum ist die erste Ladung draußen, geht es weiter und weiter, bis ich nur noch bittere Flüssigkeit spucke. Als ich den Kopf wieder hebe, kommt ein junger Typ in einer roten Kapuzenjacke auf mich zu, sieht in meine Richtung und läuft dann an mir vorbei, ohne mich länger zu beachten. Ich könnte es einfach herausschreien. *Hey, ich bin Aylin, und ich bin absolut am Ende. Ich will nicht mehr, hörst du? Ich will nicht mehr!* Es wäre ihm so egal wie Kian und allen anderen.

Ich ertrage es nicht mehr.

* * *

»Bruder, du hast die Kohle?« Dukat erwartet ein Ja, doch das kann ich ihm nicht geben. Im Hinterraum der heruntergekommenen Shishabar läuft *Es geht ums Geschäft* von Capital Bra. Gutes Timing, denn es geht ums Geschäft und vielleicht auch um meine Gesundheit, wenn es mir nicht durch ein Wunder gelingt, einen Aufschub auszuhandeln. Um Zeit zu gewinnen, ziehe ich ein letztes verzweifelt gelogenes Ass aus dem Ärmel.

»Hab ich, Bruder, nicht heute, aber mein Alter hat die Überweisung klargemacht. Nach dem Wochenende ist das Geld auf meinem Konto, und Anfang der Woche hast du es in bar, Ehrenwort.«

Keine Ahnung, wie Dukat mit richtigem Namen heißt. Er ist gebürtiger Tschetschene, hat Kontakte zur russischen Mafia und ist obendrein radikaler Muslim. Russenmafioso und Islamist also, eine explosive Mischung. Mit so einem wie ihm lässt man sich besser nicht ein, wenn man Probleme hat. Diese Erkenntnis kommt leider zu spät. Er hat mir mehrfach was geliehen, ganz unbürokratisch, und heute sollte Zahltag sein. Mit Zinsen schulde ich ihm eine Menge Geld, fast 20.000 Euro.

Dukat starrt mich schweigend an. Sein Blick ist eiskalt und lässt mich trotzdem schwitzen. Die Sekunden tropfen zäh dahin, während mein Schweiß in Strömen rinnt. Ich hoffe, dass er den säuerlichen Geruch der Todesangst nicht riechen kann, bin mir gleichzeitig aber sicher, dass er ihn kennt und liebt. Schließlich, nachdem er sich genug an meiner Angst aufgegeilt hat, sagt er: »Dienstag, oder du bist ein toter Mann.«

Kurzes Schweigen, dann fügt er hinzu: »Und Vince? Wallah.«

In Wallah schwingt Allah mit. Es heißt so viel wie: Ich schwöre bei Gott. Damit bin ich entlassen und mache mich davon Richtung U-Bahn. Eins steht fest, Dukat meint es todernst. Scheiße! Das war knapp, reine Glückssache, dass er so »kulant« war. Ohne meinen Vater werde ich aus dieser Nummer nicht heil rauskommen. Aus den Augenwinkeln sehe ich, wie sich auf dem Podest vor der Treppe ein Mädchen die Seele aus dem Leib kotzt. Die langen dunklen Locken schwimmen in einer Pfütze aus Erbrochenem. Es hebt den Kopf, schaut genau zu mir. Einen Sekundenbruchteil halte ich inne und bin kurz davor, hinzugehen, um zu fragen, ob es Hilfe braucht. Aber dann haste ich vorbei und stürme die Stufen zum Bahnsteig hoch.

Ich habe verdammt noch mal genug eigene Sorgen.

SWEET HOME

TODAY (DÜSSELDORF)

Aylin

Geschafft! Gestern der Umzug und heute die Übergabe meines alten Apartments. Ich lege die Schlüssel auf der Fensterbank ab und unterschreibe das Protokoll halbwegs leserlich mit *Aylin Henniger*, daneben setze ich das Datum. Dann reiche ich es dem Vermieter, der das Stück Papier in eine Mappe heftet und dabei noch einmal betont, dass es nichts zu beanstanden gab, im Gegenteil.

»Alle Achtung, Frau Henniger, Sie haben die Wohnung nicht nur besenrein hinterlassen, wie es im Mietvertrag steht, sondern picobello. Da sind Sie eine große Ausnahme, das ist heutzutage leider alles andere als selbstverständlich. Sie glauben gar nicht, was ich mit den Parasiten hier sonst so erlebe.«

Er schnaubt und starrt mich Zustimmung heischend an, die zusammengewachsenen Augenbrauen verächtlich hochgezogen. Anscheinend will er das Thema gern vertiefen, aber ohne darauf einzugehen, schaue ich demonstrativ auf die Uhr und gebe vor, in Eile zu sein. Obwohl ich weder blond noch blauäugig bin, hat Herr Daubert an mir einen Narren gefressen und ist immer übertrieben freundlich. Dennoch hat er mir gegenüber nie einen Hehl aus seiner stramm rechten Gesinnung gemacht. An seinen Schilderungen habe ich daher keinen Bedarf. Außerdem kenne ich die Zustände in diesem Haus seit zwei Jahren. Die Menschen, die er herablassend als Parasiten bezeichnet, haben meist keine Bildung, keine Perspektive, kein Geld, keine Arbeit und oft auch keinen deutschen Pass. Jeder, der hier wohnt, schleppt eine Unmenge Probleme mit sich herum. Aber aus eigener Erfahrung weiß ich, dass niemand sich ein Dasein auf der Verliererseite aussucht.

Daubert entlässt mich mit einem unangenehm schwitzigen Händedruck und wünscht mir alles Gute für die Zukunft. Ein letztes Mal quäle ich mich durch das enge, immer muffig riechende Treppenhaus. Draußen atme ich tief durch, überglücklich, das alles an diesem Samstag ein für alle Mal hinter mir lassen zu können. Als ich aus Berlin hierherzog, war es schwer, eine bezahlbare Unterkunft zu finden. Düsseldorf ist teuer. Also konnte ich es mir nicht erlauben, wählerisch zu sein. Ich war froh, überhaupt irgendwo unterzukommen, und sei es auch nur eine Bruchbude in einem Brennpunktviertel.

Und obwohl ich dort hängen geblieben bin, weil ich nichts anderes fand, hat sich in meinem Leben seither so vieles zum Positiven geändert. Ich kann mich kaum noch an das verzweifelte Häufchen Elend erinnern, das ich vor meinem Zusammenbruch war. Vielleicht musste ich erst tief fallen, um die Chance auf einen Neuanfang zu erhalten. Die Psychotherapie war meine Rettung.

Ein Vibrieren reißt mich aus den Gedanken. Wegen des Verkehrslärms kann ich die Voicemail von Josie kaum verstehen. Ich presse das Handy dichter ans Ohr und höre ihre Nachricht ein zweites Mal. »Hi Aylin, melde dich, wenn du fertig bist. Wollte dich nicht anrufen, falls du noch mit dem

Hausmeistertyp zugange bist, bin aber schon am Bahnhof und warte bei *Press and Books* auf dich. Bis gleich!« Ich grinse in mich hinein. Josie steht auf meinen ehemaligen Hausmeister. Besonders auf sein Outfit: Holzfällerhemd, Latzhose und ein daraus hervorragender Zollstock. Letzteres sei für sie ein Schlüsselreiz, hat sie mir kichernd gestanden. Aber für die Wohnungsabnahme war der Vermieter zuständig, nicht der Zollstock. Allein die Vorstellung, mit dem feisten Daubert zugange zu sein, ist gruselig.

Ich tippe eine kurze Nachricht. *Brauche noch zehn Minuten.*

Eine richtig gute Freundin wie sie zu haben, mit der ich offen über Persönliches sprechen und auch mal herumalbern kann, ist eine neue, wundervolle Erfahrung. Ich bin jetzt fünfundzwanzig, und bis vor zwei Jahren hatte ich keine engen Freunde. So kontaktscheu, wie ich war, wusste ich gar nicht, was Freundschaft ist. Auch Humor war mir fremd. Josie hat mir das Lachen und einiges mehr beigebracht. Sie weiß nicht alles über mich, aber doch so viel wie kein anderer Mensch, abgesehen von meiner Therapeutin Katharina. Ich wundere mich manchmal immer noch, dass ausgerechnet die flippige und um lockere Sprüche nie verlegene Josie und ich uns so mögen – und ich bin glücklich, dass es so ist.

Heute wollen wir meine neue Wohnung feiern. Ein Superschnäppchen in einem umgebauten Studentenwohnheim, vierundfünfzig Quadratmeter, zwei Zimmer mit Einbauküche, Bad und, so unglaublich es auch klingt, sogar Balkon! *Always look on the bright side of life*, um es mit Monty Phytons Worten zu sagen. Denn Kaiserswerth ist *the bright side of* Düsseldorf. Ich hatte so ein Glück, den Zuschlag zu erhalten. Vermutlich lag es an meinem Geschlecht in Kombination mit dem Job im Hotel. Die Hausverwaltung wollte aufgrund schlechter Erfahrungen mit männlichen Chaoten wohl an eine putzwillige Frau mit ordentlichem Einkommen vermieten. Zum Teil wohnen auch nach dem Umbau immer noch Studis dort. Das wird sich bestimmt in den nächsten Jahren ändern. Aber noch ist die Miete moderat, vor allem für das feine Kaiserswerth. Ich muss einmal wöchentlich das gesamte Treppenhaus wischen, aber dafür residiere ich jetzt in Düsseldorfs ältestem Stadtteil direkt am Rhein. Na ja, nebenbei bemerkt noch direkter an der Rheinbahn, was mich aber nicht stört. Ich bin in Sachen Lärm Schlimmeres gewohnt. Außerdem hat die Nähe zur Bahn den Vorteil, dass ich gut zu meiner Arbeitsstelle komme.

Inzwischen bin ich am Hauptbahnhof angelangt und steuere die Buchhandlung an, wo ich Josie in der Zeitschriftenabteilung entdecke. Sie ist so vertieft in eines ihrer geliebten Adelsblättchen, dass ich sie anstupsen muss, damit sie mich bemerkt.

»God save the queen! Na, wie ist die royale Lage?« Sie klappt die Zeitung zu und stellt sie zurück zu den anderen.

»Meghan hat zu viel Bein gezeigt. Ein gefundenes Fressen für die Paparazzi. Wie war's bei dir, ist alles gut über die Bühne gegangen?«, will sie wissen.

»Ja, ich bin frei, und die Kaution gibt es ohne Abzüge zurück! Übrigens nicht vom Hausmeister, sondern von Daubert. Du hättest mich also jederzeit stören dürfen, sehr gern sogar.«

»Wie schade. Das wäre die letzte Gelegenheit gewesen, ihm deine neue Adresse durchzugeben.«

»Warum meine? Doch wohl eher deine. Ich bin nicht interessiert.«

Josie zieht eine Schnute. »Es wäre aber schön, wenn du

dich mal wieder für jemanden interessierst. Wie lange ist das mit Dario jetzt schon vorbei? Fast ein Jahr, grob geschätzt. So bleibst du beziehungstechnisch nicht in Übung.«

»Irgendwann ergibt sich schon wieder was, aber ehrlich, im Moment fehlt mir das überhaupt nicht. Mein eigenes Ding zu machen, finde ich genau richtig. Klar, ich will nicht ewig allein bleiben, aber ich kann warten. Ich weiß nicht, ob du das nachvollziehen kannst … aber es ist nicht eilig. *Good things might come to those who wait*, kennst du den Song?«

»Klar kenn ich den. *Just the two of us.*« Mit einem Bussi auf die Wange lässt Josie durchblicken, dass sie versteht, was ich meine. Dann hakt sie mich unter und sagt: »Okay, aber du weißt, wie es weitergeht: *not for those who wait too late.* Jetzt lass uns aber mal was Prickelndes für heute Abend einkaufen. Wie sieht das mit alkoholfreiem Sekt aus, darfst du den?«

»Lieber nicht. Wäre theoretisch okay, aber ich trinke auch kein alkoholfreies Bier und keine alkoholfreien Cocktails. Nichts, was irgendwie an Alkohol erinnert. Für mich also Schweppes. Das ist prickelnd genug zum Anstoßen. Aber du kannst Sekt nehmen, das macht mir nichts aus.«

»Nee, Schweppes ist eine gute Idee. Und dazu Chinataxi, was meinst du?«

Damit bin ich sofort einverstanden. »Perfekt! Dann müssen wir auch nicht mehr woandershin zum Einkaufen. Die Einbauküche weihen wir das nächste Mal ein. Da vorne in dem Shop gibt's Getränke.«

Nachdem wir je eine Flasche Ginger Ale und Wild Berry gekauft haben, nehmen wir die Rheinbahn nach Kaiserswerth und sind dann auch schon so gut wie am Ziel. Vom Bahnhof aus dauert der Fußweg keine drei Minuten. In der Wohnung sieht es noch wüst aus, überall stapeln sich volle

Umzugskartons und Krimskrams. Nur die Grundausstattung aus Bett, Kleiderschrank, Sofa und Tisch haben wir gestern schon aufgebaut – und mein digitales Klavier steht auch schon an seinem Platz. Das war am schwierigsten zu transportieren. Netterweise haben sich Josies Bruder Tom und zwei Kollegen aus dem Hotel als freiwillige Umzugshelfer betätigt. Mit ihrer Hilfe haben wir das gute Stück an einen schönen, hellen Platz neben der Balkontür gestellt. Ich freue mich so sehr, dass es endlich zur Geltung kommt und nicht mehr in eine Ecke gequetscht sein Dasein fristen muss. Auch der Fernseher ist bereits angeschlossen, sodass wir es uns auf dem Sofa gemütlich machen und herumzappen, bis unser Essen geliefert wird. Da in keinem Kanal etwas Interessantes läuft, schlägt Josie vor, hinterher noch ein paar Kartons auszupacken. Wir beginnen mit den Küchenutensilien und machen dann im Bad weiter. Zu mehr haben wir beide keine Lust. Es ist mir ganz recht, dass Josie allmählich nach Hause möchte, denn nach der gestrigen Schlepperei schmerzt mein ganzer Körper, und ich fühle mich schlagartig hundemüde. Obwohl es erst einundzwanzig Uhr ist, als sie sich verabschiedet, zieht es mich wenig später magisch in Richtung Schlafzimmer und Bett.

Welch Wohltat, sich auszustrecken und die Augen zu schließen! Ich dämmere schon weg, als mich ein lautes Geräusch plötzlich aus dem Halbschlaf reißt. Während ich noch überlege, was das war, ertönt es wieder. Und wieder. Und wieder. Was da durch die Zimmerdecke dringt, hört sich definitiv nach Bohrmaschine an. Meine Güte, wer bohrt denn um diese Uhrzeit, und dann auch noch so ausdauernd? Das grenzt schon an Unverschämtheit. Nach ein paar Minuten, die sich ewig hinziehen, kehrt wieder Ruhe ein. Ich entspanne mich. Aber leider hält dieser Zustand nicht lange an, weil statt der Bohrgeräusche nun nervige Musik durch die Decke zu mir ins Zimmer wummert. Irgendwas Elektronisches mit extrem viel Bass. Jemand über mir stört gerade ganz gewaltig meine Home-sweet-home-Idylle. Aber ich bin zu müde, um mich aufzuregen, ziehe mir stattdessen die Decke bis über die Ohren und die Erschöpfung erledigt zum Glück den Rest.

WASTING TIME

Vince

Sie haben mich Vincent genannt. Der Siegende. Das ist meine Bestimmung, wenn es nach ihnen geht. Mein Vater möchte, dass ich der erhabenen Bedeutung des von ihm gewählten Vornamens Ehre erweise, und Ma ist wie in allem seiner Meinung. Scheiß drauf, keiner außer ihnen und Marlene nennt mich Vincent. Für alle anderen bin ich Vince. Und sogar meinem Alten ist klar geworden, dass es mit *nomen est omen* bei mir nichts wird. Inzwischen bin ich für ihn ein Loser, der seit der Rückkehr aus Berlin wieder auf Spur gebracht werden muss. Wie mich das alles ankotzt. Verdammt, ich bin bald siebenundzwanzig und hänge an seinem Geldhahn. Mehr noch, ich bin komplett abhängig von seiner Gunst. Friss oder stirb, so lautete sein Angebot, als ich ihn damals um Hilfe bat, und aus der Not heraus konnte ich nur Ersteres wählen. Vielleicht hätte es andere Möglichkeiten gegeben? Falls ja, habe ich sie nicht erkannt.

Mit diesen negativen Gedanken möchte ich mir das Wochenende nicht versauen. Ich weiß, wie ich sie abstelle, Gras hilft immer. Also drehe ich mir eine Tüte und verziehe mich auf den Balkon. Wir haben zwar August, aber es ist kühl und windig heute Abend, nach Sommer fühlt sich das nicht an. Drinnen war es gemütlicher, doch ich rauche grundsätzlich nur draußen. Ein Mädel, das ich noch nie hier gesehen habe, verlässt das Haus und verschwindet Richtung Bahnhof. Scharfe Granate: lange hellblonde Haare, Minirock, High Heels – voll mein Beuteschema. Gestern stand hier ein Umzugswagen, und irgendwer hat letzte Woche erzählt, dass eine Frau einzieht. Vielleicht ist sie die Neue in der Wohnung unter mir. Hätte ich nichts dagegen.

Eigentlich müsste ich mich nach der Tüte um meine Dokumentation für die Abschlussprüfung kümmern. Zehn Seiten sind das Minimum, und es existiert noch keine einzige. Auf den Tag kommt es aber auch nicht mehr an. Ich verschiebe das auf morgen und beschäftige mich lieber mit einem anderen dringenden Projekt. Ein massiver Esstisch, komplett selbst gebaut. Die Tischplatte möchte ich heute Nacht noch montieren. Macht kurz Krach, wenn ich die Dübellöcher bohre, doch die Holzbohlen müssen in Position gehalten werden, sonst verrutschen sie beim Verleimen. Der Tisch wird ein geiles Teil. In jeder Hinsicht, aber vor allem, wenn mich morgen Laura besucht. Seit Tagen erkundigt sie sich, wie weit ich bin, denn sie hat sich aus unerfindlichen Gründen in die Fantasievorstellung hineingesteigert, dass ich sie auf diesem Tisch flachlege. Die Kleine sieht mega aus, ich wäre wohl verrückt, sie davon abbringen zu wollen. Und ein Heiliger noch dazu.

Sie ist schon sehr sweet, aber erstens zu jung für meinen Geschmack, gerade mal zwanzig, und zweitens keine ernsthafte Option für mich. Das habe ich ihr offen gesagt, auch dass es Marlene gibt, was sie jedoch nicht davon abgehalten hat, mich anzumachen. Sie will keine Beziehung, sie will Sex. Und wie es aussieht, geht es morgen zur Sache. Sie hatte dafür eine lustige Umschreibung: Ich soll ihr *den Lörres reinhämmern.* Die Richtung, die meine Gedanken jetzt einschlagen, lässt mich den Loser-Frust vergessen, und ich texte Laura eine Nachricht. *Lust auf Brunch morgen bei mir? Er steht.*

Kann ich bei ihr machen, sie findet solche platten Doppeldeutigkeiten lustig. Dann tippe ich scheinheilig *Nichts Falsches denken* und mache ein Foto vom Tisch, das ich ihr direkt hinterherschicke.

Ihre Antwort lässt nicht lange auf sich warten.

Hey, könnte auch jetzt kommen. Falls du weißt, was ich meine …

So verlockend das Angebot ist, ich vertröste sie auf morgen, denn der Tisch steht zwar in der Tat, ist aber im Unterschied zu mir noch nicht einsatzbereit. Wir einigen uns auf Brunch gegen elf Uhr.

Pfeifend verstaue ich die Bohrmaschine im Werkzeugkoffer und lege Musik auf. Von Depeche Mode habe ich aus Berliner Zeiten noch einiges auf Vinyl. Nicht dass ich der große Sammler wäre, es ist bei ein paar Scheiben geblieben, die ich damals zusammen mit dem Turntable beim Ausverkauf eines Plattenladens günstig geschossen habe.

In der nächsten Stunde leime ich zum Sound von *Music for the Masses*, was das Zeug hält. Ich komme gut voran, theoretisch könnte ich die Tischplatte in ein paar Stunden abschleifen. Das kann ich in der Nacht und auch morgen am Sonntag aber definitiv nicht bringen, obwohl meine Nachbarn sehr leidensfähig sind. In den letzten Monaten habe ich diverse Möbel gebaut, wenn ich nicht schlafen konnte. Hat sich nie jemand beklagt, ich genieße Narrenfreiheit. Doch die Schleifmaschine macht einen Höllenlärm. Ich werde einfach morgen früh den Handhobel zum groben Glätten ansetzen. Das muss erst mal reichen, jedenfalls für die Aktion mit Laura. Wir sollten allerdings eine Decke drauflegen, bevor sich Späne in ihr Hinterteil oder meinen Lörres verirren.

Allmählich steigt der Vorfreudepegel, und als das Handy vibriert, denke ich sofort an Laura. Es ist aber eine Nachricht von Marlene, die sie wohl in der Absicht geschickt hat, mir die Laune zu verderben. Der Verdacht liegt nahe, wenn sie an einem Samstag kurz vor Mitternacht wissen möchte, wie weit ich mit meiner Dokumentation bin. Wahrscheinlich hat ihr Alter sie beauftragt, und sie führt seine Anweisung als braves Töchterchen pflichtbewusst aus, ohne sich klarzumachen, wie unsexy so was wirkt. Marlene, sorry, du hast sie doch nicht mehr alle. Ich antworte nicht.

Sie ist die Tochter meines Chefs, und was noch schlimmer ist, dieser Chef ist der mit Abstand wichtigste Geschäftspartner meines Vaters. So haben Marlene und ich uns überhaupt erst kennengelernt. Ein väterlicherseits arrangiertes Dinner, Geschäftsessen im Familienkreise. Wie anno dazumal nach dem Motto: Wäre doch fürs Business von Vorteil, wenn sich was ergibt mit dem missratenen Junior und Hansens Töchterchen. Tja, würde ich auf Magermodels stehen, wäre sie die Erfüllung aller Träume. Ohne Scheiß, angezogen sieht sie krass gut aus, aber sie hält nicht, was die Verpackung verspricht. Keinerlei weibliche Rundungen, weder vorne noch hinten. Vielleicht ging es zwischen uns deswegen bisher über ein bisschen Fummeln nicht hinaus. Sie ist nett, aber sehr brav, erwachsen, strukturiert, ehrgeizig – also das Gegenteil von mir. Nachdem ich anfangs von ihr recht angetan war, fühle ich mich inzwischen zunehmend unwohl bei der Sache. Ich glaube nicht, dass Gegensätze sich auf Dauer wirklich anziehen. Sie scheint anderer Meinung zu sein und schließt aus unseren Dates und einer Übernachtung bei mir, wir hätten was laufen. Unsere alten Herrschaften interpretieren das ähnlich. Verflucht, momentan weiß ich nicht, wie ich aus der Nummer ohne Ärger rauskomme. Ich sollte sie erst mal auf Abstand halten. Irgendwann werden ihre Gefühle für mich abflauen und die Sache ist erledigt.

Frauen sind komplizierte Wesen. Ich glaube, am besten komme ich mit denen klar, die nichts von mir wollen außer Sex. Womit ich gedanklich endlich wieder bei Laura bin. Ich schaue, ob sie noch online ist. Letzte Aktivität vor einer halben Stunde. Schade. Aber Sergej, mein alter Kumpel vom Krav-Klub ist im MMA-Chat aktiv. Trifft sich gut, denn ich brauche dringend etwas anderes als Gras, und da kann mir Sergej weiterhelfen. Er hat schon, bevor ich mich nach Berlin abgesetzt habe, aufgehört mit Krav Maga. War ihm als Kontaktkampf zu zivilen Selbstverteidigungszwecken zu soft, er wollte es härter. Nach Ausflügen in den militärischen Einzelkämpferbereich macht er nur noch Free Fight. Mixed Martial Arts, also MMA, auf ultrabrutal, in einem illegalen Keller-Club mit ebenso illegalem Wettbüro draußen im Gewerbegebiet. Wobei er selbst längst nicht mehr in den Käfig steigt, sondern im Keller einen auf Boss und Organisator macht. Ich schreibe Sergej direkt an, denn was ich ihn fragen will, ist nicht chattauglich.

Victory: *Hey Gladiator, sieh an, Totgesagte leben länger.*
Gladiator: *Wer sagt, dass ich tot bin? Der sollte besser das Maul halten.*
Victory: *Komm runter, war ein Joke. Anderes Thema: Könnte demnächst den Prügelknaben im Club geben, wenn was Weißes rausspringt. Deal?*
Gladiator: *Passt. Morgen im Club. 1730 da sein, 1800 gegen Adi. Backstage. Mach dich auf Schmerzen gefasst.*
Victory: *Kein Problem, wenn es davor ordentlich schneit.*

Gladiator: *Alter, es ist heftiges Schneetreiben angesagt. Man sieht sich.*
Victory: *Definitiv.*

Grußlos ist Sergej off, und ich muss mich nach dieser spontanen Zusage bei einem letzten Stick in der Balkonkälte etwas sortieren. Morgen schon. Auf einen Fight bin ich so was von nicht vorbereitet, Scheiße. Und dann auch noch gegen einen von diesen Dumpfbacken, mit denen Sergej sich eingelassen hat. Die rechte Szene hat Mixed Martial Arts für sich entdeckt und mischt überall mit. Eindeutig zu erkennen an dem Logo KAMPF DER NIBELUNGEN oder DISZIPLIN IST ALLES auf dem Rücken oder der Brust. Diese Nibelungen-Typen gehen mir tierisch auf den Sack, allen voran Adi. Aber umso besser für morgen, ich werde keine Mühe haben, in aggressive Stimmung zu kommen. Das Timing für die Nummer mit Laura ist jetzt allerdings denkbar schlecht. Vor dem Fight ist Sex kontraproduktiv, danach erfahrungsgemäß umso geiler – vorausgesetzt, man hat gewonnen und ist noch in der Lage dazu.

Ich überlege, ob ich den Brunch verschiebe. Doch bei allem Zweckoptimismus in Sachen Sieg, sicher ist sicher. Erst lege ich Laura flach, dann den Nibelungen. Im Hinterkopf mahnt eine leise, kaum wahrnehmbare Stimme, dass ich was für die Prüfung tun wollte. Die Dokumentation. Kann ich vergessen, morgen wird daraus mit Sicherheit nichts mehr, also nächste Woche.

Nach dem Joint gehe ich wieder rein, lege mich aufs Sofa und drifte weg. Irgendwann muss ich pinkeln und sehe, dass es schon kurz vor fünf ist. Die unbequemen Polster verfluchend entledige ich mich meiner Jeans und krieche ins Bett. Ich schaffe es noch, den Handywecker auf acht Uhr zu stellen. Dann bin ich auch schon eingeschlafen.

POST WAR

Aylin

Das Leben könnte so schön sein. In meinen neuen vier Wänden sieht es inzwischen richtig wohnlich aus. Sogar den Balkon habe ich mir schon vorgenommen, eine Sitzecke darauf eingerichtet und zwei Blumenkästen mit Ziergräsern und Herbstblühern bepflanzt. Aber genau über mir wohnt dieser Vollidiot. Ein Phantom, weil ich ihn noch nie gesehen habe. Stattdessen höre ich ihn, laut und deutlich. Von meinem Etagennachbarn Oliver weiß ich, dass es sich um einen gewissen Vincent Mertin handelt, der auch noch nicht lange hier wohnt. Ein paar Monate, meinte Oliver. Wie auch immer, dieser Mertin ist leider nachtaktiv. Morgens bis zum frühen Nachmittag ist es da oben ruhig. Das kann ich beurteilen, weil ich zurzeit Spätdienst habe und tagsüber zu Hause bin. Ob das Phantom in dieser Zeit arbeitet oder schläft, keine Ahnung.

Ich bin nicht besonders geräuschempfindlich, aber was der da oben treibt, ist unnormal. Die Musik ist sogar noch das geringste Übel. Die dreht er nur selten so laut auf wie in der Nacht, in der mich sein Krach zum ersten Mal genervt hat, und wenn, dann nur kurz, ein Song maximal. Schlimmer ist das schwere Gerät, mit dem er in seiner Wohnung zugange ist. Wahrscheinlich renoviert er. Aber muss er das mitten in der Nacht tun? Seit ich hier eingezogen bin, also seit über zwei Wochen, geht das so. Josie hat letzten Freitag bei mir geschlafen. Schlecht, um genau zu sein, woraufhin sie morgens meinte, ich solle mich beschweren, notfalls bei der Hausverwaltung. Aber da Oliver angeblich nichts mitbekommt und sich auch sonst niemand außer mir gestört zu fühlen scheint, habe ich abgewartet, um nicht gleich als Meckerzicke dazustehen. Vorgestern war ich dann mit meiner Geduld am Ende und habe ihm eine der Gratispostkarten in den Briefkasten gesteckt, die im Holiday Hotel ausliegen.

Sehr geehrter Herr Mertin,
vielleicht haben Sie noch nicht mitbekommen, dass die Wohnung unter Ihnen nicht mehr leer steht. Ich bin vor zwei Wochen eingezogen und möchte Sie hiermit bitten, etwas mehr Rücksicht zu nehmen und die Nachtruhe einzuhalten.
Vielen Dank für Ihr Verständnis und freundliche Grüße
Aylin Henniger

Tatsächlich schien es so, als würde er sich zusammenreißen. Ich wollte die Postkartenaktion schon als Erfolg verbuchen, aber zu früh gefreut. Nach einer ruhigen Nacht vorgestern, in der er vielleicht einfach zufällig nicht zu Hause war, macht er munter weiter. Der Höhepunkt der Dreistigkeit ist aber der karierte Zettel, der eben in meinem Briefkasten lag, als ich vom Einkaufen zurückkam.

Vielen Dank für gar nichts.

Fünf Wörter, den Rest soll ich mir wohl denken. Ich zerknülle das Papier und nehme Kurs auf die Etage über mir. Musik dringt aus seiner Wohnung, ich meine, auch andere Geräusche zu hören, und betätige entschlossen die Klingel. Niemand öffnet. Aber ich habe gerade eine Stinkwut, die dringend ein Ventil sucht. Also schelle ich in kurzen Abständen mehrmals hintereinander. Keine so gute Idee, wie sich wenig später herausstellt, als ein hünenhafter, verschwitzter und obendrein halb nackter Kerl die Tür öffnet. Peinlich berührt schaue ich nach unten, wodurch die unübersehbare Ausbuchtung in seinen Shorts in mein Sichtfeld gerät. Na großartig, jetzt weiß ich überhaupt nicht mehr, wohin mit meinen Augen. Als ich den Kopf wieder hebe, hat der Typ sich mittig vor mir positioniert, eine Hand lässig am oberen Türrahmen. Doch obwohl er mir den Blick in seine Wohnung dadurch weitgehend versperrt, sehe ich doch im Hintergrund eine weibliche Gestalt durch den Flur huschen. Sie ist ebenfalls nur notdürftig bekleidet. Offenbar habe ich die beiden aus gewissen Aktivitäten herausgerissen, woraufhin er in die kurze Sporthose geschlüpft ist und sich auf die Schnelle ein Flanellhemd übergestreift hat. Es ist nur halb zugeknöpft, und aus der Brusttasche schauen eine Zange, ein Schraubenzieher und – tataa! – ein Zollstock heraus. In einer weniger unangenehmen Situation fände ich das bestimmt erheiternd. Ich sollte ein Beweisfoto für Josie machen.

»Jaa?«

Mehr kommt von ihm nicht. Stumm und mit glühenden Wangen stehe ich Mertin gegenüber. Eine Sekunde lang denke ich, den hast du schon mal gesehen, aber nein, ich kenne ihn nicht. Ich habe alles vergessen, was ich ihm an den Kopf knallen wollte, und wünsche nur, der Boden unter mir möge sich gnädig auftun, um mich eine Etage tiefer zu befördern. Nicht nur in Ausnahmesituationen wie dieser hier merke ich, wie fragil mein Selbstbewusstsein ist, und dass ich unter der Oberfläche immer noch die überaus unsichere und ängstliche Aylin in mir trage. Meine Sprachlosigkeit zieht sich gefühlt endlos, obwohl es nur wenige Sekunden dauert, bis ich mich wieder gefangen habe und mit einigermaßen fester Stimme sage: »Entschuldigung, wenn ich störe, ich wollte mich nur mal kurz persönlich vorstellen. Ich bin Aylin Henniger.«

Ein belustigtes Flackern in seinen hellgrünen Augen zeigt, dass er meinen Namen einordnen kann. Er ist schätzungsweise in meinem Alter und gar kein Hüne, wenn auch um einiges größer als ich. Ein Meter fünfundachtzig vielleicht. Aber er hat durch den Körperbau eine beeindruckende Präsenz. Und auch sonst: Dieser Mertin sieht ziemlich gut aus, um es mal untertrieben zu formulieren. Der einzige Makel, den ich in seinem Gesicht entdecke, ist die gelblich-grüne Verfärbung in Höhe des Jochbogens. Wenn er sich nicht selbst die Faust ins Auge gerammt hat, könnten das die letzten Spuren einer handfesten Auseinandersetzung sein. Das spricht nicht gerade für ihn.

Ich rieche einen herben Duft. Aber kein Rasierwasser, frischer Schweiß. Gar nicht unangenehm, eher auf anziehende Weise maskulin. Ich habe schon immer einen feinen Geruchssinn gehabt, und darum nimmt meine Nase dahinter noch etwas anderes wahr, einen Hauch Marihuana. Es wabert nicht der typische, süßlich-schwere Rauch in der Wohnung, so wie ich es aus meiner Berliner Zeit mit Kian kenne, und doch lässt sich der Geruch identifizieren.

»Du störst kaum. Tut mir leid um deine Nachtruhe. Ich gelobe Besserung.« Die Stimme passt zu seinem Äußeren. Dunkel, markant und maximal einprägsam. Bevor ich etwas erwidern kann, fügt er hinzu: »Obwohl du die Erste bist, die sich beschwert.«

Nach seinem *Tut mir leid* war ich schon versöhnlich gestimmt und wollte mich bedanken, jetzt nicht mehr.

»Ach, duzen wir uns? Meinetwegen. Um mal eines klarzustellen: Ich habe wirklich Geduld gezeigt. Ist dir eigentlich bewusst, wie rücksichtslos du bist? Vielleicht war der Vormieter schwerhörig. Oder er ist ausgezogen, weil er den Lärm nicht mehr ertragen konnte. Ich werde hier wohnen bleiben. Und mach dich darauf gefasst, wenn es sein muss, hole ich die Polizei. Ich hoffe natürlich, dass wir die Sache anders und auf nachbarschaftliche Weise regeln können.«

Ich hasse es, dass meine Stimme so schrill klingt. Aus der Wohnung nebenan kommt ein winziger Asiate mit Nerdbrille, guckt betont desinteressiert an der Szenerie vorbei, die sich hier abspielt, und geht in Zeitlupe die Treppe runter. Wahrscheinlich mit gespitzten Ohren. Es wird immer peinlicher.

»Das will ich auch schwer hoffen«, gibt Mertin in barschem Ton zurück. Gerade als ich erwarte, dass er mir als Nächstes die Tür vor der Nase zuknallt, scheint ihm zu dämmern, wie wenig hilfreich es ist, noch mehr Öl ins Feuer zu gießen. Er überrascht mich mit einem netten Lächeln, das entzückende Grübchen in seine unrasierten Wangen malt. Dieses Lächeln katapultiert ihn auf meiner persönlichen Eins-bis-zehn-Attraktivitätsskala von der Acht auf die Zehn.

Dann sagt er: »Tut mir echt leid, ernsthaft. Ab jetzt reiße ich mich zusammen. Großes Ehrenwort.«

So endet die Begegnung doch ohne Eskalation und einigermaßen friedlich. Als ich schon auf der Hälfte der Treppe bin, ruft er mir hinterher: »Aylin?« Ich drehe mich noch mal um und schaue gespannt in seine Richtung, neugierig, was er will.

»Ich bin übrigens Vince«, sagt er nur, bevor er die Tür hinter sich zuzieht.

»Na dann auf gute Nachbarschaft, Vince!«, murmele ich, noch unschlüssig, ob ich seinen Worten glaube oder nicht.

Zurück in meiner Wohnung lasse ich jede Sekunde des kurzen Gesprächs zwischen Tür und Angel noch mal Revue passieren. Beim Verstauen der Einkäufe ertappe ich mich dabei, wie ich geradezu auf Lebenszeichen von oben lauere. Ob er da weitermacht, wo er eben aufgehört hat? Oder war er schon fertig? Doch was immer dort nun vonstattengeht, nichts dringt durch die Zimmerdecke, keine Schritte, keine Musik, keine wie auch immer gearteten animalischen Geräusche. Irgendwann rauscht die Toilettenspülung, danach läuft die Dusche. O Allmächtiger, kann es sein, dass ich gerade meinen Nachbarn belausche? Den Schläger und rücksichtslosen Heimwerker?

Apropos, auch ohne Beweisfoto muss ich Josie die Anekdote mit dem Zollstock unbedingt erzählen. Ich löse sie heute Nachmittag am Empfang ab, und wenn ich etwas früher zur Arbeit fahre, kann ich ihr ausführlich Bericht erstatten. Sie wird entzückt sein zu hören, dass der Heimwerker über mir rein optisch noch viel mehr zu bieten hat als mein ehemaliger Hausmeister.

Entzückt ist sie später in der Tat. Und belustigt ebenfalls. Im Nachhinein finde ich es auch zum Lachen.

»Schon komisch, dass er dir bisher noch nie über den Weg gelaufen ist. Den hättest du ja wohl kaum übersehen«, resümiert Josie, und ich nicke bestätigend.

»Wohl kaum.«

»Hoffentlich komme ich auch bald in den Genuss. Sonst muss ich nachhelfen. Ich könnte bei ihm anklopfen und so tun, als hätte ich mich im Stockwerk vertan.«

»Und das wird er natürlich nicht sofort durchschauen. Nein, das lässt du mal schön bleiben. Es wird sich schon eine Gelegenheit ergeben.«

Ein Paar betritt das Foyer, gefolgt vom Pagen, der den beiden am Eingang bereits die Gepäckstücke abgenommen hat. Meine ungeteilte Aufmerksamkeit muss nun den Neuankömmlingen gelten, Privatgespräche sind ein No-Go. Darum verabschiedet sich Josie in ihren Feierabend, und ich kümmere mich in den nächsten Stunden gemeinsam mit unserer Concierge Sophia um die Belange der Gäste des Hauses. Für alles Standardmäßige bin ich als Rezeptionistin zuständig, besondere Wünsche erfüllt Sophia. Ob Tickets für ein längst ausverkauftes Konzert oder ein Ferrari als Mietwagen, Sophia macht es möglich. Sie hat mir mal verraten, in ihrem Job sei es unabdingbar, nicht nur diskret, höflich, hilfsbereit und respektvoll zu sein, sondern darüber hinaus das Wort *Nein* komplett aus dem Vokabular zu streichen. Ich staune immer wieder, wie sie es schafft, das in aller Konsequenz umzusetzen.

Es fällt mir schwer, meine heutigen Aufgaben mit der notwendigen Konzentration zu erledigen, denn immer wieder kommt mir Vince in den Sinn. Sein lässig lang gezogenes *Jaa?* hallt in meinem Kopf wider, sein männlicher Geruch steigt mir in die Nase. Ich sehe ihn vor mir, wie er in der Tür steht und mich mustert. Mit seinem Lächeln. Seinem atemberaubenden Lächeln.

Wäre er Single, fände ich ihn gefährlich interessant. Deswegen bin ich froh, dass er allem Anschein nach eine Freundin hat, denn ich ahne, dass Vince Gift für mein Seelenheil sein könnte. Vielleicht deswegen das Déjà-vu? Weil er mich an Kian erinnert, obwohl er ihm überhaupt nicht ähnlich sieht? Bloß kein neuer Kian. Ich möchte nie mehr extreme

Gefühle für einen Mann und eine solche Abhängigkeit entwickeln. So jung und unerfahren wie damals bin ich nicht mehr. Ich weiß jetzt, dass Kian die Sorte von Magnet war, der zerstört, was ihm zu nah kommt. Heute bin ich schlauer und mache einen Bogen um solche Typen. Was natürlich erschwert wird, wenn einer von ihnen direkt über mir wohnt.

I'M FINE

Vince

Die Einladung zum Abendessen bei meinen Eltern ist wohl eher eine gefällig verpackte Vorladung. Ich habe so was von keinen Bock darauf. Widerwillig schmeiße ich mich in meinen Anzug. Made to Measure, also auf mich angepasst, denn von der Stange passt mir keiner. Im Treppenhaus renne ich fast den Putzeimer um, den meine neue Nachbarin als Stolperfalle genau mittig auf eine Stufe gestellt hat. Wie heißt sie noch? Ganz hübsches Mädel eigentlich, nur dass ich nicht auf dunkelhaarig und rehäugig stehe. Die Blonde, die ich mal vom Balkon aus gesehen habe, wäre mehr mein Fall.

»Hi! Warum putzt du meine Treppe?« Sie schaut zu mir hoch, streicht sich dabei eine Locke aus der Stirn und sieht in diesem Moment wirklich sweet aus.

»Hallo Vince. Na ja, vermutlich weil kein anderer im Haus es macht.«

Ich habe keine Zeit zu überlegen, wie sie das gemeint hat. Ist eh egal, in meinem Mietvertrag steht nichts von Putzen. Darum gehe ich nicht weiter darauf ein, sondern sage Tschüss und verschwinde. Als ich mich ins Auto setze, fällt es mir wieder ein. Aylin heißt sie. Könnte Türkin sein, auch vom Aussehen her, aber der Nachname klang ziemlich deutsch. Auf dem Briefkasten steht Hannig … Hennig? Ich weiß es nicht mehr genau, so ähnlich jedenfalls.

Während der kurzen Fahrt nach Oberkassel kontrolliere ich im Autospiegel meine Augenpartie. Alles okay, nur ein unauffälliger gelber Schatten. Schon gestern sah man kaum noch was von dem Bluterguss. Direkt nach dem Fight war das linke Auge komplett zu und ringsherum alles derbe angeschwollen. Zwei Tage hat es gedauert, bis ich es wieder öffnen konnte. In dieser Zeit hat sich die obere linke Gesichtshälfte schwarzviolett verfärbt. Extremes Veilchen, verursacht durch einen harten Treffer. Den einen oder anderen schmerzhaften Tritt habe ich auch abbekommen, mein ganzer Körper war grün und blau, aber mehr ist nicht passiert, mir zumindest nicht. Im Gegensatz zu Adi.

Fuck, das wird noch ein Nachspiel haben. Auf diesen Ausgang hat keiner gewettet. Sergej hat mich nicht in den Käfig geschickt, um zu gewinnen, sondern als Fallobst. Um von Adi Dresche zu kassieren, und ich habe so eine vage Ahnung, dass Adi die Niederlage persönlich nimmt. Ein Zweimetermann mit einem Kampfgewicht von 120 Kilo, vollgepumpt mit Steroiden, wird von einem wesentlich kleineren und leichteren Kontrahenten fertiggemacht. Und dann auch noch ein No-Name vom zivilen Krav Maga. Für Leute wie ihn ist das weichgespülter Selbstverteidigungskram zur Notwehr. Da wiegt die Schmach schwerer als der Schmerz. Wenn seine Blicke hätten töten können, wäre ich ein toter Mann. In Adi loderte der blanke Hass, als seine Kumpels ihn aus dem Käfig schafften. Wie ich später hörte, haben ein paar seiner Zähne arg gelitten. Die hat er sich schon wieder richten lassen, aber die Rippenprellung wird ihm noch länger zusetzen.

Offen gestanden wären mir im Moment ein paar geprellte Rippen sogar lieber als der festlich gedeckte Tisch bei meinen Eltern. In Kombination mit den drei anderen geladenen Gästen, die mich dort erwarten, nämlich Carl Hansen nebst Gattin Patricia und Tochter Marlene, wird das Dinner eine öde Angelegenheit. Außerdem bin ich spät dran. Shit, sehr spät. Entsprechend unentspannt steuere ich den kleinen Sportflitzer, den mir Vater zum Abschluss des Ausbildungsvertrags spendiert hat, in die Einfahrt und bringe den Wagen abrupt neben Hansens monströsem Cadillac zum Stehen. Sein Escalade ist der mit Abstand protzigste Luxus-SUV aller Zeiten und lässt meine konservativen Eltern insgeheim die Nase rümpfen. Sie bevorzugen beide das vornehme Understatement. Im automobilen Bereich ist das von jeher ein klassischer Benz. Was unsere Villa anbelangt, die ist nobel. Aber keine von diesen Prestige-Immobilien am Rheinufer für Neureiche, sondern ein Erbstück mütterlicherseits. So ein richtig herrschaftliches Anwesen aus den guten alten Zeiten mit diversen Bediensteten. Heute kümmert sich eine Garten- und Landschaftsbaufirma um das Grundstück und Roswitha ums Haus. Sie war schon bei meinen Großeltern angestellt. Meine Eltern haben sie übernommen, und sie hat meine Schwester Vanessa und mich praktisch großgezogen, weil unsere Ma sich lieber ihren Charity-Projekten widmete.

Den Kiesweg zum Haus nehme ich im Sprint. Noch bevor ich es erreiche, öffnet sich die Eingangstür, und Roswitha empfängt mich mit einer herzlichen Umarmung. Sie drückt mich überschwänglich an den voluminösen Busen und schleust mich dann eilig durchs Entree direkt in den Salon, den meine Eltern auch als Esszimmer nutzen.

»Vincent! Danke für deine Pünktlichkeit, aus der ich schließen darf, dass dir meine Zeit so wertvoll ist wie deine eigene«, ätzt Vater.

»Nicht dafür«, gebe ich anstelle einer Entschuldigung zurück und begrüße zuerst Ma mit einem flüchtigen Wangenkuss, bevor ich den weiblichen Hansens und zuletzt meinem Chef die Hand schüttele. Ohne Vater weiter zu beachten, setze ich mich auf den freien Stuhl neben Marlene.

Fast nahtlos serviert Roswitha die Suppe. Ich löffele sie wortkarg in mich hinein, während die Frauen smalltalken und mein Vater mit Hansen über die Geschäfte redet. Beide haben IT-Unternehmen, wobei Vater auf Software spezialisiert ist und Hansen auf IT-Sicherheit. Das Thema vor meiner Ankunft war anscheinend Hansens Geschäftsreise nach China, die zu einem profitablen Abschluss geführt hat. Sämtliche Details erörtern sie nun ausführlich bis in den Hauptgang hinein, dem ich mich ebenfalls überwiegend schweigend widme.

Obwohl ich Azubi bei Hansen bin, interessiert mich die Arbeit einen Scheiß. Mein Alter hat mich zu einem Deal genötigt. Er hat seinen Teil schon erfüllt und damals meine Schulden bei Dukat bezahlt. Im Gegenzug muss ich IT-Systemkaufmann werden und nach der Ausbildung in Vaters Firma arbeiten. Das, was ich never ever wollte. Ursprünglich gehörte es auch zum Deal, nach der Rückkehr aus Berlin wieder zu Hause einzuziehen. Was auf Dauer nicht funktionieren konnte, das war mir von vornherein klar. Anfang des Jahres hat Vater die Wohnung in Kaiserswerth organisiert. Mir missfiel zwar seine typische Art, Dinge über meinen Kopf hinweg zu regeln, aber es war immerhin besser, als im ehemaligen Kinderzimmer einquartiert zu sein.

Roswitha hat wie immer perfekte Arbeit in der Küche geleistet. Als ich gerade den letzten Bissen Schmorbraten mit einem Schluck Rotwein begießen möchte, spüre ich Marlenes Hand auf meinem Oberschenkel. Sie versucht schon eine Weile vergeblich, eine Unterhaltung in Gang zu bringen, die über einsilbige Antworten meinerseits hinausgeht. Dies ist nun ein neuer Vorstoß. Sie gibt nicht so schnell auf, das muss man ihr lassen. Und ihr entgeht nichts.

»Was ist mit deinem Auge passiert, Vincent?«, fragt sie im Flüsterton.

»Jetzt nicht. Erzähl ich dir später«, antworte ich ebenso leise und lege meine Hand unter dem Tisch auf ihre, um sie von diesem heiklen Thema abzulenken.

Hansen richtet zum ersten Mal heute Abend das Wort an mich. »Du hast die Abgabe für die Dokumentation deiner Projektarbeit auf dem Schirm, Vincent? Und die Präsentation? Das Fachgespräch? Die Krankmeldung kam äußerst ungünstig.«

Vorletzte Woche habe ich mich krankschreiben lassen, um nicht mit dem krassen blauen Auge in der Firma aufzutauchen. Ich gebe mich gelassen. »Kein Problem, läuft bestens.«

Stirnrunzelnd nimmt Vater mich ins Visier und äußert seinen Unmut darüber, nicht über mein Fehlen informiert gewesen zu sein. Seine Vorwürfe machen mich aggressiv.

»Muss ich dir über jeden verfickten Durchfall Rechenschaft ablegen oder was soll das jetzt?«

Meine Mutter wirft einen entschuldigenden Blick in die Runde, ehe sie sich an mich wendet. »Reiß dich bitte zusammen, Vincent. Diese Ausdrucksweise und dein Tonfall sind höchst unangebracht.«

Jetzt ergibt ein Wort das andere. Ich benehme mich absichtlich daneben, in dem Ausmaß, wie die Wut in mir hochsteigt. Wut auf meine Eltern, Carl Hansen, seine pikiert dreinblickende, frisch geliftete und anscheinend auch mit neuen Titten ausstaffierte Gattin, Wut auf die besonnene

Marlene, die sich bemüht, die Wogen zu glätten, und eine Scheißwut auf mich selbst, weil ich alles verkacke, was ich anfasse. Das Dessert warte ich nicht mehr ab, sondern verlasse den Salon, als Roswitha mit dem Tablett erscheint. Marlene eilt hinter mir her und will mich aufhalten, aber ich lasse sie links liegen, steige ins Auto und bin weg. Einen Gefallen habe ich mir mit diesem Auftritt nicht getan, aber das ist mir im Moment egal. Es wird so oder so bald eskalieren. Adi ist ein unbeweglicher, fetter Klotz ohne Reflexe, das war mein Glück. Beim nächsten Mal schlägt mich vielleicht einer der Jungs krankenhausreif, und dann werde ich mich nicht mehr mit Durchfall herausreden können. Und spätestens, wenn ich nicht zur Abschlussprüfung zugelassen werde, weil ich keine Projektarbeit und keine Dokumentation vorweisen kann, fliegt alles auf. Hätte ich mich doch bloß nie in die Abhängigkeit vom Geldhahn meines Vaters begeben. Aber so ist die Lage. Vom mageren Azubigehalt könnte ich die Miete nicht bezahlen, das Auto wäre auch nicht mehr drin, mal ganz abgesehen von Klamotten. Oder so was wie Gras und Koks. Ich kann nicht jedes Mal für eine Line in den Käfig steigen.

Beim Fahren höre ich so laut Musik, dass mir fast das Trommelfell platzt. Danach empfinde ich es als erbärmlich, zu Hause nur auf Zimmerlautstärke aufdrehen zu dürfen, weil das Rehauge da unten sich sonst gestört fühlt. Unruhig tigere ich in der Wohnung umher, magisch angezogen von dem Küchenregal, wo ich in einer Kaffeedose mein weißes Pulver lagere. Viel hab ich nicht mehr, es reicht noch für eine Line, um in bessere Stimmung zu kommen. Danach ist mir das Rehauge so egal wie alles andere auch. Ich lege *Violator* auf, das siebte Studioalbum von Depeche Mode. Soll sie meinetwegen die Bullen rufen.

SOUL CAKE

Aylin

Wusste ich's doch, dass man auf Versprechungen nichts geben darf. Mist, das ist mein freier Abend vor dem Frühdienst – hoffentlich zieht er sich nur einen Song in dieser Lautstärke rein. Vince hat einen grauenhaften Musikgeschmack, und zwar unabhängig von meiner persönlichen Vorliebe für Klassik. Vor Berlin gab es für mich nichts anderes als klassische Musik, aber durch Kian habe ich jede Menge nachgeholt, und das meiste, was er gehört hat, gefiel mir. Ich setze mich ans Digitalpiano, das auf Kopfhörerbetrieb eingestellt ist, und versuche, eine einfache Etüde zu spielen. Doch die volle Dröhnung von oben dringt trotzdem zu mir durch.

Wie sich im Laufe der nächsten halben Stunde herausstellt, habe ich vergeblich auf nur ein Stück gehofft. Es dröhnt nonstop weiter. Ich könnte mich mit nervtötenden Melodien rächen. Auch ein digitales Klavier kann laut sein, wenn ich es entsprechend einstelle. Aber das wäre nun wirklich zu albern.

Es ist jedenfalls Fakt, dass außer mir niemand etwas gegen die Lärmbelästigung tun möchte. Mein Flurnachbar Oliver schläft meistens bei seiner Freundin, das erklärt, warum er nichts mitbekommt. Und der kleine Asiate, der

Wand an Wand mit Vince wohnt, hat vielleicht einfach Angst, sich mit ihm anzulegen. Was ich verstehen kann. Bei der Begegnung vorhin im Treppenhaus, als Vince so kurz angebunden war, ist auch mir wieder bewusst geworden, dass ich mich lieber nicht mit ihm anlegen sollte – allerdings aus anderen Gründen. Er hatte sich in Schale geworfen, Anzug, Hemd, Krawatte, Schuhe, alles vom Feinsten. Und er sah leider unfassbar gut aus.

Wenn ich jetzt hochgehe, handele ich mir nur einen blöden Spruch ein. Es ist noch keine zweiundzwanzig Uhr, darauf wird er mich bestimmt hinweisen. Sofern er sich überhaupt dazu herablässt, die Tür zu öffnen. Und wie peinlich, wenn er gerade wieder Damenbesuch hat – obwohl ich das bei der Beschallung für unwahrscheinlich halte. Wie dem auch sei, Klavier spielen kann ich vergessen. Ich stehe auf, um mir ein paar Chips gegen den Frust zu holen. In der Küche fällt mein Blick auf den Apfelkuchen, den ich als Überraschung für die Frühschicht morgen zur Arbeit mitnehmen will. Das bringt mich auf eine Idee. Statt mich zu beschweren, werde ich etwas tun, womit Vince garantiert nicht rechnet. Wenig später stehe ich mit zwei Stück Kuchen vor seiner Tür und drücke ziemlich lange auf den Klingelknopf. Nach einer Weile dreht er die Musik leiser. Ich warte, und als sich sonst nichts tut, setze ich an, noch einmal zu klingeln. Genau in dem Moment reißt Vince die Tür auf, so plötzlich, dass ich dastehe wie eine Idiotin, die rechte Hand ausgestreckt in der Luft und in der linken den Teller balancierend.

Ganz so taufrisch und gestylt wie vor ein paar Stunden wirkt er nicht mehr. Sein weißes Hemd ist zum größten Teil aus der Hose gerutscht, und weil er den Knoten der Krawatte gelockert hat, um den Kragen zu öffnen, hängt sie schief. Vince starrt mich mit weit geöffneten Pupillen an und sagt dann, übers ganze Gesicht grinsend: »Hey Aylin! Wolltest du nicht die Bullen holen?«

Immerhin erinnert er sich doch noch an meinen Namen. Vorhin im Treppenhaus schien es, als wüsste er ihn nicht mehr.

»Nein, ich dachte, ich besinne mich als neue Nachbarin auf meine guten Manieren und beglücke dich mit etwas Selbstgebackenem«, gebe ich zur Antwort. Seine Pupillen sind riesig. Er sieht aus wie ein Alien.

»Ganz uneigennützig? Einfach so?«, erkundigt er sich, und wenn er nicht bald aufhört, mich wie ein Honigkuchenpferd anzusmilen, mache ich mir ernsthaft Sorgen um seine Gesichtsmuskeln.

»Es ist eher ein Versuch, dir auf nette Weise in Erinnerung zu bringen, dass du nicht allein in diesem Haus wohnst. Ich habe morgen und die gesamte nächste Woche Frühdienst. Was meinst du, könntest du abends etwas leiser sein, obwohl ich die Einzige bin, die sich beschwert?«

Vince nimmt mir den Teller aus der Hand und schnuppert am Kuchen. »Wenn der so gut schmeckt, wie er riecht, haben wir einen Deal. Aber ich bin unhöflich, komm doch rein.«

Ich schüttele den Kopf. »Danke, ein anderes Mal gern, jetzt ist es zu spät. Für mich endet die Nacht um halb fünf.«

»Okay, verstehe. Das ist echt früh. Schade. Kannst du denn jetzt schon schlafen?«

Nun ist es an mir, ihn anzulächeln. »Wenn du mich lässt, klappt das.«

Das Flurlicht geht aus. Er schaltet es wieder ein. »Du kannst sehr überzeugend sein, Aylin. Kommst du morgen auf einen Kaffee zum Kuchen hoch? Oder Tee, was du möchtest. Ich bin ab siebzehn Uhr zu Hause.«

Bevor ich darüber nachdenken kann, habe ich die Frage schon bejaht. »Gern. Ich möchte keinen Streit mit dir oder sonst jemandem. Du kannst auch zu mir kommen. Wenn du vorher die Musik so aufdrehst wie heute, kannst du dir besser vorstellen, warum ich immer bei dir auf der Matte stehe.«

Er legt den Kopf schief, lacht etwas verlegen und zieht die Nase hoch. Dieses Schniefen geht schon die ganze Zeit so, seit wir reden. Ich habe leider kein Taschentuch dabei, sonst hätte ich ihm eins angeboten. In dem Moment, als ich daran denke, fügt sich alles zu einem Ganzen. Seine geradezu euphorisch gute Laune, die geweiteten Pupillen, das Nasehochziehen: Vince hat keine Erkältung. Er ist high – aber nicht von Marihuana. Mit großer Wahrscheinlichkeit kokst er auch regelmäßig. Ein paar der Leute, mit denen Kian abhing, haben sich ihre Nebenhöhlen total ruiniert mit dem Zeug. Ihre Nasen liefen ständig.

Wir stehen schon wieder im Dunklen, aber er macht immer noch keine Anstalten, die Unterhaltung vor seiner Tür zu beenden. Nachdem er das Licht ein weiteres Mal angeknipst hat, sagt er: »Ich kann es mir auch so vorstellen. Aylin, das soll keine Entschuldigung sein, aber mein Abend lief echt übel, und ich war bis eben in totaler Scheißegalstimmung. Ob du es glaubst oder nicht, jetzt tut es mir wirklich leid. Das ist nicht nur so dahingesagt.«

Ich glaube ihm. Denn was Drogen mit einem machen können, weiß ich nur zu gut. Welche es sind, legale oder illegale, harte oder weiche, das alles spielt kaum eine Rolle. Wenn du dich besäufst, ist dir auch eine Zeit lang alles egal. »Was ist das denn für Musik, die du da hörst?«, frage ich, nur um etwas Nettes zu sagen und mir nicht anmerken zu lassen, was ich gerade denke.

»Ganz altes Zeug von Depeche Mode. Die Platte ist von 1990. Da waren wir noch nicht mal geboren.«

»Das stimmt allerdings, ich bin Jahrgang 1995. Und du?«

»93. By the way: Hiermit bist du offiziell zu meiner Geburtstagsparty eingeladen.«

»Oh, welche Ehre. Und wann ist die?«, antworte ich etwas überrumpelt.

»Keine Ahnung. Ist mir gerade spontan eingefallen. Geburtstag habe ich nächsten Monat. Am 10. September.« Er zieht sein Handy aus der Hosentasche und wirft einen Blick auf den Kalender. »Ein Montag, also dann Party am Samstag, den 15.?« Er schaut mich erwartungsvoll an.

»Danke für die Einladung, aber wahrscheinlich habe ich an dem Wochenende Dienst. Ich schaue nach und sage dir morgen Bescheid, okay?«

»Wenn du nicht kannst, verschieben wir's. Ich hatte bis eben gar nicht vor, überhaupt zu feiern. Ist also egal, an welchem Wochenende.«

Er wirkt etwas klarer, nicht mehr so aufgekratzt. Je länger ich mit ihm rede, umso interessanter finde ich ihn. Ich muss schleunigst nach unten verschwinden. »Bevor das Flurlicht gleich wieder ausgeht, besprechen wir das doch lieber morgen. Ich will allmählich ins Bett.«

»Morgen dann siebzehn Uhr bei mir?«, fragt er.

Ich nicke, wünsche ihm eine gute Nacht und gehe zur Treppe. Als ich sie erreiche, wird es wieder finster, und Vince schaltet ein letztes Mal an diesem Abend das Licht für mich ein. Ich drehe mich zu ihm um und bedauere einen Moment, dass ich nicht doch seiner ersten Aufforderung gefolgt bin, mit reinzukommen. Er ruft noch mal mit gedämpfter Stimme: »Schlaf gut!«, dann zieht er die Tür hinter sich zu.

Später liege ich im Bett, lausche der Stille von oben, doch guter Schlaf ist nicht in Sicht. Ich bin aufgewühlt von der Entwicklung des Gesprächs und irritiert von dem Wunsch, Vince näher kennenzulernen. Ein bescheuerter Wunsch, denn die Probleme sind vorprogrammiert. Dem Kerl steht TROUBLE fett auf die Stirn geschrieben. Wenn der Verdacht mit dem Koksen stimmt, darf ich auf keinen Fall zulassen, dass wir unseren Kontakt vertiefen. Es wäre nie nur eine harmlose Freundschaft, sondern würde mich immer an alte Zeiten erinnern, die ich hinter mir gelassen habe. Wobei ich, was illegale Drogen anbelangt, nicht gefährdet bin. In Berlin hätte ich jederzeit über Kian an hartes Zeug kommen können. Die einzigen Drogen, von denen ich mich fernhalten muss, sind so legal wie allgegenwärtig. Alkohol und die falschen Männer. Kian war meine harte Droge, ich hing an ihm wie ein Junkie – bis er mir seine Liebe entzogen hat. Das war nicht weniger qualvoll als der Alkoholentzug. Aber sollte ich nicht inzwischen selbstbewusst genug sein, um an mich zu glauben? Ich bin stark, habe aus den Erfahrungen gelernt und würde nicht mehr blauäugig in eine toxische Beziehung hineinstolpern. Es ist kein Problem, mit Vince Kaffee zu trinken. Dann liefere ich ihm eine plausible Ausrede, weswegen ich nicht zu seiner Party kommen kann, und alles Weitere wird sich schon finden.

DAMN THING

Vince

Keine Sekunde länger als nötig halte ich mich in Hansens heiligen Hallen auf. Punkt sechzehn Uhr lasse ich im Büro alles stehen und liegen. Der Schreibtisch sieht aus wie nach einer Explosion, übersät mit Ausdrucken, Ordnern und zerrissenen Notizzetteln, auf die ich irgendwas geschmiert habe, das weder ich noch sonst wer entziffern kann. Was für ein mieser Arbeitstag. Gezwungenermaßen musste ich stundenlang den Anschein erwecken, als würde ich mich intensiv mit dem Projekt befassen. Kostenplanung eines Netzwerkkonzepts. Soll ich schriftlich dokumentieren und im zweiten Teil der Prüfung meines Plan präsentieren, aber haha, jetzt kommt der Witz: Ich habe keinen Plan. Gar keinen. Kaufmännisches Zeug war noch nie mein Ding. Außerdem ist die Motivation gleich null, denn ich weiß längst, dass der Zug abgefahren ist. Man wird mich mit diesen lückenhaften Unterlagen nicht zur Prüfung zulassen. Sobald Hansen das erfährt, fliegt mir hier alles um die Ohren. Zweieinhalb Jahre für den Arsch, die komplette Ausbildung ein Fake. Meine Pflichtstunden im Unterricht habe ich nur stumpf abgesessen. Es grenzt an ein Wunder, dass ich die Zwischenprüfungen geschafft habe. Na ja, ein bisschen Schummelei hat Wunder gewirkt. Leider funktioniert das für den

Abschluss nicht mehr. Aber ich werde versuchen, den Eklat noch ein paar Wochen hinauszuzögern, auf jeden Fall bis nach meinem Geburtstag. Wenn meine kleine Welt schon untergeht, will ich wenigstens noch mal richtig mit meinen Jungs abfeiern, bevor endgültig Schluss ist mit lustig. Keine Ahnung, was ich danach mache. Vielleicht haue ich wieder ab nach Berlin, nur diesmal ohne Netz und doppelten Boden. Für Vater werde ich nicht mehr existent sein, was ich in gewisser Weise sogar verstehen kann. Andererseits war es seine Scheißidee, mich bei Hansen einzuschleusen. Was soll's, als Meister im Verdrängen denke ich auf der Fahrt nach Hause lieber daran, dass Aylin gleich zu mir hochkommt. Das muntert mich auf. Sie ist doch nicht so fad, wie ich zuerst dachte. Als sie gestern mit dem Kuchen bei mir aufgekreuzt ist, fand ich sie sogar richtig charming. Warum also nicht mal ein bisschen nett zu ihr sein?

Wenn ich ein Mädel zu mir einlade, dann meistens mit mehr oder weniger offenkundigen Absichten. Aber Aylin ist nicht mein Typ, bei ihr habe ich keinerlei Hintergedanken. Sie will auch nichts von mir, nehme ich stark an. Diese Konstellation kommt mir sehr gelegen. Nach der Tischnummer mit Laura bin ich gerade ziemlich unentspannt, was Frauen anbelangt. Statt es bei einmal zu belassen, geht sie inzwischen bei mir ein und aus. Vorher hat sie immer betont, sie wolle keine Beziehung, nur Sex. Damit konnte ich leben, aber das reicht ihr anscheinend nicht mehr. Okay, auf Marlene muss ich im Grunde keine Rücksicht mehr nehmen, da ihre Eltern mich schon bald auf die Blacklist setzen. Damit wird der potenzielle Schwiegersohn automatisch zur Persona non grata erklärt. Es wäre allerdings nur fair, ihr vorher zu sagen, dass es ohnehin nichts geworden wäre mit uns. Mit Laura muss ich auch Klartext reden, was mir aber schwerfällt. Wenn wir zusammen sind, bin ich lörresgesteuert, mein Hirn wird nicht mehr durchblutet, und Reden ist nicht drin. Insofern trifft es sich gut, dass ich bei Aylin in Sachen erotische Anziehung unbesorgt sein kann. Sie ist durchaus hübsch, hat nur so gar nichts, was mich reizt. Aber ein netter nachbarschaftlicher Kontakt ist bestimmt nice fürs Karma. Wenn dabei dann ab und zu ein Stück Kuchen oder andere Verpflegung herausspringt, umso besser.

Meine gute Feierabendlaune verpufft, als ich in die Seitenstraße einbiege, in der ich mein Auto immer abstelle. An den Parkbuchten lungern ein paar auffällige Gestalten in Bomberjacken rum, die mir schon von Weitem bekannt vorkommen, und als ich auf sie zufahre, weiß ich auch, warum. Es sind Nibelungenschläger aus Adis Dunstkreis. Kaum haben sie meinen feuerroten Toyota erblickt, bauen sich die Typen nebeneinander mitten auf der Straße auf und blockieren den Weg. Einer zeigt mir den Mittelfinger und führt ihn dann symbolisch längs über die Kehle, die anderen beiden trommeln sich gegen die eigene Brust wie gottverdammte Gorillas. So eine Scheiße, Sergej muss ihnen gesteckt haben, wo ich wohne. Dreckskerl! Ich werfe einen Blick in den Rückspiegel, hinter mir ist alles frei, Glück gehabt. Ich bremse hart, trete auf die Kupplung, lege den Rückwärtsgang ein und sehe zu, dass ich wegkomme. An der nächsten roten Ampel ziehe ich mein Handy aus der Hosentasche und rufe Sergej an, ohne zu erwarten, dass ich ihn sofort erreiche. Normalerweise drückt er jeden gewohnheitsmäßig weg und ruft irgendwann zurück, falls es ihm genehm ist. Die Tatsache, dass er das Gespräch direkt annimmt, werte ich als Beweis. Mit Sicherheit war er es, der Adis Schlägertrupp den Tipp gegeben hat. Wer auch sonst? Im Club bin ich Victory, niemand außer ihm dort weiß, wie ich heiße und wo ich wohne.

»Hast du mir die Nibelungen vorbeigeschickt?«, komme ich ohne Umschweife zur Sache.

Sergej streitet es nicht ab. »Bevor du jammerst, hör mir mal zu, Alter. Ich habe den Schaden gering gehalten, weil du ein Freund bist. Kein Name, keine Adresse, nur der Parkplatz. Irgendetwas musste ich ihnen geben. Du bist nicht blöd, du weißt, warum. Wieso machst du so eine Scheiße, Vince? Du hast dich nicht an die Abmachung gehalten.«

»Sergej, keine Ahnung, ich war high. Ich kenne die Regeln, aber ich stand unter Strom, es ist einfach so passiert.«

Sergej lacht laut auf, doch es klingt alles andere als fröhlich. »Pass mal auf, Freund! Adi ist mein Kunde. Er weiß nicht, dass wir ihn verarschen, und das soll auch so bleiben. Es ist schwer, gegen einen zu verlieren, der fett und langsam ist und das Maul so weit aufreißt, dass die eigene Faust genau hineinpasst. Aber das ist der Deal. Ich verkaufe Erfolge, keine Niederlagen. Du gehst nicht als Sieger aus dem Käfig, du kriechst auf allen vieren. Oder wirst noch besser getragen. Dafür bezahle ich dich. Adi will eine Revanche, und du gibst sie ihm. Verstanden? Reiß dich zusammen, wenn du im weißen Geschäft bleiben willst.« Eine kurze Pause, dann: »Ich werde dafür sorgen, dass er rechtzeitig aufhört. Mehr kann ich nicht für dich tun.«

Was bleibt mir anderes übrig, als einverstanden zu sein – oder jedenfalls den Eindruck zu erwecken, als wäre ich es? »Geht klar. Kannst du Adi sagen. Muss er sich vorher noch auskurieren oder ist er wieder fit?«

»In sechs bis acht Wochen kann es losgehen. Ich melde mich.«

Ich handele schnell noch einen Vorschuss in Naturalien aus, bevor Sergej das Gespräch in gewohnter Manier übergangslos beendet. Während des Telefonats bin ich einfach in der Gegend herumgefahren, ohne Ziel, jetzt biege ich ab Richtung Gewerbegebiet. Es ist besser, in der nächsten Stunde meiner Straße fernzubleiben, für den Fall, dass Adis Kumpane dort noch patrouillieren. Inzwischen ist es schon nach fünf. Sorry Aylin, läuft nicht gut gerade. Was für ein Haufen Scheiße. Acht Wochen scheinen das ultimative Zeitlimit für alles zu sein. Aber das hat auch sein Gutes, denn ich habe nichts mehr zu verlieren. Darum scheiß auf den Deal mit Sergej. Ich gedenke die Karriere als Prügelknabe mit einem Paukenschlag zu beenden, der weder Sergej noch den tumben Nibelungen gefallen wird.

Die Fabrikhalle wirkt wie ausgestorben, das Tor ist zu. Aber ich kenne mich aus und fahre um den Block, um an die Rückseite des Gebäudes zu gelangen. Auf dem umzäunten Hinterhof erwartet Sergej mich und drückt mir ohne weitere Diskussionen den Vorschuss in die Hand. Es ist weniger als abgemacht, doch er gibt mir sein Wort, dass der Stoff kaum gestreckt ist. Rein optisch scheint das zu stimmen. So blütenweiß sieht das Zeug nicht aus, wenn es mit Talkumpuder und Zucker versetzt wird. Auch die Konsistenz deutet auf Qualität hin. Schlagartig verbessert sich meine Stimmung. Testen werde ich es später, in Ruhe. Ich fahre wieder zurück und lasse das Auto weiter entfernt auf einem kostenfreien Parkareal am Rheinufer stehen. Von dort aus gehe ich zu Fuß. Als ich mich meiner Straße nähere, halte ich Ausschau nach Adis Trupp, aber die Luft scheint rein zu sein, niemand lauert mir auf. Sie kennen jetzt mein Viertel, wissen jedoch nicht, wo genau ich wohne, und das soll auch so bleiben. In der nächsten Zeit werde ich wachsam sein. Es ist nicht so, als würde ich mir in die Hosen machen vor Angst, ich bin einfach Realist. Gegen drei von der Sorte habe ich keine Chance.

Meine Verabredung zum Kaffeetrinken fällt mir wieder ein, und ich denke darüber nach, wie ich Aylin erkläre, warum ich sie versetzt habe. Die Wahrheit kann ich wohl schlecht sagen. Da bringt mich die Bäckerei am Ende der Fußgängerzone auf eine Idee. Die Mitarbeiter sind schon dabei zu schließen, aber ich bekomme noch zwei Coffee-to-go und stehe damit um halb sieben auf Aylins Etage. Aus ihrer Wohnung höre ich Musik, irgendein klassisches Geklimper. Also ist sie zu Hause. Nachdem ich geklingelt habe, halte ich die Pappbecher demonstrativ vor den Türspion. Zwar bezweifele ich, dass mein lauwarmes Mitbringsel sie beeindruckt, aber immerhin beweise ich guten Willen. Als die Tür geöffnet wird, steht nicht Aylin, sondern ein anderes Mädel vor mir. In meinem Kopf rattert es. Kann sie das sein? Die Blonde, deren Haare, Hintern und Beine ich letztens vom Balkon aus bewundert habe? Ja, ich bin mir ziemlich sicher. Aus der Nähe ist sie nicht weniger hübsch anzusehen, und ich muss wohl bald mal was sagen, anstatt sie nur anzustarren. Andererseits starrt sie mich und mein dämliches Kaffee-Tragekörbchen auch nur stumm an. Darum bin ich regelrecht erleichtert, als Aylin dazukommt, die offenbar gar nicht angesäuert ist. Sie lächelt und begrüßt mich freundlich.

»Hi! Bisschen spät für Kaffee.«

»Stimmt, mir kam's auf die Geste an. Ich hab's ehrlich nicht vergessen, aber bin jetzt erst nach Hause gekommen. Kleiner Unfall.«

»Oh, ich hoffe, es ist nichts passiert. Alles gut bei dir?«, hakt Aylin nach, und es schwingt echte Anteilnahme in ihrer Stimme mit. Sofort schäme ich mich für meine Flunkerei. Hätte ich nicht einfach Überstunden vorschieben können? Ihre dunklen Augen scannen mich, ich kann ihnen nicht ausweichen. Es passiert höchst selten, dass sich jemand um mich sorgt. Klar, auch meine Eltern machen sich Sorgen. Aber im Grunde geht es ihnen nur darum, aus ihrem *Sorgenkind* den erfolgreichen Sohn zu formen, den sie sich gewünscht haben.

»Ja, alles gut, noch nicht mal ein Blechschaden. Gab nur eine längere Diskussion, aber jetzt ist die Sache geregelt.« Zu der Blonden gewandt sage ich dann: »Hier, du kannst meinen haben, wenn du möchtest. Will auch nicht länger stören, bin schon wieder weg.«

»Quatsch, du kannst gern reinkommen. Das ist übrigens Josie, ich hab ihr schon viel über dich erzählt.«

Josie nickt und sagt zur Bestätigung: »Hi Vince. Schön, dich mal zu sehen und nicht nur zu hören. Mich störst du nicht.« Dann lacht sie und fügt hinzu: »Jedenfalls jetzt nicht. Aber neulich nachts, da hätte ich dich erschießen können. Bäng, bäng, bäng.«

»Ach ernsthaft? Kenne ich, mich haben so einige auf der Abschussliste«, antworte ich. Flache Witze sind mein Spezialgebiet. Nach etwas Rumgelabere auf dem Flur lade ich Josie auch noch zu meiner Party ein, bevor ich mich von beiden verabschiede und nach oben gehe, um meinen Vorschuss zu testen.

SEPTEMBER BLUES

Aylin

So sehr ich auch versuche, gegen die gedrückte Stimmung anzukämpfen, es will nicht gelingen. In meinem Inneren sieht es seit Beginn des neuen Monats so ähnlich aus wie draußen. Von einem auf den anderen Tag kam es mir vor, als wäre ich gefangen in einem alles umfassenden tristen Grau. Der September hat einen nebligen Schleier über mein Leben gelegt, der fast kein Licht durchlässt und die bisherige Zuversicht dämpft. Bei der Arbeit läuft es gut, ich mag meinen Job und meine Kollegen, bin dort auch beliebt und anerkannt. Daran liegt es nicht, es hat nur etwas mit mir zu tun. Mit meinem Mangel an Selbstwertgefühl, wie Katharina mal sagte. Sie hat mich darauf vorbereitet, dass es in den ersten Monaten nach Therapieabschluss zu Stimmungsschwankungen kommen kann, weil unser regelmäßiger Austausch nicht mehr stattfindet. Auch eine kurzzeitige Verschlechterung meines Befindens sei möglich. Ich denke zurück an unsere letzten Sitzungen, in denen Katharina mich auf das baldige Therapieende vorbereitet hat.

Niemand geht als neuer, vollkommen zufriedener und glücklicher Mensch aus der Langzeittherapie heraus, Aylin. Auch du wirst weiter an dir arbeiten müssen. Aber du hast allen Grund, optimistisch zu sein. Wir haben gemeinsam viel erreicht, du bist heute selbstbewusster und stärker als früher. Vertrau darauf, dass du in Zukunft Schwierigkeiten besser erkennen und lösen kannst. Und für alle Fälle gibt es noch bis zu zwei Jahre die Möglichkeit der Nachsorge und Rückfallprophylaxe. Dafür lasse ich ein paar Reststunden aus dem bewilligten Kontingent stehen.

Mich an ihre Worte zu erinnern, hilft nur wenig. Ich hänge trübsinnigen Gedanken nach und fühle mich weder stark noch selbstbewusst. Josie gibt ihr Bestes, mich aufzuheitern, erreicht aber das Gegenteil. Ihre Munterkeit frustriert mich nur noch mehr, und auch ihr ständiges Gerede von Vince und seiner Party setzt mir zu. Das ist ungerecht, ich weiß, und dass ich es weiß, macht es nur noch schlimmer. Denn wenn ich ganz ehrlich zu mir bin, gibt es einen Zusammenhang zwischen meiner miesen Laune, Josies Begeisterung für Vince und dem Eindruck, diese Begeisterung könne auf Gegenseitigkeit beruhen. Vince hat sie im Flur mit den Augen verschlungen, bevor er sie zu seiner Geburtstagsparty eingeladen hat. Eine Party, auf die ich nie gehen wollte und die nun seit über einer Woche andauernd Gesprächsthema zwischen Josie und mir ist. So wie jetzt. Sie setzt alles daran, mich zu überzeugen.

»Warum sträubst du dich so dagegen? Nenn mir einen Grund, warum du partout nicht hinwillst. Es wird bestimmt laut, das heißt, du bekommst eh alles mit und hockst dann total genervt hier allein, anstatt dich eine Etage höher zu amüsieren.«

»Meinst du wirklich, ich würde mich dort amüsieren? Josie, denk doch mal nach und schließ nicht von dir auf mich! Für mich wird sich der Spaß in Grenzen halten. Ich fühle mich in größeren Gruppen mit fremden Leuten unwohl. Davon abgesehen darf ich nichts Alkoholisches trinken.«

»Das macht dir doch sonst auch nichts aus. Ich verstehe, dass es öde ist, wenn alle sich einen anknallen und man selbst ist stocknüchtern. Aber du kannst doch nicht auf ewig sämtlichen Partys entsagen. Außerdem hast du den großen Vorteil, jederzeit abhauen zu können, wenn es dir zu blöd wird. Dein Nachhauseweg ist ziemlich kurz.«

Sie stupst mich in die Seite und klimpert mit den türkis getuschten Wimpern. »Komm, sei keine Spielverderberin. Wenigstens mir zuliebe. Dein Nachbar ist mit Abstand der schärfste Kerl, den ich seit Langem gesehen habe. Ich möchte so gern hin, aber nicht ohne dich. Wie blöd wär das denn?«

»Seit Langem?« Seufzend zähle ich die Namen aller schärfsten Kerle der letzten Monate auf. »... Elias. Johannes. Colin. Schon vergessen? Ach, der Hausmeister auch noch! Deine Schärfste-Kerle-Halbwertzeit liegt bei vier Wochen. Und noch einmal zur Erinnerung für dich: Er hat eine Freundin. Ich hab dir von meinem ersten Besuch bei Vince erzählt, da sprang sie halb nackt bei ihm im Flur herum, und nach allem, was ich erkennen konnte, hat er ein aktives Sexualleben.«

Das nötigt Josie nur ein kurzes Achselzucken ab. »Muss nichts Festes sein. Jedenfalls wohnt er nicht mit ihr zusammen.«

Normalerweise würde ich Josie spätestens jetzt offenbaren, welchen Gefühlsaufruhr Vince in mir ausgelöst hat. Doch nun kann ich mit ihr nicht mehr unbefangen darüber reden. Sie hat Interesse an ihm, das hemmt mich. Bevor er mit dem Kaffee aufgetaucht ist, waren nur solche Dinge wie der nächtliche Krach, sein dreister Zettel im Briefkasten und meine Drohung mit der Polizei Thema. Dass er ziemlich gut aussieht, hab ich auch erwähnt, und die Sache mit dem Zollstock, weil dieses Detail so witzig war. Sie ahnt also nicht im Geringsten, was in mir vorgeht. Wie oft ich an ihn denke. Es ist seltsam, ich zermartere mir das Hirn, wo ich Vince schon mal gesehen haben könnte, aber es fällt mir nicht ein. Trotzdem, bei der ersten Begegnung auf dem Flur, als er erhitzt vor mir stand, überkam mich eine Art Déjà-vu. Ich habe in der letzten Woche sogar zweimal von ihm geträumt. An Einzelheiten kann ich mich nicht erinnern, aber der erste Traum hat mich zurückversetzt nach Berlin, in die Zeit meines Zusammenbruchs. Ich brauchte nach dem Aufwachen eine Weile, um zu begreifen, dass es nur ein Albtraum war, so real hat sich alles angefühlt. Der zweite war ganz anders, aber nicht weniger verstörend, da erotisch. Intensiv, erregend, feucht. Eine Explosion.

»Du hast gewonnen, ich komme mit. Dir zuliebe«, gebe ich schließlich klein bei. »Falls wir überhaupt noch auf der Gästeliste stehen.«

Josie schaut mich irritiert an. »Wieso sollten wir denn nicht mehr draufstehen?«

»Tja, man hört und sieht nichts von ihm seither. Einmal rauschte er in Laufklamotten die Treppe runter, als ich gerade vom Dienst zurückkam, hat aber nur hastig gegrüßt. Keine Ahnung, ob es bei diesem Samstag geblieben ist und um wie viel Uhr das Ganze starten soll.«

»Der Tag stand doch schon fest, und die Uhrzeit herauszufinden, sollte wohl kein Problem sein. Vielleicht gibt er noch Genaueres durch, ansonsten werden wir hören, wenn es losgeht.«

Offenbar wirke ich immer noch uninspiriert, denn Josie fügt hinzu: »Und weißt du was? Ich bleibe auch bei Cola. Ist eh besser, weil Sophia mich gebeten hat, die Sonntagsschicht zu tauschen. Dann kann ich das morgen zusagen.«

»Du bist ein Schatz, Josie, aber das geht für mich schon klar. Trink, was du willst. Ich werde einfach sagen, ich hätte mir den Magen verdorben, dann erspare ich mir weitere Erklärungen.«

»Mal sehen«, meint Josie. »Zuschütten werde ich mich bestimmt nicht, wenn ich am nächsten Tag früh rausmuss. Was hast du noch mal gesagt, wann hat er Geburtstag?«

»Am 10. September. Also morgen.«

»Hast du irgendeine Idee, was wir ihm schenken könnten?«

So weit habe ich überhaupt nicht gedacht und finde ein Geschenk auch übertrieben. »Vielleicht bringen wir einfach etwas zu essen oder zu trinken mit«, antworte ich deshalb. »Ansonsten wüsste ich nichts. Wir kennen ihn doch gar nicht.«

Als Josie nach Hause aufbricht, haben wir uns darauf geeinigt, dass sie Samstag zwei Stangen Baguette und etwas zu knabbern einkauft und ich einen Tortellinisalat mache. Antriebslos lasse ich mich wieder auf die Couch fallen, lege mir eines der flauschigen Kissen unter den Kopf und denke über Vince nach, wie so oft in letzter Zeit. Ich weiß wirklich so gut wie nichts über ihn, abgesehen von Namen, Geburtsdatum, Adresse und seiner Vorliebe für Musik von Depeche Mode. Nein, das ist bei genauerer Betrachtung noch nicht alles. Ich weiß ziemlich sicher, dass er eher Nachteule als früher Vogel ist und auf Frauen steht. Schwul scheint er jedenfalls nicht zu sein. Hinzu kommt der begründete Verdacht, dass er Marihuana raucht, kokst und vor einer Weile in eine handgreifliche Auseinandersetzung verwickelt war. Was noch? Ich grübele weiter. Er scheint einer Arbeit mit Bürozeiten nachzugehen. Er joggt, aber seine Statur deutet darauf hin, dass er mehr Krafttraining als Ausdauersport betreibt.

Es ist interessant, wie viele Beobachtungen nach und nach zusammenkommen. Trotzdem ergibt sich für mich noch kein greifbares Bild von ihm und seinem Alltag. Ich setze mich aufrecht hin, und mein Blick fällt auf das vernachlässigte Piano, das seit dem Einzug vor allem als Dekoobjekt herumsteht. Ich sollte mich zu ein paar Fingerübungen aufraffen. Da ich keine Stunden mehr nehme, habe ich mir ein Notenheft mit CD zugelegt, in dem romantische Etüden im Stil des 19. Jahrhunderts nach Schwierigkeitsgraden geordnet sind. Doch ich kann mich beim besten Willen nicht erinnern, wo ich es hingeräumt habe, und suche gerade danach, als Josie anruft. Ihre Stimme klingt atemlos. »Du glaubst nicht, wer mir eben auf der Straße begegnet ist. Das Geburtstagskind. Hast du nicht gesagt, die Flurfrau sei so eine kleine Blonde, ziemlich üppig ausgestattet?«

»Die Flurfrau, haha. Ja, klein, blond und drall. Warum?«

»Tja, er turtelte gerade mit einer Blonden herum, die war aber fast so groß wie er und *drall* war an der nichts.«

»Aha. Dann hat er jetzt wohl eine andere am Start.« Ich sage das so leicht dahin, doch in meiner Bauchregion formt sich zugleich ein Klumpen aus unerwünschten Emotionen.

»Sieht so aus, aber anscheinend steht sie im Gegensatz zu uns nicht auf der Gästeliste. Ich habe ihn nämlich gefragt, um wie viel Uhr die Party am Samstag losgeht, und ihr sind die Gesichtszüge so dermaßen entgleist! Boah, das war eine echt peinliche Situation – aber irgendwie auch lustig.« Wie zur Bestätigung kommt von ihr ein Glucksen, bevor sie mutmaßt, er sei jetzt wahrscheinlich stinksauer deswegen.

»Nein, das glaube ich nicht«, beruhige ich sie. »Konntest du ja nicht wissen, dass er ein Geheimnis daraus macht. Vielleicht wollte er sie überraschen, keine Ahnung. Ist ja auch egal. Hat er sich denn zur Uhrzeit geäußert?«

»Der hat sich wegen Blondie an seiner Seite gewunden wie ein Aal. Faselte, er sei noch am Planen und würde dir dann Bescheid geben.«

»Dann warte ich außerordentlich gespannt ab, ob und wann er sich meldet«, sage ich daraufhin, und nachdem ich Josie hoch und heilig versprochen habe, sie auf dem Laufenden zu halten, beenden wir das Gespräch.

Ich forsche weiter nach dem Notenheft. Als ich es endlich finde, setze ich mich ans Piano und kann alles andere wie auf Knopfdruck vollständig ausblenden. Fast anderthalb Stunden konzentriere ich mich nur auf die Übungen und verschwende keinen Gedanken mehr an meinen Nachbarn, seine diversen Blondinen und die Geburtstagsparty.

KNOW YOU

Vince

Marlene ignoriert geflissentlich die vor ihr liegende Speisekarte, während ich meine bald auswendig aufsagen kann. Wir sitzen schon über eine Viertelstunde bei Massimo und haben noch nicht mal was zu trinken geordert. Die Stimmung könnte nicht beschissener sein. Das habe ich mir anders vorgestellt, als ich Marlene zum Italiener eingeladen habe. Ich wollte am Vorabend meines Geburtstags mehrere Fliegen mit einer Klappe schlagen: Mein schlechtes Gewissen ihr gegenüber beruhigen, guten Willen beweisen und vielleicht sogar die Gunst der Stunde zu einem klärenden Gespräch nutzen. Aber das kann ich jetzt voll vergessen. Marlene ist angepisst wegen der Party, von der sie nichts wusste. Sie will jetzt nicht mehr essen, sondern die Beleidigte spielen, die gemeinerweise übergangen wurde.

»Was hältst du davon, wenn wir uns eine Flasche Barolo Monfalletto gönnen?«, starte ich einen neuen Versuch, ihr eisiges Schweigen zu brechen, und sie nickt gnädig. Der Kellner schlendert herbei und nimmt die Bestellung auf. Als er sich wieder entfernt, entschuldige ich mich zum wiederholten Male. »Diese Party war so eine spontane Idee. Ich kann mir ehrlich nicht vorstellen, dass du dich zwischen den Krav-Maga-Jungs sonderlich wohlfühlen würdest.«

»Aber das Mädel eben und deine Nachbarin, die fühlen sich zwischen ihnen wohl? Vincent, das ist doch gequirlter Bullshit.«

Die Sache muss Marlene wirklich getroffen haben. Ich wundere mich, dass sie ein Wort wie Bullshit überhaupt kennt. Sie drückt sich sonst immer übertrieben gewählt aus.

»Die beiden habe ich doch nur pro forma eingeladen. Ich hatte mit der neuen Nachbarin etwas Zoff wegen lauter Musik, da wollte ich vorbeugen. Und mit dir wollte ich lieber gemütlich bei unserem Italiener reinfeiern«, sage ich, um die Wogen zu glätten. Endlich bröckelt ihr Widerstand, und kurz nachdem der Rotwein kommt, lassen wir uns Antipasti bringen und bestellen dann Dorade vom Grill für sie und Piccata al Limone für mich. Ich bin kein Weinkenner, aber dass der Barolo gut ist, schmecke sogar ich. Ist der teuerste Rote des Hauses. Marlene lobt ihn auch, nippt aber nur an ihrem Glas, weil sie noch fahren muss. Die Flasche leert sich dennoch zusehends, und ich merke den Alkohol deutlich daran, dass ich Marlene im Laufe des Abends immer hübscher finde. Unter ihrem eng anliegenden, ziemlich tief ausgeschnittenen schwarzen Kleid trägt sie anscheinend einen Push-up, der seinen Job gut macht. Sie sieht sensationell aus, und dass sie mich trotzdem nicht antörnt, liegt wohl kaum nur an ihrem für meinen Geschmack zu mageren Size-zero-Körper. Vielleicht hätte mehr laufen können mit uns, wenn wir uns einfach zufällig kennengelernt hätten und unsere Väter keine Geschäftspartner wären.

Mitten in meine Betrachtung ihres Dekolletés hinein fragt Marlene plötzlich: »Warum weichst du mir eigentlich seit Wochen aus? Wie oft haben wir uns nach dem Abend, als ich bei dir übernachtet habe, gesehen? Dreimal höchstens. Bei deinen Eltern, wo es sich schlecht vermeiden ließ. Was hat denn nicht gestimmt mit uns … oder vielleicht nur mit mir?«

Soll ich ihr die Tatsachen etwa jetzt beim Essen vor den Latz knallen? Ich möchte ihr das lieber schonend beibringen, aber dazu fehlt mir wohl das Talent. Also laviere ich drum herum. Erzähle ihr keine Lügen, aber enthalte ihr vor, dass sich in der keuschen Nacht, auf die sie anspielt, bei mir wenig geregt hat. Ich habe es im Bett so aussehen lassen, als wollte ich nicht gleich aufs Ganze gehen. Jeder, der mich kennt, weiß, dass ich immer aufs Ganze gehe. Und da sind wir schon beim Kernproblem. Marlene kennt mich nicht. Sie weiß nichts von mir, außer den geschönten Teil meiner Biografie, den mein Alter rumerzählt. Er stellt alles so dar, als wäre ich als Jugendlicher in schlechte Gesellschaft geraten. In seiner Version muss immer mein angeblich *exzessiv* betriebenes Krav Maga als Sündenbock dafür herhalten, dass ich kurz vor dem Abi die Schule geschmissen habe und mit achtzehn nach Berlin abgehauen bin. Da ist etwas dran, aber weniger als die halbe Wahrheit. Vater macht sich die Welt, wie sie ihm gefällt. Na ja, und für Marlene bin ich nun einer der heißen Bad Boys aus ihren Liebesromanen. Einer, den sie kraft ihrer Anständigkeit umkrempeln kann. Ja, ich glaube wirklich, so was in der Art sieht sie in mir. Einen guten Jungen, der unverschuldet auf die schiefe Bahn geraten ist und nun die zweite Chance nutzt, die unsere Väter ihm spendiert haben.

Ich schenke mir noch mal Wein nach. Angeblich soll Alkohol die Zunge lösen, aber bei mir bewirkt er, dass ich mich in wirre Gedankengänge verstricke und recht wenig sage. Nur das Nötigste. Ich versichere Marlene, dass mit ihr alles stimmt, und das ist auch Fakt. An ihr liegt es nicht. Danach gebe ich nur noch Halbwahrheiten von mir. Die kommen mir leicht über die Lippen, darin bin ich ganz Vaters Sohn. Die Prüfungen Ende November würden mich total stressen. Außerdem hätte ich zurzeit Ärger mit ein paar Schlägertypen, deswegen auch die Reste eines blauen Auges beim Essen neulich. Bis ich das geregelt hätte, wäre mir wohler, wenn sie nicht zu mir in die Bude käme, weil die wüssten, wo ich wohne. Es ist erstaunlich, wie plausibel sich das anhört. Ich möchte mir selber glauben, wahrscheinlich klingen meine Worte deshalb so überzeugend. Marlene ist besänftigt und bestreitet die weitere Unterhaltung überwiegend allein. Sie gibt mir erst gut gemeinte Lerntipps und erzählt dann ausführlich von der Uni, wo sie sich so langweilt, dass sie eventuell den Studiengang wechseln will.

Um Mitternacht sind wir die letzten Gäste, Massimo hat nur für uns noch geöffnet. Wir stoßen mit Prosecco an, und sie drückt mir ein Küsschen auf die Lippen. Danach bringe ich sie zum Auto, wir umarmen uns zum Abschied, und diese Umarmung führt zu einem unerwartet leidenschaftlichen Kuss, der bei mir plötzlich doch Regungen hervorruft. Marlene spürt es auch und drückt ihr Becken noch einmal auffordernd an mich, bevor sie in den Wagen steigt. Ich fürchte, damit endet der Abend für sie viel zu hoffnungsvoll. Zur Klärung hat das jedenfalls nichts beigetragen. Mein neues Lebensjahr beginnt in vielerlei Hinsicht so planlos, wie das alte ausgeklungen ist.

Wie kam ich nur auf die selten dämliche Idee, eine Verabredung mit meinen drei besten Kumpels als Party zu bezeichnen und nach Aylin auch noch ihre süße Plaudertasche von Freundin einzuladen? Nichts als Ärger deswegen. Dabei habe ich vorher nur Marc, Bennet und Finn vom

Krav-Klub gefragt, ob sie Bock auf eine kleine Feier haben. Ich wollte nie ein Event daraus machen, nur ein bisschen abhängen und von alten Zeiten labern. Laura weiß auch von nichts. Sie ist länger nicht mehr bei mir gewesen, vielleicht hat sie inzwischen einen anderen Lörres für sich entdeckt. Ich grinse, als ich an den Brunch denke. Wenn mich meine Erinnerung nicht trügt, schellte sozusagen mittendrin Aylin. Na ja, wir waren fürs Erste fertig, sonst wäre ich nicht zur Tür gegangen. Mein Handy vibriert, ein früher Glückwunsch ist eingetrudelt.

Happy birthday, Bruderherz! Schläfst du schon?
Sonst lass uns doch kurz skypen zur Feier des Tages!

Als ich den Videoanruf starte, schaue ich auf die Uhrzeit. Gleich 00:30 Uhr. In Toronto ist es sechs Stunden früher, also ungefähr 18:30 Uhr. Die Verbindung ist zum Glück passabel, und ich freue mich, meine große Schwester zu sehen und ihre Stimme zu hören. Vanessa ist fast zehn Jahre älter als ich. Als sie Deutschland verließ, war ich fünfzehn. Ich habe es ihr krass übel genommen, weil ich es so empfand, als hätte sie mich im Stich gelassen. Irgendwann später begriff ich, wie sehr auch sie unter Vaters Tyrannei gelitten hat, ohne je offen dagegen zu rebellieren. Im Gegensatz zu mir ließ sie es sich nie anmerken. Stattdessen war sie die überangepasste, strebsame Tochter. Einserabitur, BWL-Studium, Masterabschluss – die väterlichen Erwartungen perfekt erfüllt, bis sie knallhart ihr eigenes Ding durchgezogen hat. Job in Kanada, Arbeitserlaubnis, Visum, das hat sie alles hinter seinem Rücken organisiert, und weg war sie. Gegen seinen Willen. Letztes Jahr hat sie geheiratet, ohne seinen Segen. Alles richtig gemacht, würde ich sagen.

»Evan will dir auch gratulieren, warte, da ist er!«

Aus der Küche winkt mir ihr Mann mit einem riesigen Fleischmesser zu. Ist ein lustiger Typ, ich mag ihn. Vanessa ist kurz verschwunden und hält dann ein krisseliges Schwarz-Weiß-Foto in die Kamera. In den folgenden Minuten erfahre ich, dass ich in etwa fünf Monaten Onkel werde, und ich kann es gar nicht richtig begreifen. So wie Vanessa strahlt, muss ich mich einfach freuen. Onkel Vince. »Krasses Geburtstagsgeschenk«, sage ich, »das wäre aber doch nicht nötig gewesen. Wissen die zukünftigen Großeltern auch Bescheid?«

Vanessa verneint. »Du bist der Erste drüben, der es erfährt. Wenn ich das nächste Mal mit Mutter telefoniere, sage ich es ihr, sie kann es dann Vater ausrichten. Es wird ihn eh nicht interessieren, dass ein Enkelchen unterwegs ist.«

Unser Vater hat damals den Kontakt zu ihr abgebrochen, sie einfach aus seinem Leben gestrichen. Er ist und bleibt ein gefühlskaltes Monstrum. Ich wette, wenn Vanessa wie von ihm vorgesehen in die Firma eingestiegen wäre, hätte er mich ohne Bedauern Dukats Geldeintreibern überlassen. Inzwischen glaube ich fast, das wäre die bessere Option gewesen. Dukat verlangte kriminell hohe Wucherzinsen, aber für Vaters Finanzdienstleistung zahle ich in gewisser Weise mit meinem Leben. Tag für Tag bekomme ich es vorgehalten, muss dankbar sein und ihm in den Arsch kriechen. Geschätzt lebenslänglich. Ein zu hoher Preis, so viel habe ich in den letzten beiden Jahren begriffen. Es sind Außenstände, die ich nie zurückzahlen kann, denn Vater wird mir immer vorrechnen, was ich ihm schuldig bin.

Vanessa und ich quatschen noch etwas, und als wir den Videochat beenden, ist es schon fast eins. Ich baue mir einen kleinen Joint für die nötige Bettschwere. »Onkel Vince«, sage ich auf dem Balkon halblaut zu mir selbst und muss dann schallend lachen, weil sich das echt bescheuert anhört. Als ich mich kurz darauf schlafen lege, nehme ich mir vor, schon mittags aus dem Büro zu verschwinden und zu trainieren. Hab das etwas schleifen lassen. Wird Zeit, diese Woche wieder voll durchzuziehen.

SOME NUMBERS

Aylin

Obwohl meine Familie kein Klavier besaß und niemand dieses Instrument spielen konnte, bin ich mit den Klängen davon aufgewachsen. Meine Mutter liebte klassische Musik, besonders romantische Klavierkompositionen. Bis ich zehn oder elf Jahre alt war, kannte ich darum kaum etwas anderes. Leider werde ich es nie zu der Virtuosität an den Tasten bringen wie jemand, der schon als Kind herangeführt wurde. Wahrscheinlich fehlt mir auch ein Quäntchen Talent. Dennoch bin ich Katharina dankbar dafür, dass sie mir direkt zu Beginn der Gesprächstherapie Mut gemacht hat, den späten Einstieg zu wagen und Unterricht zu nehmen. Dieser Wunsch schlummerte schon länger in mir, aber ich hätte es mir ohne ihren Zuspruch nie zugetraut. Warum habe ich nach dem Umzug nur so lange pausiert? Das Spielen gestern hat mir gutgetan. Nach den Übungen habe ich endlich mal wieder super geschlafen und fühle mich am Morgen nicht nur ausgeruhter, sondern auch optimistischer als in den Tagen zuvor.

Geradezu beschwingt fahre ich zum Frühdienst. An der Rezeption gibt es wenig zu tun, zeitweise ist es so ruhig, dass ich im Geiste immer wieder die Noten der neuen Stücke visualisiere. Meine Arbeitszeit plätschert ohne besondere

Verkommnisse dahin, sodass die Übergabe am späten Mittag schnell erledigt ist. Etwas früher als üblich verabschiede ich mich in den Feierabend.

Draußen stelle ich mit Erstaunen fest, wie warm es geworden ist, ziehe meine Jacke wieder aus und stopfe sie in die Handtasche. Hat sich das Wetter meiner Stimmung angepasst oder umgekehrt? Egal, heute zeigt sich der September jedenfalls von seiner freundlichsten Sonnenseite. Auf dem Weg zum Bus komme ich an einer Eisdiele vorbei. Spontan gehe ich rein und lasse mir drei Kugeln in eine Waffel schichten. Schokolade, Walnuss und Vanille, meine Lieblingssorten. Die Kugeln sind gigantisch, auf die Schnelle schaffe ich diese Riesenportion nicht. Aber ich habe es nicht eilig, kann genauso gut einen späteren Bus nehmen und mir das Eis in Ruhe auf einer Bank am Rheinufer schmecken lassen. Danach bummele ich noch gemütlich durch die Fußgängerzone und komme erst um kurz nach fünf zu Hause an. Ich schaue im Briefkasten nach Post, doch es liegt lediglich das Anzeigenblättchen darin, das jeden Montag verteilt wird. Beim Herausnehmen entdecke ich noch etwas unter der Zeitung. Ein karierter Zettel. Er sieht nicht anders aus als der erste, den mir Vince geschrieben hat, abgesehen davon, dass diesmal mehr als drei Wörter darauf stehen.

Hey Aylin, hab gestern deiner Freundin versprochen, Infos für Samstag durchzugeben. Start 20 Uhr, aber ich wollte dir zu der Party noch kurz was sagen. Bist du heute Nachmittag oder Abend da? Ich schelle mal bei dir, wenn ich vom Training zurückkomme. Hier auch meine Handynummer, kannst anrufen oder mir auf WhatsApp schreiben, wenn es nicht passt.
Bis später, Vince.

Plötzlich habe ich es sehr eilig. Hoffentlich ist noch Zeit, mich umzuziehen, vielleicht sogar zu duschen und mich ein bisschen zurechtzumachen. Ich stürme die Treppe hoch, schließe die Tür auf, suche in der Handtasche nach meinem Handy, speichere seine Nummer ein – und halte dann erst einmal inne. Durchatmen und Vernunft annehmen. Meine Güte, was soll das? Ich bin so aufgeregt wie vor einem ersten Date. Das ist lächerlich, weil absolut unbegründet. Er will mir *kurz was sagen*, das ist alles. Trotzdem, ich kann es nicht ändern, ich fühle mich flatterig, und seine Telefonnummer hat sich schon beim Lesen in mein Hirn gebrannt. Das will allerdings nichts heißen. Zahlen kann ich mir mühelos merken. Jede Kombination, jede Zeichenfolge hat ihren eigenen Rhythmus, wie Musik, wie ein einprägsamer Refrain. Deswegen vergesse ich niemals Daten von Terminen oder Uhrzeiten von Verabredungen. Ich speichere sie wie ein Musikstück ab. Manche Zahlenfolgen sind wie Ohrwürmer, besondere Geburtstage zum Beispiel oder oft getippte Telefonnummern. Seine Nummer ergibt in meinem Kopf etwas Tanzbares. Ich denke an Numbers. Der Hit, den ein Straßenmusiker in meinem ersten Sommer in Berlin im Mäusetunnel gesungen hat. Eine unglaubliche Stimme, Gänsehaut, ich konnte nicht anders, als stehenzubleiben und ihm zuzuhören. Den Song kannte ich nicht, was Kian gar nicht glauben wollte. Er fragte mich, auf welchem Planeten ich eigentlich bisher gelebt hätte, und erklärte, *Little Numbers* von BOY sei vor ein paar Jahren überall rauf und runter gelaufen, das müsse doch sogar mir was sagen. Ich habe mir das Original dann später angehört, aber die Telefonnummer von Vince erinnert mich an die Berliner Gitarrenversion.

Ich bin unheimlich gespannt, was so wichtig ist, dass er es mir ausgerechnet an seinem Geburtstag sagen will, anstatt es einfach auf den Zettel zu schreiben. Aus Angst, dass er genau dann klingelt, wenn ich unter der Dusche stehe, schicke ich ihm eine Nachricht.

Hi Vince, ich bin's. Aylin. Alles ab 18 Uhr passt gut. Bin zu Hause, bis gleich.

Seine Antwort kommt wenige Sekunden später, als ich das Handy gerade zur Seite legen will. Nur zwei Emojis, Smiley und Daumen, sonst nichts. Ich tippe auf sein Profilbild, um es zu vergrößern. Ein Selfie in Sportklamotten, breites Grinsen, Zeige- und Mittelfinger lässig zu einem V in die Kamera gestreckt. Die Victory-Geste oder vielleicht einfach nur V für Vince. Ich wünschte, das flaue Gefühl im Bauch käme vom Eis, aber dem ist nicht so. Magengrummeln fühlt sich anders an, das hier ist freudige Erwartung. Ich freue mich, Vince gleich zu sehen, da gibt es kein Vertun.

Mir bleibt eine halbe Stunde. Schnell suche ich ein paar frische Klamotten zusammen und springe unter die Dusche. Haare waschen spare ich mir, mein Haar ist dick und störrisch und ich würde ewig brauchen, es in einigermaßen geschmeidige Locken zu bringen. Ohne diese Prozedur bin ich in Rekordzeit geduscht, angezogen und frisch geschminkt. Dann schalte ich die Kaffeemaschine ein und versuche, beim Blick auf die Handyuhr gelassen zu bleiben. *Ab 18 Uhr* habe ich geschrieben, das heißt nicht, dass er Punkt 18 Uhr hier auftaucht. Ich beschließe, auf dem Balkon zu warten. So bekomme ich noch etwas Abendsonne ab und habe außerdem einen hervorragenden Blick auf die Straße zum Bahnhof. Wenn er von dort kommt, werde ich ihn sehen. Und wirklich, kaum habe ich es mir mit einem Kaffee bequem gemacht, taucht er auf.

Er trägt eine rote Basecap, verwaschene Jeans und ein helles T-Shirt, unter dem sich seine Schulter- und Brustmuskulatur so klar und deutlich abzeichnet, dass ich sofort wieder an die erste Begegnung denke, bei der er mir seinen Oberkörper textilfrei präsentiert hat. Da sage noch jemand, nur Männer achten auf Äußerlichkeiten. So wie ich ihn von hier oben anschmachte, bin ich wohl der beste Gegenbeweis für diese Theorie. Vince wirkt irgendwie gehetzt, macht große Schritte und schaut sich immer wieder nach allen Seiten um. Auf einmal bleibt er stehen, holt eine Wasserflasche aus seinem Rucksack, und während er trinkt, scannt er unablässig den Bereich vor dem Haus, bevor er wieder losmarschiert. Kurz darauf ist er aus meinem Blickfeld verschwunden, und auf meinem Handy geht eine Nachricht ein. *Bin jetzt da.* Einen Augenblick später höre ich die Klingel. Ich sprinte los. Als ich die Tür erreiche, zähle ich bis drei, damit es weniger offensichtlich ist, dass ich auf sein Klingeln gelauert habe. Dann öffne ich. »Hi Vince. Happy Birthday«, sage ich nervös und gebe es auf, vor mir selbst zu leugnen, dass ich ihn toll finde, jedenfalls die Optik. Bei seinem Anblick bekomme ich weiche Knie, aber nicht aus Angst, sondern Begeisterung. Wie er da so vor mir steht mit seinem unverschämt eng anliegenden Shirt und dem strahlenden Vince-Lächeln, hat er etwas an sich, das sämtliche Selbstschutzmechanismen aushebelt.

»Hey Aylin! Ach, Geburtstage werden überbewertet, aber trotzdem danke, dass du dran gedacht hast«, begrüßt er mich und fügt dann hinzu: »Entschuldige den Überfall, normalerweise lade ich mich nicht selbst ein.«

»Kein Problem, komm rein. Kaffee ist schon fertig. Oder willst du lieber was Kaltes?«

»Nein, heißes Koffein ist perfekt«.

Ich lasse Vince den Vortritt. »Du kennst dich grundrissmäßig ja aus. Ich hole dir eben eine Tasse.« Als ich in die Küche abbiege, höre ich ihn laut durch die Zähne pfeifen. »Sieht gut aus die Wand! Mega Farbe, Türkis oder Meerblau oder was ist das? Überhaupt, du hast richtig was rausgeholt aus dem Raum! Kommt mir größer vor als mein Wohnzimmer.«

Ich rufe zurück: »Meine Einrichtung ist noch nicht komplett, das könnte der Grund sein. Leere Räume wirken generell größer.«

»Na ja, immerhin steht da ein Klavier! Geil! Hab dich noch nie spielen hören, oder warte mal, doch, könnte sein, einmal.«

Als ich mit seinem Kaffee aus der Küche komme, sitzt er schon wie selbstverständlich draußen, ganz genießerisch zurückgelehnt. Er hat seinen Klappstuhl so verschoben, dass er nun nicht mehr am Tisch, sondern voll in der Abendsonne steht. »Sonne oder Schatten, was willst du?«, fragt er mich.

»Sonne natürlich!«, gebe ich zur Antwort, woraufhin er den zweiten Stuhl näher an seinen heranzieht. Ich drücke ihm die Tasse in die Hand, setze mich und komme dann direkt zum Thema. »Was ist denn jetzt Sache mit der Party?« Sein gequälter Stoßseufzer deutet darauf hin, dass es ein Problem gibt.

»Richtig, die Party. Gestern habe ich ja zufällig deine Freundin getroffen, und die scheint zu glauben, dass es ein Megading wird. Sie sagte was von Salaten und Baguette und was ihr alles mitbringen wollt. Wahrscheinlich habe ich mich da etwas unklar ausgedrückt. Ich lade nur ein paar Trainingskameraden ein …«

Ich starre ihn verständnislos an. »Sonst niemanden? Noch

nicht mal deine Freundin?« Sein Kopfschütteln finde ich provozierend und warte, ob noch irgendeine Erklärung folgt. Fehlanzeige, er hat wohl nichts hinzuzufügen. »Ach so. Okay, und was sollen Josie und ich zwischen dir und deinen Sportsfreunden?«, frage ich dann und erwarte eine plausible Antwort, die er aber nicht parat hat.

Stattdessen sagt er achselzuckend: »Weiß nicht, ich habe in dem Moment wohl gedacht, dass es eine Gelegenheit wäre, mich von einer netteren Seite zu zeigen nach dem schlechten Start, den wir hatten. Gute Nachbarschaft und so. Ich würde mich echt freuen, wenn ihr auch dazukommt.«

Den Nadelstich der Enttäuschung, weil es ihm bloß um gute Nachbarschaft geht, lasse ich mir nicht anmerken. »Verstehe, du hast es nett gemeint. Dann schlage ich vor, dass wir kurz hochkommen, uns aber schnell wieder verziehen. Und wenn du nichts dagegen hast, bringen wir trotzdem eine Kleinigkeit zu essen mit, okay? Tortellinisalat?«

»Oh, das würden meine Kumpel und ich natürlich zu schätzen wissen. Aber bleibt so lange, wie ihr Lust habt. Ihr stört nicht, im Gegenteil.« Vince bringt das mit einer Unbekümmertheit rüber, als wäre es das Normalste auf der Welt, einen Männerabend mal eben um die neue Nachbarin plus deren Freundin aufzustocken. Jetzt verstehe ich, warum die Blonde an seiner Seite sich aufgeregt hat. Ich finde, das entbehrt nicht einer gewissen Komik und muss unwillkürlich grinsen, sodass Vince wissen will, was denn so lustig ist. Schnell lenke ich das Thema auf etwas anderes. Zuerst frage ich ihn nach seinem Sport und erfahre, dass er Krav Maga trainiert, was mir nichts sagt.

»Streng genommen ist das kein Sport, sondern dient nur der Selbstverteidigung«, erläutert er. Dann wechselt er das Thema. »Sag mal, wie lange spielst du schon Klavier?«

Nachdem ich ihm eröffnet habe, dass ich Anfängerin bin, will er wissen, was ich arbeite, dass ich so früh rausmuss.

»Und was machst du beruflich?«, erkundige ich mich, um nicht nur diejenige zu sein, die Antworten gibt.

»Peinlicherweise bin ich noch Azubi. Ich stehe aber kurz vor der Abschlussprüfung als IT-Kaufmann.«

Zu meinem Erstaunen entspanne ich mich mit jeder Minute in seiner Gesellschaft mehr. Ich fühle mich wohl mit ihm und könnte den ganzen Abend neben ihm sitzen und quatschen. Vielleicht bilde ich es mir nur ein, aber ich glaube, dass er sich auch wohlfühlt. Wir sitzen noch über eine Stunde zusammen auf dem Balkon, bevor er nach oben geht.

STRESSED OUT

Vince

Marc will Liegestütze sehen und brüllt uns wie ein Irrer an: »ACHTUNDZWANZIG! NEUNUNDZWANZIG! DREISSIG! NOCH MAL DREI! WOLLT IHR SCHON AUFGEBEN? DANN NOCH DREI DRAUF, IHR LUSCHEN! DREI! ZWEI! EINS! UND AUFSTEHEN, KOMMT SCHON, NA LOS, BEWEGT EUCH!«

Wir nehmen es nicht persönlich. Schreien gehört dazu, die Beleidigungen auch. Als Krav-Maga-Instructor muss er im Stressdrill laut werden. Nach dem Technikteil, in dem Marc eine neue Entwaffnungstechnik bei Messerbedrohungen gezeigt hat, will er uns jetzt an die körperlichen und mentalen Grenzen bringen. Die Lautstärke und sein aggressiver Ton erhöhen den Stresspegel, der Herzschlag beschleunigt sich, es wird Adrenalin ausgeschüttet. Diesen Adrenalinschub brauchen wir für ein realistisches Szenario. Wenn jemand mit einem Messer angegriffen wird, ist das eine extreme Stresssituation. Für so ein Szenario nur die Technik zu üben, bringt nichts. Man muss halbwegs realistische Bedingungen simulieren, und das läuft beim Krav Maga über Stress- und Aggressionsdrill. Mein Stresspegel war allerdings schon vor dem Aufwärmen am Anschlag, denn Marc hat läuten hören, dass ich mich in Sergejs Keller rumtreibe.

Bisher fehlt mir jede Idee, wer die Quelle dieser Information sein könnte. Als ich eben nichts Böses ahnend ankam, fing er mich vor der Umkleide ab und zitierte mich ins Büro. Dort durfte ich mir anhören, dass ich meine Sachen packen könne, falls er Kenntnis davon bekäme, dass ich mich auch nur ein weiteres Mal an illegalen Kämpfen beteilige. Zum Schluss sagte er: »Mir will nicht in den Schädel, warum du dich mit so einer Kanaille wie Sergej einlässt. Prügelst dich für Geld in üblen Kellern, das geht gar nicht, hörst du? Gar nicht! Ist dir nicht klar, dass so was Rufschädigung für mich und den Krav-Klub bedeutet?«

Ich habe mir alles schweigend angehört, denn es gibt nichts, was ich zu meiner Rechtfertigung hätte vorbringen können. Außerdem drängte die Zeit, die Truppe wartete schon auf uns. Im Rausgehen sagte Marc noch: »Du bist hier mit Abstand der Beste, sieh zu, dass du dir nicht alles verdirbst. So lange, wie du schon dabei bist, könntest du längst Instructor sein, sogar auf höchstem Level.«

Ja, richtig, ich bin immer noch Practioner, genau wie Bennet und Finn. Nur mit dem Unterschied, dass ich schon als Jugendlicher angefangen habe, während die beiden gerade mal seit zwei Jahren dabei sind. Aber es gibt Gründe, warum ich kein höheres Level habe und demzufolge auch nicht als Instructor tätig sein darf, die Marc anscheinend ignorierte.

»Du vergisst da nur die Kleinigkeit mit der Zeit und der Kohle. Diese Graduate- und Expert-Lehrgänge dauern, davon abgesehen sind sie schweineteuer«, wollte ich das Thema beenden. Doch Marc musste noch einen draufsetzen. »Das mit der Zeit lasse ich gelten, deine Ausbildung geht vor. Aber bald bist du fertig, und was die Kosten für die Lehrgänge betrifft, frag deinen Vater. Der könnte den Betrag locker aus der Portokasse zahlen.«

Marc hat ja keine Ahnung, auf welch dünnem Eis ich mich bewege und wie sehr mich speziell diese letzte Bemerkung in Rage versetzt. Es hätte weiterer künstlicher Adrenalinkicks gar nicht mehr bedurft. Ich bin so wütend, dass meine gefühlte Herzfrequenz während des gesamten Trainings konstant hoch bleibt. Am Schluss nehme ich meinem »Angreifer« Bennet im Szenario das Messer in Rekordzeit ab, ohne im Geringsten auf eine technisch saubere Ausführung zu achten. Was zählt, ist das Ergebnis, und das ist ein entwaffnet am Boden liegender Angreifer. Wir tragen Vollschutzanzüge, sonst hätte Bennet jetzt wohl keine funktionsfähigen Eier mehr. Wenn Leib und Leben in Gefahr sind, ist der plötzliche Tritt in die Weichteile immer wieder äußerst wirkungsvoll. Sogar eine zierliche Aylin hätte mit dieser Attacke gegen einen körperlich überlegenen Gegner gute Chancen.

Da ist es schon wieder passiert! Seit wir uns vorgestern unterhalten haben, schleicht sich Aylin verdammt oft in meine Gedanken. Mit ihr in der Sonne zu sitzen und über alles Mögliche zu reden, hat mich von der elenden Misere abgelenkt, in der ich nicht erst seit heute stecke. Sie ist okay, ich mag ihre ruhige, besonnene Art. Obwohl sie zwei Jahre jünger ist als ich, wirkt sie im Vergleich zu mir um einiges erwachsener. Das hat sie mit Marlene gemeinsam. Bei Marlene kommt dieses Erwachsensein aber immer so affektiert rüber, dass es mich zunehmend nervt. Aylin macht keinen auf wichtig. Das ist wohl der Grund, weswegen ich an ihr genau das sympathisch finde, was mich an Marlene stört.

Wenn ich es genau bedenke, war die Stunde mit Aylin auf ihrem Balkon der einzige Lichtblick an einem ansonsten unspektakulären Geburtstag. Unwillkürlich kommt mir Roswithas Trostspruch in den Sinn. Der hat auch was mit

Licht zu tun: Immer wenn du denkst, es geht nicht mehr, kommt von irgendwo ein Lichtlein her. Das hat sie gesagt, wenn der kleine Vince weinte, weil ihn die anderen Kinder im Kindergarten Winzling nannten. Oder weil ihn Klassenkameraden hänselten, wenn er beim Vorlesen stotterte.

Als Kind war ich ein Seelchen, habe ziemlich oft geheult. Ist lange her, aber so was vergisst man nie. Ich werde auch nie vergessen, dass ich mich nicht meiner Ma und erst recht nicht meinem Vater anvertraute, sondern unserer Haushälterin. Manchmal auch Vanessa, aber als ich in den Kindergarten kam, steckte sie mitten in der Pubertät und hatte genug eigene Probleme. Während meiner Grundschuljahre war sie dann schon im Oberstufen-Lernmodus. Blieb nur Roswitha, die herzensgute Seele. Ehrlich, ich liebe sie – aber ihr Spruch ist trotzdem für die Tonne. Immer wenn du denkst, es geht nicht mehr, kommt von irgendwo noch ein Kübel Scheiße her, so wird schon eher ein Schuh draus. Und als Bonus findet sich meist noch ein Freiwilliger, der ihn genau über deinem Kopf auskippt.

Der Freiwillige ist in diesem speziellen Fall Marc, ich muss jedoch zugeben, dass ich den Kübel leider selbst mit Scheiße gefüllt habe. Gut, dass er vom Koks wohl nichts weiß, und wahrscheinlich auch nicht, dass ich gegen einen Nibelungen angetreten bin. Sonst wäre ich nicht mit der Verwarnung davongekommen. Ich hätte nicht mehr im Krav-Klub trainieren dürfen. Zumindest für den Moment ist aber wieder alles im grünen Bereich. Während Bennet sich aufrappelt und an seinem Tiefschutz nestelt, klopft Marc mir anerkennend auf die Schulter. »Super umgesetzt.« An Bennet gerichtet fragt er: »Na, kannst du dein Suspensorium weiterempfehlen?«, worauf der den Daumen hebt und etwas Unverständliches nuschelt.

»Musst schon deinen Mundschutz ausspucken, oder ist der festgetackert?«, frotzelt Finn, der dazukommt, weil er anbieten will, eine Kiste Bier zur Party mitzubringen. Das ist die perfekte Gelegenheit, die Jungs vorzuwarnen.

»Ich habe übrigens ein kleines weibliches Privatcatering bestellt«, sage ich in die Runde. Einen Moment ergötze ich mich am ungläubigen Staunen des Trios. »Nicht, was ihr denkt, meine Nachbarin kommt mit ihrer Freundin vorbei und bringt etwas zu essen mit. Benehmt euch anständig«, löse ich die Sache auf.

»Wieso anständig, gäbe es Grund, unanständig zu sein?«, fragt Bennet, der es endlich geschafft hat, den Mundschutz herauszunehmen. »Und irgendwas hab ich wohl in den letzten Wochen verpasst. Seit wann lässt du dich von einer Nachbarin bekochen? Ist sie heiß?«

Ich verspüre plötzlich wenig Lust, mit den Jungs Zoten über Aylin zu reißen. »Das wirst du morgen sehen«, erwidere ich kurz angebunden und verschwinde, um mir den Schweiß abzuspülen. Unter der Dusche geht mir Bennets letzte Frage durch den Kopf. Ja, sie ist heiß. Erstaunlicherweise ist sie das wirklich, so viel steht seit vorgestern fest. Brav und langweilig, von wegen, das war eine krasse Fehleinschätzung. Auf dem Balkon sind mir ein paar Dinge aufgefallen, die ich vorher übersehen habe. Das Sonnenlicht ließ einzelne Strähnen ihrer Haare – für mich bisher einfach nur schwarz – wie Kupfer leuchten. Und ihre Augen sind nicht nur rehbraun, sondern haben goldene Reflexe. Genauso wie ihre Haut. Sie trug knappe Shorts, also konnte ich nicht umhin, ihre nackten Beine zu betrachten. Goldbraun und seidig glatt. Feste Oberschenkel, schlanke Waden, schmale Fesseln, kleine Füße, passend zu ihrem zierlichen Körper. Ich kann mir gut vorstellen, dass alles an ihr klein, goldbraun, stramm und wohlgeformt ist. Womit ich an einem Punkt meiner Überlegungen angelangt bin, an dem ich eine sofortige Abkühlung brauche, sonst wird es peinlich. Ich beende die Duschsession mit einem langen, eiskalten Guss, der die spontanen Regungen meines Unterleibs schockfrostet und verschwinden lässt. Sehr effektiv.

Beim Abtrocknen erinnert mich ein Blick in den Spiegel daran, dass ich dringend zum Friseur muss. Bevor ich mich auf den Weg nach Hause mache, werde ich bei Cemil vorbeischauen. Da bin ich Stammkunde. Sein Salon ist ein Einmannbetrieb, aber der Laden brummt. Hoffentlich kann er mich irgendwie dazwischenschieben.

Klappt, eine Stunde später fahre ich mit einem frischen Fade Cut Richtung Rheinufer-Parkplatz. Wie immer seit der Begegnung mit Adis Schlägerkommando parke ich dort und vergewissere mich, dass rund ums Haus niemand rumlungert. Ich nehme an, Sergej hat Adi bereits mitgeteilt, dass ich für eine Revanche zur Verfügung stehe, deshalb hat der Trupp sich nicht mehr blicken lassen. Wachsam bin ich trotzdem. Beim Hochgehen lausche ich auf Geräusche aus Aylins Wohnung, es ist aber nichts zu hören. Vielleicht hat sie Spätdienst vor dem freien Wochenende. Ja, ich glaube, sie hat gestern gesagt, dass sie bis zweiundzwanzig Uhr arbeiten muss. Holiday Hotel, kenne ich, ist ein Nobelschuppen, Vater bucht da manchmal Zimmer für Geschäftspartner von auswärts.

Schon allein der flüchtige Gedanke an meinen Vater verhagelt mir übergangslos die Laune. Leider sitze ich völlig auf dem Trockenen, was Stimmungsaufheller anbelangt. Ich habe weder was Betäubendes noch was Aufputschendes, und dass ich nicht nachlegen kann, zehrt an meinen Nerven. Ich weiß, dass Koks ein hohes Suchtpotenzial hat, und nach dem regelmäßigen Konsum in der letzten Zeit könnten das schon leichte Entzugserscheinungen sein. Nach dem Kampf mit Adi höre ich auf mit dem Scheiß und bleibe bei Gras, doch vorher hätte ich gern Nachschub. An diesem Wochenende wird das aber nichts, also erwartet mich eine schlaflose Nacht. Morgen werde ich mich dann in Ermangelung von Alternativen volllaufen lassen. Das wird rasch gehen, denn komischerweise vertrage ich keinen Alkohol. Ist irgendwie nicht so meine bevorzugte Droge, das habe ich erst letztens beim Rotwein wieder gemerkt. Darum warte ich mit dem Trinken besser, bis Aylin und ihre Freundin sich verabschiedet haben.

PARTY GOING

Aylin

Josie kann anziehen, was sie will, sie sähe sogar in einem Kartoffelsack toll aus. Wenn sie sich aber so wie heute in Schale wirft, ist sie absolut atemberaubend. Im Kleinen Schwarzen und mit zwei überdimensionalen Baguettestangen, die sie unter den Arm geklemmt hat, rückt sie am späten Samstagnachmittag an. Bevor sie Kurs auf die Küche nimmt, um die Baguettes abzulegen, schwenkt sie die Dinger lachend vor meiner Nase: »Guck mal, das sind Knüppelbrote. Geile Teile, oder? Damit können wir uns zur Not wehren, wenn die da oben uns ärgern.«

Bei der Vorstellung, wie sie mit den Broten auf Vince und seine Krav-Maga-Freunde eindrischt, muss ich auch lachen. Ich folge ihr in die Küche, hole einen Löffel aus der Besteckschublade und bitte sie, den Tortellinisalat zu probieren.

»Schmeckt super, da muss ich mich echt zurückhalten, sonst ist die Schüssel gleich leer.« Sie nimmt noch mal etwas nach und mustert mich kauend von oben bis unten. »Was ziehst du denn an? Sag bitte nicht, dass du so bleiben willst!«

Genau das war eigentlich der Plan, aber neben Josie komme ich mir jetzt doch sehr unscheinbar vor. Andererseits wird das heute keine rauschende Ballnacht. Ich bin hin- und hergerissen, sage aber schließlich: »Wenn du dich so schick gemacht hast, muss ich wohl auch. Dann also den schwarzen Jumpsuit, was meinst du?«

Josie kommt mit zum Kleiderschrank, und nachdem sie mehrere Teile begutachtet und wieder zurückgehängt hat, nimmt sie ein rotes Jerseykleid vom Bügel. »Was ist denn damit? Wäre nicht so farblos wie deine anderen Sachen.«

Ich winke ab. »Auf keinen Fall, das war der totale Fehlkauf. Steht mir irgendwie nicht. Dann lieber der Jumpsuit.«

Doch Josie beharrt darauf, dass ich ihr das rote Kleid vorführe. »Ich weiß gar nicht, was du hast, sitzt doch perfekt. Echt Aylin, das ist der Knaller. Wenn eine dieses Rot tragen kann, dann du.«

Wider Erwarten gefällt es mir auf einmal auch ganz gut an mir, und so lasse ich mich überreden. Das Kleid verlangt nach dem passenden Lippenstift, den ich nicht besitze, aber Josie hat ein Schminktäschchen dabei und kann aushelfen. Danach schlagen wir die Zeit mit Spekulationen tot, über Vince, seine nicht eingeladenen Blondinen und die seltsame Mini-Party, bis um halb acht jemand die Treppe hinaufpoltert. Wir hören Stimmen im Hausflur und kurz danach auch Musik. Es ist das erste Mal, dass Vince sie seit unserer Auseinandersetzung wieder etwas lauter aufgedreht hat. Bei ihm in der Wohnung war es in der letzten Zeit fast schon unnormal ruhig, es gab kaum ein Lebenszeichen.

»Sollen wir auch schon raufgehen? Dann haben wir es schnell hinter uns«, schlage ich vor.

»Also ehrlich, du bist zu negativ eingestellt«, erwidert Josie, ist aber auch der Meinung, dass wir nicht warten müssen, bis es Punkt zwanzig Uhr ist. Mit der Salatschüssel und den Knüppelbroten bewaffnet steigen wir kurz darauf die Stufen hoch und schellen bei Vince. Es dauert einen Moment, bis er öffnet. Als er uns gegenübersteht, bin ich einmal mehr geflasht, obwohl ich an seinen Anblick allmählich gewöhnt sein sollte. Seine Haare sehen anders aus, er war beim Friseur. Sehr kurz an den Seiten, aber mit fließenden Übergängen, nicht ausrasiert oder so. Das Deckhaar wirkt dadurch länger und dunkler.

»Oh, die schönsten Gäste des Abends! Hereinspaziert Ladys«, empfängt er uns glänzend gelaunt. Und dann, völlig unerwartet, küsst Vince uns zur Begrüßung rechts und links auf die Wange. So nah war er mir noch nie, und als sein Mund meine Haut flüchtig berührt, bekomme ich am gesamten Körper Gänsehaut.

»Hot, hot, hot«, flüstert mir Josie beim Hineingehen zu, doch ich bin noch viel zu elektrisiert, um irgendetwas darauf zu antworten.

Zum ersten Mal stehe ich nicht nur auf der Fußmatte vor seiner Wohnung, sondern befinde mich darin. Er hat recht, sein Wohnzimmer wirkt kleiner, weil es ziemlich vollgestellt ist. Die Einrichtung ist eine Mischung aus Industrial und Upcycling. Leder, Holz und Metall dominieren, kein billiger Ikeakram wie bei mir. Ein stylishes Regal aus roten Backsteinen und geölten Holzbrettern, anscheinend eine Maßanfertigung für die Nische zwischen Balkontür und Wand, befindet sich da, wo bei mir das Klavier steht. Die Sitzecke mit Ledersofa im Antiklook und einem Couchtisch auf alten Metallrädern finde ich richtig cool. Am auffälligsten ist aber das Monstrum von einem Holztisch in der Mitte des Raumes. Er ist schön, zweifellos, aber viel zu wuchtig. In einem großzügigen Loft würde er besser zur Geltung kommen als in einem Wohnzimmer von knapp fünfundzwanzig Quadratmetern.

Nur geringfügig weniger wuchtig als der Tisch ist der Typ, der jetzt mit einer Bierflasche in der Hand aus der Küche auf uns zukommt und sich als Finn vorstellt. Aus knapp zwei

Meter Höhe strahlen uns zwei himmelblaue Augen an. Nicht nur, dass jeder Zentimeter dieses hellblonden Riesen wohlproportioniert ist, er hat auch ein wirklich hübsches Gesicht. Für meinen Geschmack ein bisschen zu makellos, aber Josie wirft mir einen vielsagenden Blick zu, der nur einen Schluss zulässt: Unser Gastgeber ist allenfalls noch zweite Wahl. Damit hat sich ein mögliches Problem von selbst erledigt, denn ich könnte vielleicht nicht so gut damit umgehen, wenn sich zwischen ihr und Vince heute etwas anbahnen würde. Oder um ehrlich zu sein, nicht *vielleicht*, sondern *definitiv* nicht.

»Was möchtet ihr trinken?«, fragt Vince und gießt sich Cola ein. Das scheint einfacher zu werden als gedacht, aber dann sehe ich, wie er sein Glas mit Eis und einem Schuss Bacardi auffüllt. »Ihr auch?«

Wir verneinen beide. Vince stellt den Bacardi zurück. »Bedient euch einfach«, sagt er. Im selben Moment öffnet Finn den Bügelverschluss seines Flens mit einem lauten Plopp und prostet Josie zu. Vince und ich stehen neben ihnen, aber wir könnten uns ebenso gut in Luft aufgelöst haben. Der amüsierte Gesichtsausdruck von Vince legt nahe, dass wir gerade das Gleiche denken oder zumindest etwas sehr Ähnliches. »Cheers Aylin! Ich freue mich mega, dass du hier bist«, sagt er zu mir.

Du – nicht *ihr*. Vielleicht auch nur nett gemeint, so wie die Einladung. Ich überspiele meine Verlegenheit, indem ich das Glas fast auf ex leere. Dann erkundige ich mich, wer noch kommt.

»Nur noch zwei, Bennet und Marc. Bennet ist in meiner Trainingsgruppe, und Marc gehört der Krav-Klub.«

Das ist ja sehr überschaubar, denke ich. »Und deine Freundin hat nichts dagegen, dass du ohne sie feierst?«, frage ich dann in einem Anfall von Tollkühnheit.

»Was hast du nur immer mit meiner Freundin? Wie kommst du denn darauf, dass ich eine habe?«

Die ehrliche Antwort würde lauten: Als ich dich zum ersten Mal sah, schlich ein halb nacktes Mädel durch deinen Flur, und du hattest so etwas wie eine Erektion, was peinlicherweise kaum zu übersehen war. Da liegt die Annahme doch sehr nahe. Aber das behalte ich natürlich für mich und sage: »Josie hat dich neulich in Begleitung gesehen, und wir dachten, das sei deine Freundin.«

»Sagen wir mal so, Freundin trifft es nicht ganz, es ist eine längere Geschichte und ziemlich kompliziert.« Er setzt gerade an, diese komplizierte Geschichte weiter auszuführen, als es klingelt. »Erinnere mich unbedingt daran, dass ich dir das später erkläre«, sagt er, bevor er zur Tür geht, um Marc und Bennet hereinzulassen.

Der Ältere von beiden ist wahrscheinlich Marc. Ich schätze ihn auf Anfang vierzig. Mit seinem hohen Haaransatz, der etwas gedrungenen, sehr kräftigen Statur und dem verschmitzten Lächeln erinnert er mich sofort an Bruce Willis. Er könnte dessen kleiner Bruder sein. Bennet ist ein mittelgroßer rotblonder Typ, Mitte zwanzig bis Anfang dreißig. »Sieh an, das Catering ist schon da!«, ruft er und ist mir sofort unsympathisch. Da liegt etwas in seinem Blick und seiner Stimme, das ich nicht mag. Vince kommt seinen Gastgeberpflichten nach.

»Okay, ich stelle euch mal kurz vor: Aylin, meine neue Nachbarin, und Josie. Marc, mein Trainer, und Bennet, mein leidensfähigster Sparringspartner. Finn kennt ihr ja alle schon und mich auch.«

Bennet wanzt sich übergangslos an mich heran: »Wo kommst du denn her?«

Mich beschleicht eine Ahnung, worauf er hinauswill.

»Ich wohne eine Etage unter Vince«, antworte ich, aber er schüttelt den Kopf und sagt: »Nein, ich meine, aus welchem Land?«

Bingo. Wenn ich eins nicht leiden kann, dann Leute, die mich als Erstes nach meiner Herkunft fragen. Bennet hat mir damit soeben die Bestätigung dafür geliefert, dass ich meinem Bauchgefühl bedingungslos vertrauen kann. Ich ziehe ihm im Geiste noch ein paar weitere Sympathiepunkte ab und antworte etwas bissig: »Ich bin im St. Marien Krankenhaus in Ratingen geboren worden, dürfte also vermutlich aus Deutschland kommen. Warum fragst du?«

Daraufhin verzieht er seinen Mund zu einem humorlosen Grinsen: »Oha, nicht gleich an die Decke gehen! Ich hätte auf Türkin getippt bei dem Vornamen und deinem Aussehen.«

Zum Glück stößt in diesem Moment Vince zu uns, der mit Marc in der Küche war, um sich Salat zu holen. Er hat Bennets letzten Satz offenbar mitbekommen und rettet die Situation, indem er Bennets Rückschlüsse ins Lächerliche zieht: »Hört, hört, da spricht der Rotschopf-Insulaner. Wie war das noch, bist du Schotte oder Ire? Ich meine nur, wegen des Haars und so.« Dann ruft er in die Runde: »Übrigens ist das Buffet eröffnet! Wer jetzt nicht zuschlägt, ist selber schuld! Nachher gibt es nur noch Chips.«

Bennet wirft Vince einen finsteren Blick zu und schließt sich Josie und Finn an, die in der Küche verschwinden. »Du solltest dir auch was holen, sonst bekommst du von deiner eigenen Verpflegung nichts mehr ab«, schlägt Vince vor. »Oder wollen wir uns meine Portion teilen? Ich glaube, die reicht für zwei. Und wir könnten uns einen Platz auf dem Sofa sichern, bevor die anderen auf dieselbe Idee kommen.«

Tatsächlich hat er sich den Teller so vollgehäuft, dass ich

ihm nicht widerspreche, obwohl das auch bedeutet, sich die Gabel zu teilen. »Okay, dann aufs Sofa. Aber iss du erst mal. Ich begnüge mich mit dem, was übrig bleibt.«

Wir setzen uns. Nachdem wir aufgegessen haben, erhebt sich Vince einmal kurz, um den Teller wegzubringen und uns etwas zu trinken zu holen. Cola für uns beide, seine auch ohne Schuss. Marc gesellt sich zu uns, geht kurz darauf aber mit Bennet raus auf den Balkon. Josie und Finn sind immer noch in ihrem eigenen Film. Sie nehmen um sich herum eigentlich gar nichts mehr wahr. Aber mir geht es mit Vince ähnlich. Ich bin bei der Unterhaltung ganz auf ihn fixiert. Er hat sich bequem zurückgelehnt und dabei beide Arme rechts und links auf der Rückenlehne des Sofas abgelegt. Sein linker Unterarm berührt dabei meine Schultern, was ich überdeutlich spüre. Ihm scheint aufgefallen zu sein, wie allergisch ich auf die Herkunftsfrage reagiert habe, weil er das Thema noch mal anspricht. »Wegen Bennet, mach dir nichts draus, der labert oft Stuss. Aber ohne böse Absicht, er ist halt nicht die hellste Kerze auf der Torte.«

Seine Hand ist ein kleines Stück nach unten gerutscht, was mir das Reden erschwert.

»Schon gut, mich nervt nur, dass ich ständig meinen nicht vorhandenen Migrationshintergrund erklären muss«, bringe ich mit Mühe heraus. Macht er das mit Absicht, oder nimmt er es etwa gar nicht wahr? Meine Haut brennt lichterloh an der Stelle, an der seine Fingerspitzen sie berühren. Vince scheint etwas sagen zu wollen, zögert aber, bevor er damit herausrückt: »Offen gestanden habe ich bei dir auch auf Türkin oder irgendwas Arabisches getippt. Das wäre aber niemals meine erste Frage gewesen. Außerdem ist es eh egal, es sei denn, hier würden gleich deine zehn älteren Brüder aufkreuzen und deine Ehre retten wollen.« Er zieht seine

Hand abrupt weg und tut so, als wäre er erschrocken: »Weil ich dich angefasst habe, wallah!«

Ich stimme in sein Gelächter über den eigenen Witz ein, weil er den echt lustig rübergebracht hat. Für uns beide scheint es das Signal zum Aufstehen zu sein. Finn hat sich zum Rauchen auf den Balkon verzogen, und ich erwische Josie allein. »Mist, ich muss gleich schon los«, jammert sie. Dass ich auch nicht länger bleiben werde, tröstet sie in keiner Weise. Ihre Laune bessert sich erst, als Finn zurückkommt und vorschlägt, sie zu fahren. Eine halbe Stunde später verabschieden wir uns.

»Es ist doch noch so früh. Ich verstehe ja, dass Josie abhaut, weil sie morgen zur Arbeit muss, aber du kannst ausschlafen«, versucht Vince, wenigstens mich zum Bleiben zu überreden. Doch ich brauche jetzt dringend Zeit für mich allein. Es gibt einiges, über das ich in Ruhe nachdenken muss. Vor allem darüber, dass er die absichtliche oder zufällige Berührung ebenfalls wahrgenommen hat.

MORNING LIGHT

Vince

Früher war mehr Party, so viel ist mal sicher. Mehr Leute, mehr Alkohol und mehr Stimmung. Gut, es sollte nur ein kleiner, gemütlicher Männerabend werden, aber wir haben erst kurz vor zwölf, und ich hänge hier mehr oder weniger allein rum. Bei Aylin und Josie war klar, dass sie nicht lange bleiben würden. Marc muss morgen drei Kurse geben und hatte auch schon angekündigt, dass er nur auf zwei, drei Bier dazustößt. Finn wollte eigentlich nach seinem Fahrdienst zurückkommen, hat es sich aber offenbar anders überlegt. Bennet ist der Einzige, der geblieben ist, nachdem er die Flasche Bacardi fast allein vernichtet und noch ein paar Jägermeister hinterhergekippt hat. Jetzt liegt er komatös auf dem Sofa und wird sich in den nächsten Stunden nicht mehr fortbewegen. Ein Übernachtungsgast, auf den ich gern verzichtet hätte, da könnte ich mir weitaus angenehmere vorstellen. In letzter Zeit hat er sich sehr zu seinem Nachteil verändert, das ist mir heute wieder besonders aufgefallen. Ich bin fast nüchtern, auf jeden Fall nicht betrunken, aber trotzdem quatsche ich Aylin auf WhatsApp an. Sie ist online. Ich weiß, wie bescheuert ihr das vorkommen wird, aber ich muss dem Drang nachgeben.

Vince: *Hey Aylin, sieht aus, als ob du auch noch wach bist. Guten Morgen! Darf ich dich ein bisschen zulabern?*
Aylin: *Ich kann auch noch nicht schlafen. Also schieß los.*
Vince: *Können wir telefonieren? Wäre weniger umständlich.*
Aylin: *Finde ich auch.*
Vince: *Sekunde.*

Ich wechsele zum Telefonsymbol und rufe sie an. Ihr fröhliches »Hallo« animiert mich, sofort zu der Sache zu kommen, die ich ihr noch erklären wollte.

»Die Freundin, mit der Josie mich gesehen hat, das war Marlene. Wir sind befreundet, aber es läuft nichts zwischen uns. Oder um ganz ehrlich zu sein, nur wenig, nicht genug jedenfalls. Sie würde wohl wollen, und ich dachte auch, es könnte was werden. Jetzt bin ich anderer Meinung und weiß, von meiner Seite aus reicht das nicht, aber bisher hatte ich noch keine Gelegenheit, es ihr zu sagen.«

»Okay, danke für die Info. Aber so genau wollte ich es gar nicht wissen, du musst dich vor mir doch nicht rechtfertigen. Ich dachte übrigens erst an eine ganz andere Freundin. Kannst du dich noch daran erinnern, dass ich bei dir geklingelt habe, als du Besuch hattest?«

Oje, das nächste erklärungsbedürftige Thema. »Vage. Ja, doch. Okay, das war Laura. Sie ist aber auch keine Freundin im Sinne von Beziehung. Allerdings lief mit ihr was.«

Gespannt warte ich auf Aylins Reaktion. Zu meiner Erleichterung nimmt sie es mit Humor. »Haha, stell dir vor, das ist mir an einigen Details direkt aufgefallen. Es geht mich aber eigentlich auch gar nichts an, entschuldige diese Inquisition.«

»Ach, da gibt's nichts zu entschuldigen, ich habe ja

selbst angeboten, es dir zu erklären. Aber welche Details? … Scheiße, hör mal.«

Ich halte das Handy mit ausgestrecktem Arm in die Richtung, aus der das sägende Geräusch kommt.

»O Gott, was war das denn?«, fragt Aylin nach.

»Nicht was, sondern wer. Das ist Bennet. Der liegt hier sturzbetrunken mit offenem Mund und schnarcht volles Rohr.«

Aylin kichert. »Sag bloß, bei dir im Bett?«

Allein die Vorstellung ist Horror. Ich tue entrüstet: »Was denkst du von mir? Nein, auf dem Sofa.«

»Na, hätte schlimmer kommen können«, sagt sie trocken, und auf einmal verspüre ich das dringende Bedürfnis, sie nicht nur zu hören, sondern auch zu sehen.

»Ich finde es schlimm genug. Du, deine Salatschüssel steht noch hier, ist schon gespült. Soll ich sie dir vorbeibringen?«

Aylin reagiert auf diese Frage mit einem überraschten: »Jetzt?«

»Das hast du gesagt. Ich hab es nur gedacht.«

»Wie spät ist es?«, will sie wissen.

Ohne nachzuschauen, antworte ich: »Früh.«

Sie zögert. »Also nee, ich weiß nicht …«

Aber ich spüre, dass sie im Grunde nicht abgeneigt ist. »Ist das ein Ja?«

»Ach, was soll's. Irgendwie schon, ich glaube, das ist ein Ja.«

Bevor sie es sich anders überlegen kann, sage ich: »Dann bis gleich, bin sozusagen schon auf dem Weg!«

Das hätte ich Aylin niemals zugetraut. Eigentlich sollte das mit der Salatschüssel nur ein Joke sein, ich war fest überzeugt, dass sie nicht darauf eingehen würde. Verdammt, und ich bin scharf auf sie, das verheißt nichts Gutes. Als ob ich nicht genug andere Probleme hätte. Und die werden wohl kaum geringer, wenn ich meinem Lörres keine klare Ansage mache. Vielleicht sollte ich mir Bennets Suspensorium borgen, aber das ist ja ein Weichteilschutz, ich bräuchte eher was für Hartteile. Mit Mühe rufe ich mir in Erinnerung, dass ich kein notgeiler Achtzehnjähriger mehr bin. Als ich die Treppe hinuntergehe, habe ich immerhin meinen Körper wieder unter Kontrolle. Was die Gedanken anbelangt, das ist schwieriger. Aylin hat die Tür schon einen Spalt geöffnet. Sie steht barfuß da und lässt mich rein. Das schöne rote Kleid hat sie gegen ein viel zu weites T-Shirt und eine auf Knöchelhöhe gekrempelte Jogginghose getauscht. Sie wirkt darin noch kleiner und schmaler. Ich könnte sie ohne Mühe hochheben und … Schluss jetzt.

»Da ist deine Schüssel«, gebe ich überflüssigerweise von mir. Alter, bist du nervös, denke ich, und weiß absolut nicht, warum ich so auf Aylin abgehe. Von meinem Standard-Frauentyp blond und sexy bin ich noch nie abgewichen. Aber heute habe ich getestet, wie sie auf körperliche Nähe reagiert, als ich mit ihr auf dem Sofa saß. War nicht geplant, hat sich so ergeben. Ich hätte gemerkt, wenn es ihr unangenehm gewesen wäre, aber sie hat es zugelassen. Was soll ich nun davon halten, dass ich ihr ein mitternächtliches Treffen vorschlage und sie einwilligt? Ich stehe irgendwie neben mir.

»Hast du noch etwas von Josie gehört? Ist sie gut nach Hause gekommen?«, frage ich, nur um irgendetwas zu sagen.

»Sie hat mir geschrieben, ja. Finn hat sie wohlbehalten zu Hause abgesetzt, mehr weiß ich nicht.« Ich folge ihr, als sie die Schüssel in die Küche bringt.

»Ich kann dir nur Wasser oder Ginger Ale anbieten. Nein, stimmt nicht, Eistee hätte ich auch noch.«

Als sie mich fragend ansieht, sage ich: »Danke, aber das Einzige, worauf ich jetzt Lust hätte, wäre ein Kaffee.«

Fünf Minuten später sitzen wir schon wieder nebeneinander auf einem Sofa, wobei ich diesmal darauf bedacht bin, Abstand zu halten. Ich möchte nicht aufdringlich erscheinen und vor allen Dingen fehlt mir das Vertrauen in meine Disziplin und Willensstärke. Das waren schon immer meine Schwachpunkte. Wäre echt schade, wenn sie mich rausschmeißen würde, weil sie das Gefühl hat, dass ich sie in ihrer eigenen Wohnung sexuell belästige.

»Hast du öfter Schlafprobleme? Oder bist du einfach eine Nachteule?«, fragt sie direkt.

»Stimmt beides. In letzter Zeit schlafe ich wirklich schlecht, aber ich bin auch eher nachtaktiv. Und ein Morgenmuffel. Deine Frühschicht wäre für mich die Hölle, mir fällt es schon schwer, um sieben aufzustehen.«

Sie meint, das sei alles Gewohnheitssache, und dann widmen wir uns beide erst einmal unserem Kaffee. Für den Moment sagt keiner etwas, trotzdem empfinde ich die Gesprächspause nicht als unangenehmes Schweigen. Für längere Zeit ist das auch die einzige ruhige Minute, ich bin richtig überrascht, als ich das nächste Mal aufs Handy schaue und es schon zwei Uhr ist. Keine Ahnung, wie Aylin es schafft, dass ich so gesprächig bin. Oder doch, eigentlich ist es klar. Sie fragt, ich antworte. Das führt dazu, dass ich ohne Punkt und Komma labere, aber kaum an sie herankomme. Immer, wenn ich einen Vorstoß in ihre Richtung wage, blockt sie ab, lenkt das Thema wieder zurück, und schon rede ich mich um Kopf und Kragen. Doch zuerst geht es gar nicht um mich, sondern sie will wissen, seit wann ich Finn kenne.

Ob er Single ist und wie ich sein Interesse an Josie einschätze. Ich versichere ihr, dass Finn ein wirklich Netter ist, ein sanftmütiges Riesenbaby, und seit ein paar Monaten solo. Danach geht es aber fast ausschließlich um mich.

Ich erzähle ihr Dinge von früher, die ich noch keiner anderen Frau gesagt habe. Zum Beispiel, wie sehr ich meinen Vater hasse. Wie wenig Unterstützung ich durch meine Mutter erfahren habe. Und dass ich zum Krav Maga gekommen bin, weil mein Vater aus seinem minderbegabten Schwächling von Sohn einen Kerl machen wollte. Nachdem ich schon im Kindergarten und in der Grundschule ein Außenseiter war, wurde ich auch auf dem Gymnasium gemobbt. Zum Probetraining in den Krav-Klub wollte ich nicht, aber Vater bestand darauf. Ich sollte selbstbewusster werden, lernen, mich zu verteidigen. Leider lief aus Sicht meines Vaters dann alles aus dem Ruder, und es wurmt ihn wahrscheinlich heute noch, dass er derjenige war, der mich auf den verhassten Krav-Maga-Trip gebracht hat. Marc wurde für mich schnell zur wichtigsten Bezugsperson. Es gab nichts anderes mehr für mich als das Training. Ich ging völlig darin auf, tat noch weniger für die Schule als vorher und begann, die Autorität meines Vaters infrage zu stellen. Der wollte wegen meiner miesen Noten hart durchgreifen und verbot mir das Training. Ich gab nur zum Schein nach, trainierte heimlich weiter und nahm mir das Geld für die Kurse aus den Brieftaschen meiner Eltern. Immer nur wenig, keiner bemerkte etwas. Die Schule ließ ich schleifen, schwänzte den Unterricht und mogelte mich mit gefälschten Unterschriften irgendwie durch, bis ich dann in der Qualiphase liefern musste und wegen der Defizite keine Zulassung zum Abi erhielt. All das erzähle ich ihr und komme dann zu dem Tag, an dem es zwischen Vater und mir eskalierte.

»Er hat getobt, geschrien, ist komplett ausgerastet. Hat sich mit geballten Fäusten vor mir aufgebaut und wollte mir allen Ernstes eine Tracht Prügel verpassen. Aber ich war inzwischen siebzehn und hatte drei Jahre intensiv Krav Maga trainiert. Er kam erst gar nicht an mich heran.«

»Schlimm«, sagt Aylin, die sich bis dahin alles schweigend angehört hat.

»Allerdings. Danach wollte ich nur noch von zu Hause weg. Ich habe meinen achtzehnten Geburtstag abgewartet und bin nach Berlin abgehauen. Da bin ich bei einem Kumpel untergekommen, habe mich vier Jahre mit Gelegenheitsjobs durchgeschlagen und mich mit üblen Leuten eingelassen, Schulden gemacht, so richtig im großen Stil. Irgendwann habe ich keinen anderen Ausweg gesehen, als meinen Vater zu kontaktieren. Er hat bezahlt, unter der Bedingung, dass ich zurückkomme und eine Ausbildung mache. Na ja, vertiefen wir das nicht weiter.«

Zum zweiten Mal kommt ein Kommentar von Aylin: »Das ist ja irre. Berlin! Da habe ich auch gewohnt, und ich bin auch abgehauen, wenn auch aus anderen Gründen.«

Ich frage ungläubig nach. »Echt? Wann bist du denn weg aus Berlin? Als du hier eingezogen bist?« Aylin verneint und nach dem, was sie dann erzählt, müssten sich meine beiden letzten Berlin-Jahre mit ihrer Zeit in der Hauptstadt überschnitten haben. »Verrätst du mir, warum du abgehauen bist?«

Sie denkt länger nach, und ich vermute, dass nun irgendwas kommt, um mich auf ein andermal zu vertrösten. Aber dann sagt sie etwas Unerwartetes. »Hast du Lust auf einen Spaziergang am Rhein? Ich glaube, beim Gehen kann ich leichter darüber sprechen.«

Es tut mir sofort leid, dass ich gefragt habe. »Sorry, ich hatte ja keine Ahnung, dass ich da in einer alten Wunde herumstochere. Du musst es mir nicht erzählen, aber auf eine Nachtwanderung zum Rhein habe ich Bock. Lass uns das machen!«

Ich laufe kurz hoch, um meine Jacke zu holen. Die Nacht ist sternenklar, und obwohl ich keine Mimose bin, schätze ich doch, dass es zu kalt ist, um im T-Shirt rauszugehen. Bennet liegt zusammengerollt auf dem Sofa und sabbert in die Polster. Eklig, aber solange er nicht kotzt, soll es mir egal sein. Aylin wartet unten auf mich, und zusammen schleichen wir die Treppe runter. Draußen ist es wirklich kalt, aber auf eine schöne, knackige Art. Wie von selbst legt sich mein Arm um Aylins Schulter. Sie sagt nichts dazu, aber nach ein paar Metern steckt sie eine Hand in meine hintere Hosentasche. Ich glaube es nicht, so gut fühlt sich das an. Ein fast voller Mond erleuchtet die Nacht, es kommt mir vor, als wäre schon früher Morgen. Aylin beginnt zu reden, und je länger ich ihr zuhöre, umso belangloser erscheinen mir die Probleme meiner Kindheit.

MONSTERS OFF

Aylin

Über früher zu sprechen, fällt mir immer noch schwer. »Ich bin ohne Vater aufgewachsen. Er weiß gar nicht, dass ich existiere. Meine Mutter hat ihn sich so ausgesucht, dass er niemals Ansprüche auf die Vaterschaft geltend machen würde. Sie wollte alleinerziehend sein. Ihr Kind mit niemandem teilen.«

Ich verlangsame meine Schritte, bleibe stehen und schaue Vince direkt an. »Die Wahrheit darüber habe ich selbst erst vor fünf Jahren erfahren. Sie hat es darauf angelegt, im Urlaub schwanger zu werden. Ist allein nach Antalya gereist, Pauschalurlaub für Singles. Er war einer der Animateure. Ein One-Night-Stand, vielleicht auch mehrere Nächte, um die Wahrscheinlichkeit zu erhöhen, dass es klappt, so genau hat sie es mir nicht berichtet. Mein Vater war also irgendein Türke, mit dem sie sich einzig und allein zu diesem Zweck eingelassen hat. Tja, auch wenn auf der Geburtsurkunde steht *Vater unbekannt*, kann ich meine Herkunft nicht verleugnen.«

Meine Stimme verrät wahrscheinlich zu viel von meinen Emotionen. Vince legt mit sanftem Druck seine Hände auf meine Schultern. »Aylin, wir können auch einfach nur so spazieren gehen. Wäre blöd, wenn es dir später leidtut, ausgerechnet mich ins Vertrauen gezogen zu haben.«

Aber ich bin im Flow und kann nicht mehr aufhören, es will genau jetzt aus mir heraus. »Ich spreche selten darüber, weil es eigentlich niemanden etwas angeht. Aber es ist kein Geheimnis, und du bist nicht der Erste, dem ich es erzähle.«

Wir setzen uns langsam wieder in Bewegung. Könnte uns jemand sehen, würde er uns sicher für ein verliebtes Pärchen halten. Aber die Straßen sind menschenleer, und ich denke für den Moment nicht weiter darüber nach, warum wir dicht nebeneinander Arm in Arm durch die Nacht schlendern.

»Sollte der Name Aylin ein Hinweis auf deine Abstammung sein?«

»Keine Ahnung, was in ihrem kranken Kopf vorgegangen ist. Aylin bedeutet Mondlicht, oder auch die Strahlende. Vielleicht wurde ich im Licht des Mondes gezeugt, in einer Nacht wie heute. Ich weiß nur, dass sie mich mit ihrer überfürsorglichen Liebe erstickte und ihre eigenen Trennungsängste auf mich übertrug. Sie machte aus mir ein Mamakind, das nicht in den Kindergarten gehen und noch viel weniger dort bleiben wollte. Darin bestätigte sie mich nur zu gerne. Sie erfand sogar Krankheiten und andere Gründe, damit ich zu Hause bleiben konnte.«

»Aber musste sie denn nicht arbeiten?«, will Vince wissen.

»Sie ist gelernte Krankenschwester, hat aber seit meiner Geburt nicht mehr gearbeitet. Da kein Unterhaltspflichtiger ermittelt werden konnte und sie jeden Job ablehnte, lebten wir von Hartz IV. Auf Unterhaltsvorschuss vom Staat bestand kein Anspruch, das wusste sie. Da hätte auch keine Klage was gebracht. Wenn kein Erzeuger ermittelt werden kann, hat der Staat auch keine Möglichkeit, sich das Geld zurückzuholen.«

Wir lassen den Kaiserswerther Markt hinter uns und nähern uns dem Rhein. Hier ist es etwas windiger, und allmählich wird mir doch kühl, obwohl ich einen dicken Strickpullover übergezogen habe. Vince bemerkt mein Frösteln. »Sollen wir zurückgehen? Oder – ich könnte dich auch wärmen.«

Ich will ihn näher bei mir spüren und ziere mich nicht. »Sehr gern.«

Er öffnet den Reißverschluss seiner Jacke und zieht mich an sich heran, sodass seine Körperwärme mir von vorne einheizt und die Jacke meinen Rücken umschließt. Ich lehne mich an ihn, mein Kopf ruht an seiner Brust, und ich wünschte, es würde kein Gestern und kein Morgen geben, sondern nur diesen traumhaft schönen Augenblick.

»Wie ging es denn weiter, als du älter wurdest? Deine Mutter konnte doch nicht dauernd wie eine Glucke um dich kreisen.«

Ich lache kurz auf, doch es ist ein bitteres Lachen. »Oh, du irrst, das konnte sie sehr lange. Als ich eingeschult wurde, brachte sie mich zum Klassenzimmer und holte mich ab. Sogar in den Pausen kam sie häufig vorbei und benutzte die Brotdose oder die Getränkeflasche als Vorwand. Die hätte ich angeblich mal wieder vergessen, aber sie hat sie mir absichtlich nicht mitgegeben. So ging es in der gesamten Grundschulzeit. Du kannst dir bestimmt vorstellen, wie das auf die anderen Kinder wirkte. Ich fand keine Freunde, beteiligte mich kaum am Unterricht, war still und verschlossen. Die schlechte mündliche Mitarbeit spiegelte sich auch in den Noten wider. Ich schrieb meist gute Arbeiten, aber die Zeugnisse fielen mittelmäßig aus. Mutter boxte dennoch das Gymnasium durch, wo ich total unterging. Nach der Erprobungsstufe wechselte ich zur Realschule. Da kam ich ganz gut klar, und in der Klasse war ein Mädchen, das vielleicht meine Freundin hätte werden können. Aber andere

Kontakte empfand meine Mutter als Bedrohung. Nie durfte ich jemanden mit nach Hause bringen, ich durfte auch nirgendwo hingehen. Und im Ernst, wo sollte ich auch hin? Zu Geburtstagsfeiern lud mich keiner ein. Ich war in keinem Verein, und alleine in die Stadt ließ sie mich auch nicht, wir gingen grundsätzlich zusammen.«

Vince hat mehrere Male den Kopf geschüttelt, mir aber zugehört, ohne den Monolog zu unterbrechen. Jetzt kann er nicht mehr an sich halten: »Was ist denn mit Verwandten, Oma, Opa, was weiß ich? Irgendwer muss doch was gemerkt haben. Also die ist doch völlig irre. Was für ein Scheiß!«

Da kann ich ihm nur beipflichten. »Sie ist definitiv krank. Und das Schlimmste daran ist das Fehlen jeglicher Einsicht. Sie hat sich bis heute keine Hilfe gesucht, soweit ich weiß. Aber sie hat jetzt eine Katze als Kindersatz. Und nein, Verwandte gibt es nicht. Sie ist im Heim aufgewachsen.«

Die Erinnerungen holen mich ein, so widersprüchlich, dass ich kurz nach Worten suche.

»Weißt du, so paradox das klingt, in gewisser Weise hatte ich eine schöne Kindheit. Meine Mutter war ein freundliches Monster. Sie hat viel Zeit mit mir verbracht, mir oft vorgelesen. Pu der Bär, Urmel, Alice im Wunderland, all so was. Wir haben zusammen gespielt, gebastelt, Musik gehört. Erst als Jugendliche begann mir zu dämmern, dass sie mich benutzte, um ihre eigenen Bedürfnisse zu befriedigen. Na ja, um es abzukürzen, ich war eine gefügige Tochter und ließ alles über mich ergehen, bis ich mich mit zwanzig verliebt habe und zu meinem Freund nach Berlin gezogen bin … Aber jetzt habe ich dich genug zugequatscht. Die Nacht ist bald um, wir sollten allmählich mal schlafen.«

Vince ist anderer Meinung. »Schlafen? Ich bin so was von wach. Außerdem fehlt jetzt ein wichtiger Teil deiner

Geschichte. Gerade das mit Berlin und diesem Freund interessiert mich sehr. Und ich möchte dich nicht loslassen. Es ist kuschelig mit dir in meiner Jacke.«

Ich stelle mich auf die Zehenspitzen, damit mein Gesicht näher an seinem ist, und sage: »Vince, alles Weitere erzähle ich dir lieber ein anderes Mal. Für heute war es echt genug. Ich bin ziemlich müde.« Bevor er antworten kann, tue ich das, wonach mir gerade so sehr ist und weswegen ich mich auf die Zehenspitzen gestellt habe. Er hat seinen Kopf etwas gesenkt, um mich anzuschauen, und so schaffe ich es, meine Lippen in Höhe seines Mundes zu bringen, um ihn zu küssen. Ein vorsichtiger Kuss, der ihm die Wahl lässt. Die des Rückzugs und die der Erwiderung. Er zögert keine Sekunde, mir zu zeigen, dass ich nicht *alle* Möglichkeiten bedacht habe. Denn er erwidert den Kuss nicht nur, er gibt ihm Feuer und Intensität. Meine Lippen leisten keinerlei Widerstand, als er mit seiner Zungenspitze sanften Druck ausübt, um sie zu öffnen. Ich schließe die Augen und lasse mich einfach mitreißen von der Hitze, die Vince in mir entfacht und die sich wie ein Lavastrom über meinen Blutkreislauf ausbreitet. Dieser Kuss ist brandgefährlich, wie flüssiges Feuer. So sehr ich ihn auch genieße, empfinde ich doch schon Angst vor dem Danach, denn auch der längste Kuss muss irgendwann enden. Und was dann? Ich habe Küsse schon immer als etwas ungemein Intimes empfunden. Für mich würde wahrscheinlich eher Sex ohne tiefere Gefühle funktionieren als ein Zungenkuss. Als unsere Lippen sich schließlich voneinander lösen und ich die Augen öffne, hält er mich weiter in seinen Armen, und ich kann trotz der Wolke, die sich vor den Mond geschoben hat, erkennen, dass er mich auf eine besondere Weise anschaut. »Mondlicht«, höre ich ihn sagen, und ich weiß erst gar nicht, was er meint. Aber dann kommen seine Lippen mir wieder gefährlich nah, nur führt er sie diesmal an mein Ohr und flüstert: »Aylin. Mondlicht. Ein schöner Name. Das muss man deiner Mutter lassen.«

»Finde ich auch. Ich mag ihn und möchte ihn nicht gegen Laura, Lisa, Lena oder den Rest der Top Ten aus meinem Jahrgang tauschen.«

»O nein, auf keinen Fall. Aylin ist schon perfekt für dich.« Er haucht mir ein Küsschen auf die Nasenspitze und sagt dann: »Komm, lass uns zurückgehen. Deine Nase ist eiskalt, ich glaube, du musst ins Warme.«

Auf dem Weg nach Hause sprechen wir wenig. Wir gehen Arm in Arm, aber dennoch empfinde ich es so, als würde mit jedem Meter, den wir zurücklegen, auch die Nähe zwischen uns schwinden. Als wollte sich mein Kopf dafür rächen, bewusst ignoriert worden zu sein, überlagert er jetzt mit aller Macht das Bauchgefühl. Eben noch erschien es mir richtig, die Initiative zu ergreifen und Vince zu küssen, jetzt denke ich, warum in aller Welt habe ich es getan? Wollte ich die Dritte im Bunde sein, eine weitere Frau, mit der er mehr oder weniger was laufen hat?

Es knisterte zwischen uns, ja, aber es war nur das harmlose, leise Knistern soeben entfachter Glut. Nur ein paar Funken, die noch nichts in Brand gesetzt hatten und auch rasch hätten verglimmen können. Wenn du willst, dass die Holzscheite rasch Feuer fangen und in lodernden Flammen stehen, musst du in die Glut pusten. Genau das habe ich mit dem Kuss getan. Ob Vince es auch so empfindet? Auf jeden Fall beschäftigen ihn Gedanken, die mit mir zu tun haben.

»Der Berliner Freund, mit dem bist du nicht mehr zusammen, nehme ich an?«, fragt er unvermittelt.

»Nein, das ist schon lange aus, zweieinhalb Jahre. Ich wohne auch schon seit zwei Jahren in Düsseldorf. Nach der

Trennung wollte ich weg aus Berlin, und über Bekannte aus meiner Ausbildungszeit habe ich hier einen Job bekommen. Die Wohnungssuche war schwierig. Ich bin erst mal in einem heruntergekommenen Apartment in Eller gelandet.«

»Und von da dann also in unserem ehrenwerten Haus?«

Ich nicke. Wie wenig wir doch übereinander wissen, wie viel wir uns noch erzählen müssten, um uns besser kennenzulernen. Oder zumindest gut genug, um eine so wichtige Entscheidung treffen zu können wie die, ob wir die paar Stunden, die von der Nacht noch übrig sind, zusammen verbringen. Schwer einzuschätzen, ob er gleich einen Versuch in diese Richtung unternehmen wird. Er ist ein Mann, und welcher Mann nutzt nicht eine Chance, die sich ihm unerwartet bietet? Doch dieses Tempo möchte ich nicht mitgehen. Egal wie willig und bereit mein Körper ist, das wäre zu schnell. Überhaupt geht das alles zu schnell. Noch vor ein paar Wochen war er für mich ein rotes Tuch, der rücksichtslose Nachbar, der mir die Nachtruhe raubte. Der Gedanke lässt mich lächeln, denn im Grunde trifft das auf diese Nacht auch zu, nur dass ich diesmal in den Raub eingewilligt habe. Wie spät mag es jetzt sein? Ich habe mein Handy nicht mitgenommen, auch keine Uhr, darum kann ich nur schätzen. Halb drei vielleicht.

Wir stehen vor der Eingangstür. Vince hat seinen Schlüssel schneller parat als ich und schließt auf. Ohne das Flurlicht einzuschalten, gehen wir so geräuschlos wie möglich die Stufen hoch. Vor meiner Tür ist der Moment gekommen, über den ich eben nachgedacht habe. In der Dunkelheit kann ich Vince nur schemenhaft erkennen. »Du schickst mich jetzt hoch zu dem Schnarcher?« Es ist mehr eine Feststellung als eine Frage, und in diesem Moment wird mir klar, dass Vince sich auch über das Danach Gedanken gemacht hat. »Ja, ich glaube, das wäre vernünftig.«

Vince seufzt auf. »Wobei ich auch große Lust hätte, unvernünftig zu sein. Aber Vernunft ist okay, unter zwei Bedingungen.«

»Und die wären?«

»Erstens geben wir uns einen Gutenachtkuss. Und zweitens tun wir morgen nicht so, als hätten wir diese Nacht vergessen.«

»Abgemacht«, sage ich und muss mich diesmal nicht auf die Zehenspitzen stellen. Er lehnt sich mit dem Rücken gegen die Tür, schlingt seine Arme um meinen Po und hebt mich hoch, als hätte ich kein Gewicht. Sein Kuss ist eine wilde Herausforderung an meine Fantasie, ihn in alle Ewigkeit weiterzudenken – und dann, unvermittelt, lässt er mich dicht an seinem Körper nach unten gleiten. »Nur damit du weißt, warum ich dir jetzt ganz schnell eine gute Nacht wünschen und nach oben verschwinden muss«, flüstert er mir noch ins Ohr, bevor er sich zur Treppe wendet. Ich schaffe es kaum, das Schlüsselloch zu finden, und das liegt nicht an der Dunkelheit, sondern an meinen zittrigen Fingern.

THINKING ABOUT

Vince

Mit ein paar Stunden Zeitabstand bin ich froh darüber, mich heute Nacht ausnahmsweise anständig verhalten zu haben. Ist mir extrem schwergefallen, und einschlafen ging erst mal gar nicht. Ich musste manuell nachhelfen, um runterzukommen. Danach war ich halbwegs entspannt, und jetzt, nach etwas Schlaf, fühle ich mich topfit, obwohl es noch keine neun ist. Bennet hat sich dermaßen abgeschossen, dass ich ihn eben unsanft wecken musste, sonst würde er immer noch pennen. Ich habe ihn mit einem Espresso und zwei Aspirin versorgt. Kurz darauf ist er zum Glück nach Hause gefahren. Ich hätte ihn auch keine Sekunde länger hierhaben wollen.

Gedanklich bin ich bei gestern Nacht. Nein, heute Nacht. Heute Morgen, wie auch immer. Nicht mal der Ansatz eines Versuchs, mit Aylin im Bett zu landen, ich habe, ohne zu zögern, das Feld geräumt. Das hat mich selbst überrascht, denn da wäre noch was gegangen. Wenn ich etwas mehr Überzeugungsarbeit geleistet hätte, wäre ich bestimmt weiter gekommen als bis zu ihrer Fußmatte. Es muss etwas mit ihr zu tun haben, dass ich nach einem Abschiedskuss vor der Tür wie ein braver Junge nach oben gestapft bin. Sie ist so anders als die Mädels, die ich sonst date, nicht nur optisch.

Vielleicht wollte ich vermeiden, wie ein geiler Aufreißer auf sie zu wirken. Oder ich wollte mir keine Abfuhr einfangen. Ist ja auch egal, jedenfalls ist nichts gelaufen, obwohl ich wollte, dass was läuft. O Mann, und wie ich es immer noch will! Das beunruhigt mich zugleich, denn ich denke gar nicht ausschließlich an Sex. Dabei ist das Letzte, wonach ich suche, ein Mädel, das mir wirklich etwas bedeuten könnte. Ein Flirt ist okay, die eine oder andere Nummer auch, aber für eine Beziehung sind momentan die Voraussetzungen denkbar schlecht. Dessen ungeachtet checke ich ständig mein Handy nach einer Aktivität von Aylin. Anscheinend ist sie noch nicht wach.

Wäre es eine gute Idee, Brötchen zu besorgen und sie zum Frühstück einzuladen? Ich inspiziere den Kühlschrank. Viel gibt er nicht her, aber eine volle Packung Eier und Butter sind da, also könnte ich Rührei machen. Marmelade habe ich auch, reicht doch. Ich finde die Frühstücksidee hat was. Was sich da mit Aylin anbahnt, ist etwas sehr Spezielles und wirkt auf mich wie ein Aufputschmittel. Normalerweise würde ich mir längst den Kopf zerbrechen, wie ich an irgendwelches Zeug komme, aber im Moment bin ich auf einem anderen Trip. Ich dusche und nehme mir die Zeit, mich überall gründlich zu rasieren. Ist immer besser, auf alles vorbereitet zu sein, in der Verteidigung wie im Angriff. Meine letzte Vorbereitung in Sachen *Angriff* galt Laura. Kommt mir vor wie Ewigkeiten, war aber erst vor ein paar Wochen. Auch an einem Sonntag. Auch zum späten Frühstück. Diese Assoziation ist mir fast unangenehm, macht mich überhaupt nicht mehr an, daran zu denken. Bevor ich zum Bäcker gehe, noch ein Blick auf WhatsApp. Bei Aylin steht immer noch *zul. online heute um 03:16*. Ich schreibe ihr kurz, vielleicht liest sie die Nachricht, bevor ich zurück bin.

Guten Morgen Aylin, hast du gut geschlafen? Bin Brötchen holen. Frühstückst du bei mir? Bitte! Bis gleich hoffentlich.

Ich lösche das *Bitte!* wieder. Bin ich ein peinlicher Bittsteller, oder was? Dann nehme ich die Treppe mit Schwung und lasse mir fünf Minuten später in der Bäckerei sechs Brötchen und zwei Croissants in eine Tüte packen. Lieber zu viel als zu wenig. Auf dem Weg zurück vibriert mein Handy. Ich ziehe es hastig aus der Hosentasche, um ein Haar landet dabei die Brötchentüte auf dem Boden. Aber es ist nur Finn, der sich entschuldigt, dass er gestern verschwunden ist. Geschenkt. Beim Gehen tippe ich eine knappe Antwort und schaue erst wieder auf, als ich schon fast am Haus bin. Darum hätte ich den bulligen Kerl an der Straßenecke beinahe übersehen. Adi. Er hat von seiner Position aus beobachten können, dass ich zielstrebig auf dieses Gebäude zusteuere, eine spontane Kehrtwende würde keinen Sinn machen. Dann ist es halt so, ich kann es nicht ändern. Jetzt weiß er genau, wo ich wohne. Aber wenigstens kann er mit den Namen auf den Klingelschildern nichts anfangen. Es sind viele, auf Anhieb wird er kaum rausfinden, welche Wohnung meine ist. Ohne mir anmerken zu lassen, dass ich ihn bemerkt habe, gehe ich weiter. Genau in diesem Moment höre ich Aylins Stimme: »Hallo Vince! Toller Service!« Ich schaue hoch zu ihrem Balkon. Da steht sie, winkt fröhlich, hat ein geblümtes Tuch um ihren Kopf gewickelt und ruft mir zu: »Kannst schon mal den Tisch decken, muss nur noch eben die Haare föhnen!«

Verdammt schlechtes Timing. Ich winke nur kurz zurück, für mehr ist mit dem Nibelungenklotz im Nacken keine Zeit. Zum Glück geht sie direkt wieder in ihre Wohnung. Nur noch wenige Schritte trennen mich von der Haustür. Auf einmal kommt Bewegung in Adi. Aus den Augenwinkeln nehme ich wahr, wie er sich mit schwerfälligen Schritten nähert. Da sich die Konfrontation nicht vermeiden lässt, drehe ich mich in seine Richtung, woraufhin er abrupt stehen bleibt. »Deine Kopftuchschlampe hat aber Sehnsucht nach dir, *Vince*. Bestell ihr schöne Grüße. Wenn sie es mal richtig besorgt haben will, darf sie sich gern an mich wenden.« Höhnisch grinsend unterstreicht er seine Worte mit obszönen Gesten. Was er von sich gegeben hat, macht mich so wütend, dass ich ihm am liebsten sofort Schmerzen zufügen will. Heftige Schmerzen, die er nie mehr vergisst. Aber ich lasse mich nicht provozieren, denn jetzt ist kein günstiger Zeitpunkt für einen Schlagabtausch. Adi kann warten, Aylin ist mir wichtiger. Die Gelegenheit, diesen Wichser meine Wut spüren zu lassen, wird sich schon bald ergeben. Zum zweiten Mal innerhalb von vierundzwanzig Stunden handele ich vernünftig und nicht triebgesteuert, indem ich die Tür aufschließe, ohne auf seine Unverschämtheit einzugehen, und ihn kommentarlos draußen stehen lasse. Was bezweckt der Idiot damit? Wenn es mich allein beträfe, würde ich mich kaputtlachen, weil er versucht, mir Angst einzujagen, indem er seine Gefolgsleute auf mich ansetzt oder mir sonntags selbst nachspioniert. Aber ich mache mir Sorgen um Aylin. Er könnte mutmaßen, dass wir zusammenleben, in der zum Balkon gehörenden Wohnung. Fuck. Ich werde bei Sergej in Sachen Fight nachhaken. Bisher hat er mir noch keinen Termin durchgegeben. Von mir aus jederzeit, je schneller, desto besser. Nur nicht jetzt. Denn jetzt gibt's erst mal Frühstück.

Ich schlage gerade das vierte Ei auf, als es klingelt. Prompt landet die Eierschale mit in der Schüssel, und ich fische sie schnell heraus, bevor ich zur Tür gehe. Wegen meiner klebrigen Hände öffne ich sie mit dem Ellenbogen und bin regelrecht geflasht. Ich muss blind gewesen sein bei unseren ersten Begegnungen! Ist doch unmöglich zu übersehen, dass Aylin eine Hammerfrau ist. Allein das Eiweiß an den Fingern hält mich davon ab, sie zu umarmen. Vorerst muss ich mich mit ihrem Anblick und dem süßen Vanilleduft zufriedengeben, der von ihren schwarzen Locken ausgeht. Zum ersten Mal bemerke ich, wie lang sie sind. Sonst trägt sie die Haare immer hochgebunden, offen reichen sie fast bis zur Taille.

»Hallo!«, sage ich und verpasse ihr mit erhobenen Händen ein schnelles Küsschen. »Sorry, habe Ei an den Fingern. Ich hoffe, du magst Rührei?«

Aylin lächelt. »Ach sooo! Ich dachte schon, du wolltest dich kampflos ergeben. Und ja, mag ich.« Sie zieht die Tür hinter sich zu und folgt mir in die Küche.

»Hast du großen Hunger?«, frage ich, und als sie nickt, nehme ich auch die letzten zwei Eier aus der Packung, haue ihren Inhalt in die Schüssel und verquirle alles mit einer Gabel. Aylin schneidet die Brötchen auf, während ich zum Händewaschen ins Bad verschwinde.

»Setzen wir uns auf den Balkon?«, schlägt sie vor, als ich zurückkomme. Nur das nicht, denke ich, Adi könnte da draußen immer noch lauern.

»Nee, ist mir zu kalt«, erwidere ich darum und registriere, dass sie die Augenbrauen hochzieht. Bestimmt wundert sie sich, denn so kühl ist es heute nicht. Ohne darauf einzugehen, stellt sie den Brotkorb auf den Esstisch im Wohnzimmer.

»An dem könnten ja sämtliche Ritter der Tafelrunde fürstlich speisen«, sagt sie mit dem Anflug eines Grinsens. »Wo hast du das Riesenteil denn her?«

Das Tischthema möchte ich gar nicht vertiefen, denn

es ist untrennbar mit Erinnerungen an Laura verbunden. »Selbst gebaut«, antworte ich daher nur knapp. Dann lenke ich Aylins Aufmerksamkeit zu den anderen Möbeln aus eigener Herstellung und überzeuge sie nebenbei davon, lieber gemütlich auf der Couch zu frühstücken.

»Von mir aus gern, krümeln wir die Polster voll«, sagt sie, und kann sich vor Lachen kaum einkriegen, als ich ihr beichte, dass diese wegen Bennets Hinterlassenschaften eh eine intensive Reinigung nötig haben.

»Sollen wir sie lieber erst desinfizieren?«, schlägt sie vor, und ich kann mich nicht mehr länger zurückhalten, sondern muss sie anstelle einer Antwort einfach küssen. »Verschieben wir das auf später«, sage ich, als ich den Kuss kurz unterbreche, und will dann anknüpfen, wo ich aufgehört habe, aber sie entzieht mir ihren Mund.

»Du meinst aber hoffentlich nicht das Frühstück?«

»Nein, natürlich nicht«, lüge ich dreist, und im selben Moment rieche ich etwas Verbranntes. Die Pfanne steht immer noch auf dem Herd! Fluchend sprinte ich los und versuche zu retten, was zu retten ist. Viel ist es nicht, nur der obere Teil, unten ist das Rührei total angekokelt. Es schmeckt trotzdem, Aylin behauptet sogar, es hätte tolle Röstaromen. Als wir beide satt sind, fällt mir die Flasche Freixenet ein, die ich gestern extra für die Mädels besorgt habe. Sie steht ungeöffnet im Kühlschrank. »Lust auf Sekt?«, frage ich, nicht im Geringsten vorbereitet auf ihre abweisende Reaktion. Sie sagt schroff Nein, reflexhaft, ohne überhaupt nachzudenken. Ich kenne kein Mädel, das ein Glas Sekt oder Prosecco zum Brunch je derart rigoros abgelehnt hätte. Die gechillte Harmonie zwischen uns bekommt mit einer einzigen harmlosen Frage einen krassen Dämpfer. Warum das so ist, weiß ich nicht.

»Okay, dann noch Kaffee?«, versuche ich, die gekippte Stimmung zu retten.

»Gern«, antwortet sie, und ich flüchte in die Küche. Während das Mahlwerk des Vollautomaten lautstark die Bohnen pulverisiert, überlege ich, was genau gerade das Problem war. Ich bin mir keiner Schuld bewusst. Dachte sie vielleicht, ich wolle sie abfüllen, um dann über sie herzufallen? Aber doch wohl kaum mit Sekt. Ich bin so darauf konzentriert, den Fehler zu finden, den ich vielleicht begangen habe, dass ich zusammenzucke, als Aylin unvermittelt hinter mir steht.

»Vince, das eben war eine blöde Reaktion von mir. Tut mir leid. Ich versuche mal, es ganz kurz zu erklären. In Berlin habe ich zu viel getrunken. So viel, dass ich es nicht mehr unter Kontrolle hatte. Und jetzt möchte ich die Kontrolle nie wieder verlieren und verzichte seit zwei Jahren auf Alkohol in jeder Form.«

Ich drehe mich zu ihr, ohne eine Idee, was ich sagen soll. Passiert selten, dass es mir die Sprache verschlägt, aber im Moment fällt mir nichts Geistreiches ein. Es muss sie Überwindung gekostet haben, sich zu outen, deswegen will ich jetzt keinen blöden Spruch raushauen nach dem Motto: Alles easy. So easy war das für sie bestimmt nicht. Darum ziehe ich sie einfach in die Arme, halte sie fest, und als ich spüre, dass sie sich entspannt, kommen die Worte wie von selbst: »Das ist hart. Aber Hauptsache, dir geht's wieder gut und für dich ist es okay so. Und Aylin?« Sie schaut zu mir hoch. »Danke für dein Vertrauen. Ich kann mir vorstellen, dass du das nicht jedem erzählst.«

»Das stimmt, geht ja eigentlich niemanden was an. Nichts zu trinken, fällt mir inzwischen total leicht, aber es ständig begründen zu müssen, ist nervig.«

»Sag doch demnächst einfach, du müsstest noch fahren.«

»Die Ausrede habe ich schon benutzt. Aber sogar dann wird man zum Anstoßen gedrängt von wegen *ein Gläschen in Ehren*, blabla. Ich fühle mich dann oft wie die absolute Spaßbremse.«

Wir verziehen uns mit unseren Tassen wieder aufs Sofa und verbringen dort den Tag mit etwas, das ich sonst nie so ausdauernd tue: kuscheln und reden. Aylin erzählt mir, wie sie in Berlin mit Kian alles nachholen wollte, was sie als Jugendliche versäumt hat. Klang für mich so, als wäre der Typ nicht ganz unschuldig an ihren Exzessen gewesen. Zumindest hat er sie über Monate saufen lassen, ohne was dagegen zu unternehmen. Ihre Offenheit bringt mich dazu, Aylin auch meine Probleme anzudeuten, wenigstens einen Teil davon. Allerdings verharmlose ich alles. Was das Koksen betrifft, formuliere ich es so, als hätte ich es nur mal ausprobiert. Das mit den illegalen Kämpfen spiele ich auch herunter. Die Prüfungskacke lasse ich ganz außen vor. Ich kann ihr das komplette Ausmaß meiner beschissenen Situation nicht in allen Details schildern, denn dann wäre es das wohl gewesen mit uns. Und das wäre verdammt noch mal zu wenig.

ANOTHER NIGHT

Aylin

Wo ist die Zeit geblieben? Verrückt, die Stunden sind gerast, und jetzt ist schon Abend, fast Nacht. Wenn man gestern mitzählt, ist es die zweite Nacht in Folge, die Vince und ich zumindest teilweise zusammen verbringen. Noch liegen wir nebeneinander, und es fällt mir so schwer, mich von ihm zu lösen. Wir zögern den Abschied hinaus. Vince saugt leicht an meinem Hals, ich spüre seine Zunge genau oberhalb des Schlüsselbeins. Warum wusste ich nicht, dass ich an dieser Stelle so erregbar bin? Dann flüstert er mir ins Ohr: »Übernachte bei mir. Ich könnte dich morgen zum Frühdienst fahren. Und ich halte mich auch zurück, versprochen. Gestern habe ich doch bewiesen, dass ich es kann.«

Obwohl ich sicher bin, dass er ernst meint, was er sagt, gehe ich nicht davon aus, dass wir uns zurückhalten könnten. Weder er noch ich. Dazu sind wir schon zu weit und wissen beide, dass wir mehr voneinander wollen, als angezogen heftig auf dem Sofa zu knutschen wie Teenies. Da es aber noch ein paar Dinge gibt, die ich vorher klären möchte, bin ich fest entschlossen, in meinem eigenen Bett zu schlafen. Deshalb versuche ich anzukündigen, dass es jetzt höchste Zeit wird, nach unten zu gehen.

»Deine Standhaftigkeit in allen Ehren …«, beginne ich,

doch komme nicht weiter, weil er wieder diese erogene Zone an meinem Hals küsst und dann über meine Zweifel witzelt.

»Ich bestehe darauf, dass ich standhaft bin, und ich kann es auch beweisen.« Er nimmt meine Hand und führt sie gezielt an die entsprechende Stelle seines Körpers, die zwar mit Stoff bedeckt, aber dennoch aussagekräftig genug ist. Ihn so deutlich zu spüren, bringt mich ins Wanken.

»Du weißt genau, was ich meine, Vince. Mach es mir doch nicht noch schwerer.« Sofort lässt er meine Hand los und schafft etwas Abstand zwischen uns, was auf seinem schmalen Sofa gar nicht einfach ist.

»Wie du willst, süßes Mondlicht …«

»Oh, das ist so unfair! Es hat überhaupt nichts mit wollen zu tun, sondern mit der Sache, über die wir eben gesprochen haben. Die wir vorher klären sollten. Oder vielmehr du mit Marlene.«

Vince richtet sich auf und zieht mich dann zu sich auf den Schoß. Unsere Gesichter befinden sich nun etwa auf gleicher Höhe. »Alles klar, du hast ja recht. Ich höre jetzt mit dem Quatsch auf und sage Marlene morgen, dass Schluss ist, damit sie sich keine Hoffnungen mehr macht. Aber ernsthaft, es ist nicht so, dass ich sie mit dir betrügen würde, wir waren nie ein Paar.«

»Ich glaube dir, aber trotzdem. Das finde ich einfach fairer.«

Als ich eine halbe Stunde später im Bett liege, denke ich darüber nach, wie viel wir uns heute anvertraut haben und dass es doch längst nicht alles ist. Wie kann man auch absolut offen sein, wenn man sich gerade erst kennenlernt und so viele Probleme mit sich herumschleppt? Es ist ein Abwägen, bei ihm wahrscheinlich genauso wie bei mir. Das mit der

Sauferei habe ich stark abgekürzt, denn ich mag diese elende Phase meines Lebens in ihrer vollen Tragweite noch nicht vor ihm ausbreiten. Kian war ein extremer Partygänger, er machte an den Wochenenden die Nächte durch. Meistens zog ich mit ihm los und betrank mich. Später auch unter der Woche, vor allem, wenn wir uns gestritten hatten. Dann flüchtete ich mich in den Rausch. Irgendwann gehörte Alkohol gewohnheitsmäßig dazu. Ich brauchte immer einen gewissen Pegel, es bedurfte keines besonderen Anlasses mehr. Kian war das alles egal, er hatte jedes Interesse an mir verloren und vögelte immer ungenierter herum, während ich die Augen vor der Wahrheit verschloss.

Als Vince vom Koksen erzählt hat, habe ich ihm das *Nur mal ausprobiert* nicht abgenommen. Ich bin ziemlich sicher, dass er das Zeug regelmäßig konsumiert. Wie auch immer, ihm geht es bestimmt ähnlich wie mir. Davon zu sprechen, kostet ihn Überwindung. Trotzdem hat er es mir zuliebe getan. Ich glaube, er wollte die Alkoholsache damit relativieren und durchblicken lassen, dass er nicht in der Position ist, mich dafür zu verachten oder zu verurteilen. In dem Moment hatte ich keine Angst mehr davor, mich in ihn zu verlieben. Ich konnte es zulassen, denn meine Vermutung, er sei so ein Blender wie Kian, war falsch. Die beiden sind charakterlich grundverschieden. Kian hat immer den Überlegenen gegeben. Je kleiner ich mich fühlte, umso besser für sein Ego. Wie oft hat er noch auf mir herumgetrampelt, wenn ich schon wehrlos am Boden lag. Nur im übertragenen Sinne, geschlagen oder getreten hat er mich mit Worten und am Ende auch mit seiner Gleichgültigkeit, nie mit Fäusten oder Füßen.

Trotz der Gedankenachterbahn in meinem Kopf muss ich irgendwann eingeschlafen sein. Um kurz vor fünf Uhr morgens fühlt es sich allerdings so an, als hätte ich kein Auge zugetan. Ich bin froh, dass ich vor dem Wecksignal aufgewacht bin und nicht sofort aufstehen muss. Mit geschlossenen Augen döse ich noch etwas vor mich hin. Ein paar Minuten später schrecke ich hoch, aber nicht vom lauten Signalton des Handyweckers, sondern von einer beharrlichen Vibration. Irgendwer ruft mich an. Lustlos schaue ich nach, wer um diese Uhrzeit etwas von mir will, und bin mit einem Mal hellwach. Es ist Vince.

»Guten Morgen. Warum in aller Welt bist du denn schon auf?«

»Dir auch guten Morgen. Keine Ahnung, kann nicht mehr schlafen. Ich würde dich gern zur Arbeit fahren. Was meinst du, ist das eine gute Idee?«

»Eine ziemlich verrückte Idee ... aber ja, klingt gut«, sage ich mit einem Lächeln, das er nicht sehen, aber wahrscheinlich in meiner Stimme hören kann.

»Finde ich auch. Mein Auto steht auf dem Parkplatz Kaiserpfalz. Ich hole es hierher und würde sagen, Abfahrt um zwanzig vor sechs? Die Straßen werden ja jetzt frei sein.«

»Quatsch, das ist doch viel zu umständlich, gehen wir doch lieber zusammen zum Parkplatz. Gib mir eine halbe Stunde, dann bin ich startklar.«

»Okay, dann bis gleich.«

Punkt halb sechs klopft er leise an. Ich habe mich erst vor wenigen Stunden von ihm verabschiedet, aber die Wiedersehensfreude ist so gewaltig, als lägen mehrere Tage und noch mehr Nächte ohne ihn dazwischen. Er sieht verstrubbelt und müde aus, aber auf eine sexy Art, die mich denken lässt, der Mann gehört dringend ins Bett, aber nicht allein. Ich will mich neben ihn legen und unter ihn und auf ihn. O Gott! Schrecklich, diese Assoziationen überrollen mich völlig ungehemmt. Ich kann sie nicht abstellen, und er grinst mich so vielsagend an, als könnte er alle meine Gedanken lesen. Wieder einmal schleichen wir zusammen durchs dunkle Treppenhaus und sind wenig später unterwegs zum Parkplatz.

»Sag mal, warum hast du dein Auto eigentlich so weit entfernt abgestellt?«, will ich von ihm wissen, denn es gibt in der Nähe genug Parkmöglichkeiten. Er druckst etwas herum und meint dann, das sei eine Art Vorsichtsmaßnahme.

»Versteh ich nicht«, sage ich, weil ich wirklich keine Ahnung habe, was er damit meint.

»Es gibt da einen echt unangenehmen Typen, dem ich auf die Füße getreten bin. Tu mir den Gefallen und halt die Augen offen. Sollte am Haus mal ein riesiger Fettwanst herumlungern, so groß wie Finn, aber doppelt so breit, geh ihm bitte aus dem Weg.«

»Klingt ja nicht so, als könnte ich den übersehen«, erwidere ich. »Und dem bist du wie genau auf die Füße getreten?«

»Aylin, das ist eine lange Geschichte, lass mich dir das ein anderes Mal genauer erzählen. Jetzt nur so viel: Der Typ ist ein Nazi und gehört zu einer Kampfsporttruppe. Die trainieren für ihren *Kampf der Nibelungen*, so eine braune Großveranstaltung.«

Vince hat Kontakt mit der rechtsextremen Szene? Ich kann und will es nicht glauben. Die Vorstellung schockiert mich so sehr, dass meine Stimme lauter klingt als gewollt. »Und welche Rolle spielst du dabei? Von mir aus fass dich kurz, aber das möchte ich jetzt sofort wissen. Du hast doch hoffentlich nie mit denen sympathisiert?«

»Nein!« Er geht unwillkürlich schneller, während er weiterredet. »Ich hab Scheiße gebaut, Aylin, aber ich gehöre nicht zu denen. Im Gegenteil, Nazis und deren fucking rassistische Ideologien sind das Allerletzte. Meine Rolle bei der Sache ist die: Vor ein paar Wochen habe ich gegen diesen Idioten in einem illegalen Fight Club gekämpft und gewonnen. Das nimmt er mir übel, will unbedingt eine Revanche, und die bekommt er demnächst. Dann ist die Sache erledigt.«

Obwohl ich sehr daran zweifele, dass die Sache dann wirklich erledigt ist und noch so viele Fragen habe, bedränge ich ihn nicht weiter, sondern erwidere nur: »Gott sei Dank, dann bin ich ja beruhigt.« Vince hat schon viel mehr gesagt, als er eigentlich wollte. Damit muss ich mich für den Moment zufriedengeben. Außerdem sind wir am Parkplatz angelangt. Die ganze Zeit sind wir Hand in Hand gegangen, jetzt lässt er meine Hand los, um den Autoschlüssel aus seiner Hosentasche zu ziehen. Ein paar Meter entfernt blinken die Lichter eines Sportwagens. Er geht vor und hält mir die Tür auf. Ich lasse mich in den Schalensitz fallen und hoffe, dass Vince kein aggressiver, rücksichtsloser Raser ist. Als Kians Beifahrerin habe ich oft Blut und Wasser geschwitzt. Für Kian bedeutete Autofahren Straßenkrieg. Er hätte am liebsten mit einer Pumpgun einfach alle abgeknallt, die ihm in die Quere kamen. Ich habe keinen Führerschein, deswegen kann ich vielleicht nicht jede Situation richtig beurteilen, aber es war wirklich extrem. Ich saß immer total verkrampft neben ihm. Zum Glück merke ich schon nach den ersten Metern, dass ich unbesorgt sein kann, und entspanne mich. Vince fährt zügig, aber sicher. Er stoppt an roten Ampeln, ohne zu fluchen, und hält sich so ziemlich an die Geschwindigkeitsbegrenzungen. Trotzdem kommen wir überpünktlich am Holiday an.

»Danke für deine Chauffeursdienste«, sage ich. Er beugt

sich zu mir und küsst mich zum Abschied, ein Kuss, der sich so selbstverständlich anfühlt, als wären wir ein Paar.

»Was machst du heute nach der Arbeit?«, fragt er dann.

»Wir haben zwar noch nichts Festes ausgemacht, aber wahrscheinlich treffe ich mich mit Josie. Und du, was hast du vor?«

»Ich habe Marlene geschrieben, dass ich dringend mit ihr reden muss. Wenn sie Zeit hat, werde ich zu ihr fahren, aber das Gespräch wird nicht lange dauern. Sie schmeißt mich sicher sofort raus … Aylin?« Ich warte gespannt, doch es dauert einen Moment, bis er weiterspricht. »Adi, also dieser Nazityp, hat dich gestern auf dem Balkon gesehen. Er lungerte vorm Haus herum, als ich vom Bäcker zurückkam. Die Vorstellung, dass er auch dir auflauern könnte, behagt mir überhaupt nicht. Was hältst du von einem spontanen Privattraining bei Marc? Also im Krav-Klub. Adresse und Wegbeschreibung schicke ich dir gleich, ist ziemlich zentral gelegen. Ich könnte dir da ein paar Basics in Sachen Selbstverteidigung zeigen. Wenn du heute um achtzehn Uhr da bist, haben wir eine Stunde, bis der Raum für den normalen Betrieb gebraucht wird.«

So sehr ich es zu schätzen weiß, dass er sich Sorgen um mich macht, seinen Vorschlag finde ich doch etwas absurd. »So wie du mir Adi beschrieben hast, werde ich gegen den ganz bestimmt nichts ausrichten können.«

Aber Vince ist anderer Meinung: »Klar, die beste Verteidigung ist Wegrennen. Aber wenn das nicht mehr möglich ist, gibt es ein paar Tricks zur Deeskalation. Und wenn das auch nicht mehr hilft, kannst du dich durchaus zur Wehr setzen.«

Mir bleibt keine Zeit mehr, über seinen Vorschlag nachzudenken, weil ich in genau neun Minuten in Dienstkleidung an der Rezeption stehen muss. Deswegen sage ich unter Vorbehalt zu. »Wenn du nichts anderes von mir hörst, komme ich zum Club. Sonst melde ich mich.« Noch ein Küsschen, dann steige ich aus. Er wartet, bis ich am Empfangsportal bin, erst dann höre ich, wie er den Motor anlässt und abfährt. Ich habe keine Möglichkeit, weiter über das vergangene Wochenende mit Vince nachzudenken oder mir Sorgen wegen der Dinge zu machen, in die er verwickelt ist. Sobald ich in mein dunkelblaues Kostüm geschlüpft bin und mir mein Namensschild angesteckt habe, muss ich Privatangelegenheiten ausblenden.

WHY RUNNING

Vince

Bei der Arbeit darf ich morgens in schöner Regelmäßigkeit den Botenjungen geben. Also Post holen und einsortieren. Ich hasse es. Danach erwartet mich die Aufgabe, E-Mails und entgangene Anrufe zu checken, was montags immer besonders lange dauert. Während ich den Spam-Ordner sichte, höre ich den AB, den übers Wochenende übelst viele Leute ungeniert vollgequatscht haben, und mir wird schmerzhaft bewusst, wie weit ich es in meinem Leben gebracht habe. Ich bin ein siebenundzwanzigjähriger Azubi und selbst das nicht aus eigener Kraft, sondern dank Vaters Gnade. Als Nächstes will ich mich eigentlich direkt hinter meinem Projekt verschanzen. Seit Wochen tue ich so, als würde ich mit Hochdruck daran arbeiten, aber heute möchte ich die Arbeitszeit zur Abwechslung wirklich sinnvoll nutzen. Ich bin so motiviert wie noch nie, irgendeinen Ausweg aus der Sackgasse zu finden, in die ich mich über Monate hineinmanövriert habe. Zum einen möchte ich vor Aylin nicht dastehen wie der Loser, der ich in Wahrheit bin. Es geht mir aber nicht allein darum, mich in besseres Licht zu rücken, ich möchte ihr diesen Loser wirklich nicht antun. Sie hat was Besseres verdient. Ohne zu wissen, warum und vor allem warum so gewaltig und plötzlich, habe ich mich in dieses

Mädchen verliebt. Ich wühle mich durch Ausdrucke, die so lückenhaft sind, dass ich nie im Leben genug Material für ein Konzept zusammenbekomme, zumal mir die Zeit davonrennt. Verdammt, ich habe es total vermasselt, es gibt keine Lösung. Mitten im Sichten der wenigen Dateien, in denen ich anfangs noch Pläne und Berechnungen abgespeichert habe, beauftragt mich Kollege Schmiddi, seinen Drucker auszutauschen und neu zu konfigurieren. Mir liegt ein barsches *Mach's doch selbst* auf der Zunge, weil er ein schmieriger, fauler Sack ist, der ständig alles auf mich abwälzt. Aber bloß kein weiteres Problem provozieren. Einen Spruch kann ich mir allerdings nicht verkneifen und frage: »Schenkst du mir eine Socke?«

Verständnisloses Geglotze in meine Richtung. »Hä?« War so klar, dass der Muggel Harry Potter und somit auch den Hauself Dobby nicht kennt.

»Schon gut, ist ein Insider«, antworte ich laut und füge nur für mich hörbar in übertrieben weinerlichem Ton hinzu: »Der Gebieter hat Dobby keine Socke geschenkt.« Dann begebe ich mich als Schmiddis armer versklavter Hauself ans Werk und sehe zu, dass ich schnell damit fertig werde.

Es geht heute Schlag auf Schlag. Kaum ist die Sache erledigt, lässt mir Hansen ausrichten, dass er mich sprechen will. Ungewöhnlich und daher besorgniserregend an einem Montagmorgen. Normalerweise ist er um diese Zeit gar nicht im Büro. Ich hoffe inständig, dass ich noch nicht aufgeflogen bin. Zu meiner Erleichterung teilt er mir nur mit, der zuständige Prüfungssachbearbeiter von der IHK habe sich bei ihm gemeldet. »Der Termin steht jetzt, Herr Zuber nimmt die praktische und mündliche Prüfung ab. Du bist doch mit der Dokumentation durch?«

Ein Pokerface aufzusetzen und Zuversicht zu heucheln, gehört eigentlich zu meinen leichtesten Übungen, heute hätte ich aber beinah hysterisch losgelacht, so irre ist das alles. Im meinem Kopf herrscht Chaos, es fehlt nicht mehr viel, bis mir der Schädel platzt. So fühlt es sich also an, wenn Lebenslügen an zu vielen Stellen auf einmal Risse bekommen. Mit jeder Menge Shit und Koks und einer Scheißegal-Haltung ließ sich das ausblenden, aber seit ein paar Tagen ist mir die Lässigkeit abhandengekommen. Mein Leben ist mir nicht mehr scheißegal. Bis zur Mittagspause stelle ich mir eine To-do-Liste nach Prioritäten zusammen und gehe sie dann der Reihe nach durch. Oberste Priorität hat Aylin, der ich Adresse und Standort des Krav-Klubs sende, danach noch ein Kuss-Emoji und *Bis später*. Prio zwei hat das Treffen mit Marlene.

Hey, wie geht's? Muss dringend mit dir reden.
Könnte heute Abend um acht bei dir sein, wenn du Zeit hast.

Noch während ich den letzten Satz abschicke, sehe ich, dass sie zurückschreibt.

Bin im Seminar, hab dich vermisst. Schön, dass du dich endlich meldest.
Ja, um acht passt super. Bis dann, freu mich auf dich!

Warum ist sie so zahm? Kein Vorwurf, kein Gezicke, stattdessen garniert sie die Nachricht noch mit jeder Menge Herzchen. Unsere Unterhaltung wird unangenehm, mir graut jetzt schon davor.

Nummer drei auf der To-do-Liste ist ein Anruf bei Sergej. Für den Fall, dass ich ihn erreiche, gehe ich nach draußen.

Wie gewöhnlich drückt er mich weg. Das alte Spiel. Bis er sich endlich bequemt zurückzurufen, habe ich mir bei Subway ein Sandwich geholt und es mit Heißhunger verschlungen. Ich verlange von ihm ein Datum für die Revanche, woraufhin Sergej behauptet, ich sei ihm zuvorgekommen, er hätte mich heute eh informiert: »Termin steht, nächste Woche Freitag, übliche Zeit.«

Dann konfrontiere ich ihn damit, dass Adi mir gewaltig auf den Zeiger geht und Marc etwas von den Fights weiß. »Nimm Adi an die Leine. Ernsthaft, sonst bin ich raus. Und ich will wissen, wer geplaudert hat. Wäre ja auch in deinem Interesse«, sage ich mit Nachdruck.

»Kümmere ich mich drum«, beendet Sergej das Gespräch, bevor ich wie geplant das Thema Bezahlung anschneiden kann. Ich werde ihn wohl oder übel demnächst noch mal kontaktieren müssen. Vor dem Fight brauche ich Upper. Also Koks. Pusht extrem. Erhöht die Aggressivität, steigert die Ausdauer, beschleunigt die Reflexe, vermindert die Schmerzwahrnehmung. Ohne drauf zu sein, wie alle anderen in Sergejs dreckigem Kellerloch, steige ich nicht in den Käfig. Danach, so mein fester Entschluss, werde ich clean. Jedenfalls dann, wenn Aylin es sich nicht anders überlegt und aus uns etwas wird. Das Letzte, was ich ihr zumuten will, ist ein kaputter Kokainjunkie.

Ich bin beim vorerst letzten To-do auf meiner Liste angelangt. Wie erwartet gibt mir Marc das Okay für eine Privatstunde. Den Rest des Arbeitstages verbringe ich mit belanglosem Kram. Um halb fünf steht noch ein lästiger Kundentermin an, eine Stunde später kann ich endlich Feierabend machen. Es hat sich keine weitere Gelegenheit ergeben, Aylin zu schreiben. Da ich von ihr auch nichts mehr gehört habe, hoffe ich, dass sie kommt. Und tatsächlich, als ich vor dem Krav-Klub parke, sehe ich sie schon. Sie hat eine Sporttasche dabei und guckt aufs Handy. Ich beobachte, wie sie näher kommt. Einmal mehr wundere ich mich, wie ich sie jemals für unscheinbar halten konnte. Sie bemerkt mich erst, als sie fast in meine offenen Arme hineinläuft. Übermütig hebe ich sie hoch, küsse sie und nehme mit Freude zur Kenntnis, wie stürmisch sie den Kuss erwidert.

»Moment«, sage ich, »offiziell ist noch zu.« Ich klingele, damit Marc uns die Tür aufschließt. Nach einem kurzen Hallo verschwindet er wieder im Büro. Aylin fragt nach den Umkleiden, woraufhin ich ihr eröffne, dass es nur eine gibt. »Sorry, hier trainieren sonst nur Kerle. Aber du musst dich nicht umziehen, Jeans und T-Shirt sind okay. Auf der Straße trägst du ja meist auch keine Sportklamotten. Hallenschuhe wären gut, hast du zufällig welche eingepackt?« Sie nickt. »Passt, mehr brauchst du nicht. Aber ich muss noch an meinen Spind.«

Nachdem ich meine Ausrüstung aus dem schmalen Schrank geholt habe, verstauen wir unsere Taschen darin und wärmen uns in der Halle auf. Langsames Laufen, ein paar Sprints, Hampelmänner. Die Klassiker halt, nichts Kompliziertes. Dann lege ich meine Schutzausrüstung inklusive Helm an. Aylin findet das übertrieben und meint, das sei nicht nötig. Ich mache ihr klar, dass es sehr wohl nötig ist, weil sie gleich richtig hart austeilen soll.

»Du darfst keine Hemmungen haben, mich mit voller Wucht schlagen und treten. Mit Vollschutz spüre ich davon recht wenig, im Gegensatz zu jedem, der dich ungeschützt angreift.«

»Ich kann nicht zuschlagen«, behauptet Aylin.

»Doch, kannst du, wenn du es musst.« Um ihr das zu demonstrieren, stelle ich mich hinter sie.

»Bleib so stehen, nicht umdrehen. Du hast wunderschöne Haare. Die bösen Jungs haben dich früher bestimmt mal am Zopf gezogen, oder?« Aylin bejaht.

»Typisch. Pass auf, Adi ist nichts anderes als ein sehr großer, böser Junge. Es würde ihm ähnlichsehen, diesen Angriffspunkt zu nutzen«, sage ich und greife vorsichtig in ihre Haare, die sie mit einem Gummiband am Hinterkopf zusammengebunden hat. »Wenn ich jetzt richtig zupacken würde, täte das tierisch weh. Aber gegen so eine Attacke kannst du dich wehren.«

»Wie denn?«, jammert Aylin und versucht, meinem Griff nach vorn zu entkommen, was natürlich fatal ist, weil so der Zug noch stärker wird. Sie muss sich erst die Chance zur Flucht erarbeiten.

»Ich zeige es dir. Du kannst noch nicht weglaufen. Beweg dich auf den Angreifer zu. Also rückwärts zu mir. Ran an mich. Okay, neuer Versuch, aber in der Rückwärtsbewegung winkelst du jetzt deinen Ellenbogen mit aller Kraft spitz an und rammst ihn dann nach hinten und oben, genau in meine Rippen.« Aylins Bewegung ist viel zu langsam. »Schon ganz gut«, motiviere ich sie, »aber mehr Schmackes! Hoch mit dem Ellenbogen, schneller! Schrei dabei richtig laut, das hilft.«

Aylin braucht nur fünf Minuten, um ihre Hemmungen zu verlieren. Als der Knoten geplatzt ist, macht sie es super. Ich zeige ihr noch eine Variante.

»Je nach Situation kannst du auch erst beidhändig seine Hand packen und sie kurz fixieren, um den Zug zu vermindern. Gleichzeitig trittst du ihm rückwärts mit voller Wucht ins Schienbein oder Knie, so wie ein Pferd oder ein Esel nach hinten ausschlägt. Er wird seinen Griff automatisch lösen, du drehst dich zu ihm, verpasst ihm Kniestöße in die

Eier und nutzt dann den Moment, um Abstand zu schaffen.«

Nach dem Angriff von hinten zeige ich ihr, wie sie sich ein Fluchtfenster erarbeitet, wenn sie von vorne attackiert wird. »Jetzt nehmen wir mal an, jemand kommt auf dich zu. Er will dich zum Beispiel würgen, mit beiden Händen. Wenn du dich daraus befreien willst, bringt es nichts, seine Arme zu attackieren. Dafür hast du nicht genug Kraft. Du kannst aber einen Hebel ansetzen. Streck einen Arm weit nach oben und dreh dich seitlich heraus. Durch diese Rotation erzeugst du eine starke Hebelwirkung aufs Handgelenk des Gegners.« Ich sehe Aylin an, dass sie kein Wort versteht. »Kann man schlecht erklären, ich mache es vor. Leg du mir mal die Hände um den Hals.«

Aylin tut so, als wollte sie mich würgen, was uns beide zum Lachen bringt, weil sie ungefähr so bedrohlich wirkt wie ein Zwergkaninchen. Aber ich kann ihr jetzt in Zeitlupe den Hebel und die Drehung zeigen, die es ihr unmöglich machen würden, mich zu würgen. Dann drücke ich mit dem Ellenbogen ihren Arm vorsichtig nach unten. »Siehst du? Ich hätte nun freie Bahn auf dein Kinn, danach direkt Daumen ins Auge, Knie in den Unterleib rammen und weglaufen. Das üben wir jetzt.«

Allmählich hat sie Spaß an der Sache und geht total aus sich heraus. Ich finde, sie ist verdammt lernfähig. So schnell kapieren es nur wenige, und ich bin begeistert, weil sie nicht nur versteht, worauf es ankommt, sondern es auch perfekt umsetzt. Nach einer halben Stunde Intensivtraining keucht sie ein bisschen, Schweißtropfen glitzern auf ihrer Stirn und am Ausschnitt ihres T-Shirts. So sehr ich auch den Körperkontakt mit ihr genieße, glaube ich doch, dass es nun genug ist.

»So, Schluss mit der Praxis für heute. Kommen wir zum Cooldown«, kündige ich an.

Nachdem ich die Schutzausrüstung abgenommen habe, legen wir uns nebeneinander auf den Rücken und machen ein paar Dehnübungen. Fasziniert beobachte ich, wie sich ihre kleinen, festen Brüste unter dem feuchten T-Shirt heben und senken. Ihre süßen Nippel zeichnen sich deutlich ab. Ich möchte sie endlich nackt sehen. Und anfassen. Als der Gedanke einmal da ist, muss ich mich zwingen, ihn nicht sofort weiterzuverfolgen.

»Das war anstrengend. Hat trotzdem richtig Spaß gemacht«, sagt sie, immer noch etwas atemlos. »Aber vielleicht solltest du die Polizei informieren. Ich meine, wenn der Typ so durchgeknallt ist, dich bedroht und du sogar befürchtest, dass er mich angreift …«

»Nein, sieh das hier als vorbeugende Maßnahme«, wiegele ich ab. »Ich halte es für unwahrscheinlich, dass er dich da mit reinzieht. Trotzdem kann es nicht schaden, wenn du ein paar Basics in Sachen Selbstverteidigung kennst.«

Aylin denkt kurz nach und meint dann: »Solange noch nichts passiert ist, hätte die Polizei wahrscheinlich auch keine Handhabe, um dich oder mich zu schützen. Vor dem Haus zu stehen, ist ja nicht verboten. Trotzdem Vince, dieser Kampf… muss das wirklich sein? Vielleicht gibt es eine bessere Lösung.«

Es ist nicht der Zeitpunkt, ihr zu eröffnen, dass ich fieberhaft nach Lösungen suche. Für dieses Problem und die vielen anderen, vor denen ich nicht mehr weglaufen will. Außerdem kommt Marc in den Raum und ruft uns zu: »Seid ihr fertig? Der Kurs beginnt gleich.«

Wir müssen uns beeilen, also gehe ich auf ihre Lösungsfrage nicht weiter ein. Auf der Fahrt nach Hause erzähle ich Aylin von meiner Verabredung mit Marlene. Sie wundert sich, wie schnell ich das organisiert habe, und ich gebe ihr zu verstehen, dass die Schnelligkeit aus ganz egoistischen Gründen in meinem Interesse liegt. Mit einem kleinen Lächeln sagt sie: »In meinem wohl auch.«

WAY DOWN

Aylin

»Ich habe telefonisch reserviert. Mertin.« Beinahe vergesse ich meine Professionalität an der Rezeption, als der Gast seinen Nachnamen nennt. Mertin? Ich schaue ihn eine Spur zu lange an. Die Ähnlichkeit ist unverkennbar, er sieht aus wie eine ältere Version von Vince. Aber wenn das tatsächlich sein Vater ist, warum übernachtet er bei uns? Er wohnt doch in Düsseldorf. Hektisch suche ich nach der Reservierung, während er mich beobachtet und ungeduldig wartet. Seine Körperhaltung, die gerunzelte Stirn, die zusammengekniffenen Augen – alles an dem Mann signalisiert Ärger über die kleine Verzögerung.

»Einen Moment bitte, Herr Mertin, es gab anscheinend ein Problem mit dem Buchungssystem. Ich kläre das sofort. Wurde ein bestimmtes Zimmer für Sie reserviert?«

Demonstrativer Blick auf die wahrscheinlich sündhaft teure Armbanduhr.

»Holiday Superior Suite für zwei Personen, eine Nacht. In einer halben Stunde habe ich den nächsten Termin, also beeilen Sie sich!«

Was für ein arroganter Wichtigtuer! Sollte das wirklich der Vater sein, kann ich verstehen, dass Vince schlecht auf ihn zu sprechen ist. Er ist mir zutiefst unsympathisch. Schon die Art, wie er sich grußlos vor mir an der Rezeption aufgebaut hat, fand ich daneben. Aber dass er mich unhöflich zur Eile antreibt, setzt allem die Krone auf.

Mit einem geschäftsmäßigen Lächeln bitte ich nochmals um Geduld und rufe Sophia an. In diesem speziellen Fall brauche ich ihre Unterstützung, denn laut Buchungssystem ist die Superior Suite belegt, und ich kann auch keine andere Reservierung auf Mertin finden.

»Unsere Concierge Frau Kolidi ist bereits auf dem Weg und wird sich sofort darum kümmern. Möchten Sie kurz Platz nehmen?«

»Nein«, bellt er und bleibt provokativ stehen. Es ist eine unangenehme Situation, die er jedoch zu genießen scheint. Zum Glück eilt Sophia direkt herbei, wirft einen Blick auf die Buchungen und nimmt mir dann Herrn Mertin ab. Ich bekomme nicht mit, was die beiden miteinander tuscheln, aber sie schafft es, die Sache in kürzester Zeit aufzuklären.

»Da liegt eine Verwechslung bei der Superior Suite vor, Ihre Kollegin Frau Fischer hat einen falschen Namen eingegeben. Bitte einfach im Buchungssystem korrigieren. Und veranlassen Sie, dass der Roomservice heute Abend um acht eine Flasche Moët & Chandon als Aufmerksamkeit des Hauses aufs Zimmer bringt«, flötet sie mir so laut zu, dass er es hören kann, lächelt noch einmal honigsüß in seine Richtung und entschwindet. Wie gewünscht ändere ich den Namen in Mertin und bin erleichtert, als er in Begleitung des Pagen im Aufzug verschwindet. Für den kleinen Handkoffer auch noch unseren Pagen zu bemühen, passt voll ins Bild. Wie Josie wohl auf Hansen statt Mertin gekommen ist? Sie arbeitet sehr gewissenhaft. Da werde ich bei Gelegenheit nachhaken, ich glaube nicht, dass der Fehler bei ihr liegt.

Ein paar Minuten später rauscht Herr Mertin schon

wieder durchs Foyer Richtung Ausgang, natürlich grußlos. Unterwegs zu seinem wichtigen Termin, nehme ich an und fasse den Entschluss, etwas Verbotenes zu tun, wenn er zurückkommt. Es lässt mir keine Ruhe, ich muss wissen, ob er wirklich der Vater von Vince ist. Deswegen platziere ich mein Handy in Reichweite, um heimlich ein Foto von ihm zu machen.

Schon der flüchtige Gedanke an Vince bringt mein Herz in Wallung. Ich habe am Montag eigentlich gehofft, dass er sich nach dem Gespräch mit Marlene noch mal meldet. Aber es hat wohl doch länger gedauert, denn als eine WhatsApp von ihm kam, war es nach elf, und ich lag wegen der Frühschicht am nächsten Tag schon im Bett. *Es ist vollbracht*, hat er geschrieben, und im Halbschlaf habe ich nur mit einem Kuss-Emoji geantwortet. Gestern konnten wir uns auch nicht sehen, nur telefonieren. Auf meine Frage, wie Marlene reagiert hat, meinte er, sehr gekränkt, aber jetzt sei alles geklärt. Heute holt er mich hier ab. Ich habe um neunzehn Uhr Feierabend, wir wollen dann entweder irgendwo essen gehen oder bei ihm kochen. Trifft sich gut, dass ich morgen auch noch mal Mittelschicht habe. Dann muss der Abend nicht so früh enden. Wir können viel Zeit miteinander verbringen. An dieser Stelle meiner Überlegungen verhindern zum Glück mehrere Check-outs, dass ich mir genauer ausmale, wie wir diese gemeinsamen Stunden wohl nutzen werden. Danach muss ich parallel zum allgemeinen Betrieb die Abrechnungen für die Buchhaltung vorbereiten, sodass ich um ein Haar Herrn Mertins Rückkehr verpasst hätte. Ich bemerke ihn erst, als er in Begleitung einer platinblonden Dame an der Rezeption vorbei zum Aufzug geht. Vince hat mir erzählt, seine Mutter sei sechzig. Diese Frau sieht eher aus wie Anfang vierzig. Glattes Gesicht, aufgespritzte Lippen, ein Doppel-D-Busen, in dem wahrscheinlich jede Menge Silikon steckt. Aber auch wenn man ein paar Jahre draufrechnet, um die sie der Schönheitschirurg optisch verjüngt hat, ist Herrn Mertins Begleiterin bestimmt keine sechzig. Anscheinend übernachtet er hier weder geschäftlich noch mit seiner Ehefrau. Das ist heftig, und ich verwerfe die Idee mit dem Foto. Ich sollte das alles vielleicht lieber für mich behalten und keine schlafenden Hunde wecken.

Kurz vor Feierabend übernimmt eine Kollegin die Rezeption. Nach der Übergabe ziehe ich mich rasch um und warte dann am Kundenparkplatz auf Vince. Zehn Minuten vergehen, ich kontrolliere immer wieder mein Handy, aber nichts tut sich. Ich will ihn gerade anrufen, als er sich endlich meldet. Die Hintergrundgeräusche sind so laut, dass ich ihn kaum hören kann, ein Wirrwarr aus Musik, johlendem Gelächter und Gesprächsfetzen.

»Hi, ich stehe hier am Parkplatz. Was ist los, wo bist du?«

Er nuschelt irgendetwas, das nach *vergiss es* klingt. Danach noch ein undeutlicher Satz. *Macht keinen Sinn*, meine ich herauszuhören. Ich muss es falsch verstanden haben.

»Was hast du gesagt?«

Diesmal ist seine Stimme lauter, aber kaum als seine zu identifizieren, so verzerrt klingt sie.

»Ey Aylin, sorry, warte nicht. Ich will nichts von dir, verstehst du?« Kurze Pause, dann: »Machs gut. Ist besser so.«

Fassungslos halte ich das Handy noch ein paar Sekunden an mein Ohr, in der Hoffnung, mich geirrt zu haben. Aber er hat die Verbindung wirklich getrennt und dadurch nicht nur das Gespräch, sondern noch viel mehr beendet. Wie ein Zombie setze ich mich in Bewegung, nehme den nächsten Bus bis zur U-Bahn-Station und steige dann um. Ich könnte heulen, aber ich kämpfe gegen die Tränen an. Was ist zwischen diesem und dem letzten Telefonat geschehen, wie lässt sich ein so drastischer Sinneswandel erklären? Das passt überhaupt nicht zu dem Menschen, den ich in den letzten Wochen kennengelernt habe. Ganz zu Anfang, da hätte ich ihm so ein Verhalten zugetraut, jetzt nicht mehr. Es muss etwas vorgefallen sein. Oder habe ich mich komplett in ihm getäuscht und er ist nur eine miese Ratte? Vielleicht hat er mich in Bezug auf Marlene angelogen und ist in Wahrheit doch mit ihr zusammen? Was auch immer der Grund ist, ich will es genau wissen und bin so außer mir, dass ich mir jetzt fast einen Angreifer wünsche, den ich packen und dorthin treten kann, wo es besonders wehtut. Aber auf der Straße ist ebenso wie vor unserem Haus alles friedlich. In der Wohnung über mir brennt natürlich kein Licht, es klang auch nicht so, als wäre Vince daheim. Wer weiß, wo er sich gerade rumtreibt.

Obwohl mir der Appetit vergangen ist, esse ich eine Kleinigkeit, während ich neue Nachrichten von Josie lese. Sie will wissen, wie es mit Vince läuft, und hat drei Fotos geschickt, Selfies von ihr und Finn, auf denen die beiden sehr happy aussehen. Sie hat letztens schon angedeutet, dass sie seit der Party zusammen sind. Da haben sich zwei gesucht und gefunden. Ich freue mich sehr für sie, gleichzeitig ist mir angesichts ihres Glücks noch elender zumute. Aber es reicht absolut, wenn es mir schlecht geht, ich muss nicht auch noch Josie den Abend verderben. Deswegen antworte ich nur kurz und behalte die katastrophalen Neuigkeiten vorerst für mich. Danach setze ich mich ans Klavier, spiele aber nicht, sondern sortiere nur Notenblätter. Dabei horche ich auf Geräusche aus dem Treppenhaus, denn sobald Vince zurückkommt, will ich ihn fragen, was in ihn gefahren ist. Früher hätte ich mich in meinem Kummer vergraben und still gelitten. Doch das ist für mich keine Option mehr, und daran wird mir bewusst, wie sehr ich mich verändert habe. Nach den letzten Tagen und Wochen akzeptiere ich ein *Vergiss das mit uns* und *Es macht keinen Sinn* nicht ohne weitere Begründung.

Was man so alles mitbekommt, wenn man konzentriert lauscht. Meinen Etagennachbarn Oliver habe ich schon ewig nicht mehr gesehen, jetzt kann ich ihn im Flur hören, wo er sich mit jemandem unterhält. Danach ist es über eine Stunde ziemlich ruhig im Haus, bis ich endlich die ungestümen Schritte höre, auf die ich gewartet habe. Ich kenne inzwischen seine Art, zwei Stufen auf einmal zu nehmen. Bevor mich der Mut verlässt, stehe ich auf und gehe ihm nach. Als ich oben ankomme, ist er dabei, seine Tür aufzuschließen. Obwohl er mir den Rücken zugewandt hat und ich mich nicht bemerkbar gemacht habe, hat er mitbekommen, dass sich ihm jemand von hinten nähert. Er dreht sich unvermittelt um, schießt dabei mit einer Art Ausfallschritt auf mich zu und hält den Schlüssel so in der Hand, dass ich im ersten Moment denke, es sei ein Messer. Zu Tode erschrocken weiche ich zurück, und er stoppt mitten in der Bewegung. Beide sind wir wie erstarrt, stehen uns stumm gegenüber. Er hat blutunterlaufene Augen. Und wieder diese riesigen Pupillen. Zugedröhnt bis obenhin von etwas, das seine Reflexe nicht im Geringsten beeinträchtigt. Er hat gekokst, ganz sicher, und ich sage es ihm auf den Kopf zu.

»Falls es deswegen ist, das ahne ich schon länger. Also dass du regelmäßig kokst und es nicht nur einmal ausprobiert hast. Vince, ich möchte einfach nur wissen, was Sache ist und was in dir vorgeht. Vielleicht kann ich es nicht verstehen, das ist dann mein Bier. Aber wissen will ich es.«

»Ich bin kein Junkie, Koks ist mein geringstes Problem. Lass mich bitte in Ruhe!«, zischt er.

»Nein«, antworte ich ruhig. »Ganz sicher nicht jetzt. Erst wenn du mir sagst, warum ich das tun soll.«

Vince schweigt. Ich kann sehen, dass er stark schwitzt. Er ist total verkrampft, alle Muskeln sind angespannt, die Schultern hochgezogen. Plötzlich sackt er in sich zusammen.

»Ich bin am Arsch, Aylin. Und ich meine es total ernst, wenn ich sage, dass du dich besser von mir fernhalten solltest. Du hast deine beschissene Zeit hinter dir gelassen, aber ich stecke mittendrin. Und ich will nicht, dass du da mit hineingezogen wirst.«

»Ich werde mich bestimmt nicht hineinziehen lassen, aber vielleicht kann ich dir helfen, dich rauszuziehen. Ohne Hilfe hätte ich es damals auch nicht geschafft.«

Ich warte auf eine Reaktion. Gefühlte Ewigkeiten tut sich nichts. Mit zwei Schritten Abstand stehen wir uns im Dunklen gegenüber. Zwei Schritte nur, und doch könnte die Entfernung nicht größer sein. Das Flurlicht ist längst ausgegangen, diesmal macht Vince jedoch keine Anstalten, auf den Lichtschalter neben der Tür zu drücken. Stattdessen spricht er in die Dunkelheit hinein: »Es heißt doch, man kann sich an den eigenen Haaren aus dem Sumpf ziehen.«

»So ein Quatsch. Du musst viel eigene Kraft aufbringen, aber ganz alleine funktioniert das so gut wie nie. Willst du mir nicht erzählen, was wirklich los ist? Vielleicht lieber drinnen, muss ja nicht jeder mitkriegen.«

In der Hoffnung, dass sein Widerstand langsam bröckelt, gehe ich zögernd einen Schritt in seine Richtung. Endlich bewegt auch er sich, und ich atme auf. Erst jetzt merke ich, wie angespannt ich in den letzten Minuten war. Er hält mir die Tür auf und sagt: »Dann komm rein. Sorry, habe nicht aufgeräumt.«

Seine Wohnung sieht wirklich schlimm aus und riecht auch übel. Irre, dass er sie in so kurzer Zeit dermaßen verkommen lassen konnte. In der Diele ist ein offener Müllbeutel umgekippt. Ein Teil des Inhalts befindet sich auf dem Boden, in trauter Eintracht mit herumliegenden Wäschestücken. Im Wohnzimmer stapelt sich schmutziges Geschirr, Schubladen sind aufgerissen, der große Esstisch ist außerdem übersät mit zerknülltem und teilweise zerrissenem Papier. Jetzt verstehe ich, warum er so lange gezögert hat, mich hereinzubitten. Wahrscheinlich ist das hier ein Spiegelbild seines Inneren. Leise fluchend reißt er die Balkontür auf, und ich kann mir vorstellen, dass es ihm weniger ums Lüften geht als darum, Zeit zu gewinnen. Er wollte die Begegnung mit mir vermeiden, ist nicht vorbereitet darauf, mit mir zu reden. Ich stelle mich still neben ihn und warte ab. Ganz unerwartet sucht er Körperkontakt. Er zieht mich plötzlich zu sich heran, legt seine Arme um mich und drückt mich an seine Brust. Dann sagt er: »Ich weiß gar nicht, wo ich anfangen soll.«

WAKING UP

Vince

In mir tobt ein Orkan aus widersprüchlichen Gefühlen. Mein hässlicher Schweinehund fühlt sich massiv bedrängt, möchte Aylin abwimmeln und direkt eine Line nachlegen, bevor die Wirkung abflaut. Das wäre so schön easy. Aber ich weigere mich, dem Impuls zu folgen, sie einfach rauszuschieben aus meiner zugemüllten Wohnung und meinem beschissenen Leben, und entscheide mich für das Gegenteil. Ich umarme sie, halte sie fest und will sie am liebsten nie mehr loslassen, nachdem ich es beinah vermasselt habe. Nach meiner Performance habe ich nicht zu hoffen gewagt, dass sie jemals wieder mit mir reden will. Mir wird bewusst, dass ich noch nie um eine Beziehung gekämpft habe und zum ersten Mal dazu bereit bin. Es wird ein harter Kampf, auch das ist mir klar. Denn mein Gegner bin ich selbst. Ich muss an meine Grenzen und darüber hinausgehen, um den Drang nach einfachen Lösungen zu besiegen. Doch ich weiß wieder, für wen ich es mache. Zugekokst und bekifft bis obenhin hatte ich das vergessen.

Aylin bedrängt mich nicht weiter. Wir bleiben eng umschlungen stehen. Allmählich verlangsamt sich mein vom Kokain gepushter Herzschlag, ich werde ruhiger. Die depressive Niedergeschlagenheit, die auf ein High sonst unweigerlich folgt, bleibt zum Glück aus. Ohne weiter darüber nachzudenken, in welcher Reihenfolge ich ihr beibringe, dass es insgesamt zappenduster aussieht, lege ich los. Spontan beginne ich mit Marlene. Unser Treffen ist extrem negativ gelaufen, sie war tierisch sauer, als ich ihr gesagt habe, dass es eine andere gibt. O-Ton Marlene: *Die ganze Zeit hast du mich nur verarscht.* Und das ihrer Überzeugung nach aus egoistischen Motiven, um in der Firma als Freund der Tochter des Chefs zu profitieren. Ich konnte noch so sehr beteuern, dass ich sie nicht vorsätzlich getäuscht habe.

»Was hast du denn für sie empfunden?«, unterbricht mich Aylin. »Ihr wart doch in gewisser Weise zusammen, so habe ich das jedenfalls verstanden. Und sie wohl auch. Deswegen wollte ich, dass du reinen Tisch machst.«

Die Frage habe ich mir selbst schon so oft gestellt, dass ich vor meiner Antwort nicht lange überlegen muss. »Anfangs war ich wirklich in sie verknallt, aber keine Ahnung, woraus sie geschlossen hat, dass ich eine feste Beziehung will. Geschweige denn, dass wir schon in einer wären. Es hat mich sogar eher gestört, dass sie ausgerechnet Hansens Tochter ist und unsere Eltern geschäftlich wie privat befreundet sind.«

»*Hansen?* Sie heißt Marlene Hansen?«, fragt Aylin nach.

»Richtig. Warum? Kennst du sie etwa?«

Aylin verneint, geht aber nicht darauf ein, warum sie nachgefragt hat. »Ist jetzt nicht wichtig, erzähl du erst mal weiter.«

»Na ja, um es abzukürzen, irgendwann war es kein Gespräch mehr, sondern sie hat mich einem regelrechten Verhör unterzogen. Ich wusste schon, dass sie zickig sein kann, aber wie sie mich in die Mangel genommen hat, war krass. Am Ende ist sie richtig ausgerastet. Als sie merkte, dass mich das nicht sonderlich beeindruckte, hat sie noch einen draufgesetzt und angekündigt, dass ihr Vater not amused sein wird, das zu hören. Da hatte ich die Schnauze voll und bin abgehauen.«

»Und das hat dich so fertiggemacht, dass du dir Stoff besorgt hast?«

»Nein. Jedenfalls nicht primär. Da kommt so vieles zusammen. Der ganze Papierkram da auf dem Tisch, das war mein letzter Versuch, noch eine Zulassung zur Prüfung hinzubiegen. Du weißt doch, ich bin Azubi, was peinlich genug ist in meinem Alter. Und bald nicht mal mehr das, dann stehe ich auf der Straße, ohne Abschluss in der Tasche. Hansen wird den Ausbildungsvertrag kündigen, mein Vater mich aus seinem Leben entfernen, das war's dann. Tut mir leid, wenn ich dich desillusioniere. Ich bin ein Versager auf ganzer Linie.«

»Oh, du raubst mir nur meine nicht vorhandenen Illusionen. Kann mich nicht wirklich schocken«, kommentiert sie ungerührt und schlägt dann vor, uns allmählich mal zu setzen. Gute Idee, wäre da nicht die versiffte Wohnung.

»Ich würde dir gern einen gemütlichen Platz anbieten, aber der einzige Raum, in dem es nicht so chaotisch aussieht, ist das Schlafzimmer. Da könnten wir es uns auf dem Bett bequem machen.«

Schon in dem Moment, in dem ich die Worte ausspreche, könnte ich mich ohrfeigen, so daneben klingt das. Aber Aylin findet es lustig. »Ich weiß, was du meinst«, sagt sie. »Dann zeig mir mal dein Schlafzimmer. Die Schallplattensammlung verschieben wir aber auf später, ja? Wobei …«

Sie schaut mich so an, dass mir heiß wird, und mehr als das. Es ist echt krass. Man sagt ja, dass in Krisensituationen der Fortpflanzungstrieb das Überleben der Menschheit sichern soll. Nur so lässt sich meine plötzliche Geilheit erklären. Dann sagt sie: »Ich habe die ganze Nacht Zeit. Morgen fange ich erst um elf an. Und nach dem, was du eben gesagt hast, hattest du wohl eh nicht vor, zur Arbeit zu gehen.«

»Du überraschst mich immer wieder, Aylin.«

»Keine falschen Hoffnungen, ich meinte, dass wir, falls nötig, die ganze Nacht reden können.«

Ich schnappe sie mir, hebe sie hoch, bahne mir mit dem strampelnden Fliegengewicht den Weg ins Schlafzimmer und lege sie sanft auf dem Bett ab. »Jaja, Rehauge, das meinte ich selbstverständlich auch.«

»*Wie* hast du mich genannt? Ich geb dir *Rehauge*!«

In den nächsten Minuten vergesse ich alle Probleme, die ich in der Vergangenheit hatte, und auch alle, die noch auf mich zukommen werden. Wir lachen, albern herum und balgen uns, sind übermütige Kids. Dann küssen wir uns, bis wir keine Luft mehr bekommen, und irgendwann liegen wir nebeneinander auf dem Rücken wie zwei atemlose Käfer. Ich unterdrücke den Wunsch nach Action, denn irgendwie ahne ich, dass der Zeitpunkt dafür noch nicht da ist. O verdammt, was Aylin anbelangt, bin ich wohl doch ein Heiliger! Ein Heiliger mit korrektem Instinkt, denn nach einer Weile dreht sie sich zu mir, halb aufgerichtet und den Kopf mit einer Hand abgestützt. Ihre Haare fallen in dunklen, nach Vanille duftenden Wellen in Brusthöhe auf mein T-Shirt. Auf nackter Haut würden sie angenehm kitzeln. »Bevor wir hier weitermachen, möchte ich dich besser verstehen. Warum schmeißt du hin? Du bist nicht dumm, du könntest jede Prüfung schaffen, wenn du willst.«

»Ist kompliziert«, antworte ich, eine ihrer Locken zwischen Daumen und Zeigefinger eingerollt.

»Dann vergiss die Frage. Im Grunde ist mir auch völlig egal, warum. Du bist kein Loser, nur weil die Ausbildung für dich gelaufen ist. Dann machst du halt was anderes. Ist ja nicht so, dass du keine Alternativen mehr hast.«

Sie hat zwar die Frage nach dem Warum zurückgezogen, aber jetzt will es aus mir heraus. »Du weißt, warum ich diese Ausbildung begonnen habe. Weil mein Vater mich dazu genötigt hat. Als ich mich damals auf den Deal eingelassen habe, dachte ich, okay, kommt Zeit, kommt Rat. Aber dann stellte sich das Ganze immer mehr als klare Zeitvergeudung heraus, und es war kein guter Rat in Sicht. Klar, ich hätte es durchziehen können. Aber anscheinend bin ich nicht imstande, irgendwas durchzuziehen. Weißt du, ich beneide meine Schwester Vanessa. Die hat sich nicht vor seinen Karren spannen lassen, ist nach Kanada abgehauen und dort geblieben. Ich bin der Depp, der sich mit einem neuen Auto und reichlich finanziellem Zuckerbrot bei der Stange halten lässt.«

Einen Moment lang sieht es so aus, als ob Aylin etwas dazu sagen will. Ihr Gesicht verrät, was sie gerade denkt, und ich komme ihr zuvor. »Ja richtig, meine Scheißbequemlichkeit. Ich habe die Augen davor verschlossen, dass irgendwann genau dieser Punkt kommen würde, an dem ich jetzt bin. Lief erst mal, finanziell ging's mir top, endlich keine Geldsorgen mehr. Muss so ungefähr vor einem Jahr gewesen sein, als es anfing, mich psychisch runterzuziehen und ich mich aus Frust abends mit Kumpeln von früher rumtrieb. Einer von denen hat so eine Art Fight Club. Ja, und damit sind wir dann auch schon bei den Drogen, die ich mit illegalen, gefakten Kämpfen finanziere. Und bei dem Punkt, dass ich dich da unbedingt raushalten will ... und dem Punkt, dass ich jetzt echt genug geredet habe.«

»Viele Punkte«, seufzt Aylin. »Ich bin trotzdem sicher, dass es Lösungen für jeden einzelnen gibt, wenn auch vielleicht keine einfachen. Sollen wir uns das für später aufheben?«

»Ich hätte jetzt gern eine einfache Lösung für das Problem, dass wir hier zusammen auf meinem Bett liegen und ich mich fühle wie ein geiler Siebzehnjähriger«

Aylin befreit ihre Haarlocke, die ich immer noch festhalte. Ich rolle den Saum ihres Pullovers ein wenig nach oben, lege meine Lippen auf ihren Bauchnabel und puste leicht. »Du meinst, du weißt nicht, wohin mit deinem Testosteron?«, fragt sie. Der kleine, kaum vernehmbare Laut, den sie dabei zu unterdrücken versucht, törnt mich mehr an als jedes laute Stöhnen. Ich puste noch mal, ein sanfter, spielerischer Hauch, und genieße, wie sie sich windet.

»So sieht's aus. Und ich beichte lieber gleich, dass hier exakt ein Kondom in der Schublade liegt, weil ich nicht im Traum erwartet habe, dass wir heute im Bett landen könnten. Ich finde, das ist ein weiteres Problem. Könnte knapp werden, oder was meinst du?«

Aylin teilt meinen Galgenhumor und geht voll darauf ein: »Was mich betrifft – nein, kein Problem. Machen wir's halt nur einmal. Abgesehen davon holst du dir bei mir keine unangenehmen Sachen. Das ist hundertprozentig sicher. Kommt jetzt darauf an, wie es bei dir aussieht.«

»O Gott, du stellst Fragen«, flüstere ich zurück und denke zugleich angestrengt nach. Ich habe fast immer Kondome benutzt, bei Laura sowieso. Mit Marlene war nichts. »Sieht auch ziemlich safe aus bei mir. Neunundneunzig. Reicht dir das?«

»Für einmal auf jeden Fall.« Beim Sprechen zieht sie ihren Pulli aus. Darunter trägt sie einen Hauch von Nichts. Keinen Push-up, alles ist echt und süß und fest wie in meinen Vorstellungen. Ihre Nippel zeichnen sich unter dem dünnen, fast durchsichtigen Stoff des BHs ab, und ich weiß nicht, wohin mit ihm in der Jeans, die eigentlich locker sitzt, jetzt aber spannt. »Darf ich?«, fragt sie und wartet nicht darauf, dass ich etwas erwidere, sondern rollt mein Shirt hoch. Ich helfe ihr, und während ich es mir über den Kopf streife, spüre ich ihren Mund an meinem unteren Bauch, dicht über dem Hosenbund. Sie hält sich in dieser Region aber leider oder zum Glück für meinen armen eingezwängten Ständer nicht länger auf, es ist nur der Ausgangspunkt einer Reise mit mehreren Stationen. Ihr Mund berührt meinen Bauchnabel, wo sie sich für mein Pusten revanchiert. Dabei spüre ich endlich auch ihre Haare auf meiner Haut, ein seidiges Kitzeln, angenehm, oh, und wie. Lippen und Zunge wandern weiter, erreichen meine Brust und wenden sich den Stellen zu, die ich bei ihr so gern erkunden würde – aber das mache ich gleich, im Moment genieße ich, was sie mit mir anstellt, und meine wirren Gedanken bestehen hauptsächlich aus schwindelerregender Verwunderung darüber, wie krass ich Aylin unterschätzt habe. Langweilig, nicht mein Typ, null Anziehung. Schwer vorstellbar, dass mich irgendjemand mehr anziehen könnte als sie, und anziehen ist das Stichwort oder vielmehr ausziehen. Sie muss diesen transparenten Stoff loswerden. Jetzt sofort. Doch als sie meine Absicht erkennt, fixiert sie meine Hände mit ihren, bevor sie sich mit ihrem Mund zu meinem Schlüsselbein und dann zum Hals hocharbeitet. Es wird Zeit, die Kontrolle zurückzuerobern. Ich befreie mich aus ihrem Griff und taste nach dem Verschluss, aber das verdammte Ding hat keinen. »Das ist ein Bustier«, klärt Aylin mich lächelnd auf, nimmt meine Hände und legt sie auf ihre Brüste. »Einfach hochschieben.« Es ist verrückt, wie blöd ich mich anstelle. Ich bin weiß Gott nicht unerfahren, und trotzdem fühle ich mich gerade so.

Meine sexuelle Hard Disk ist komplett gelöscht. Was vor Aylin war – bedeutungslos. Ich sauge abwechselnd an ihren Nippeln, und diesmal bin ich es, der ihre Hände hält. Wir speichern jetzt gemeinsam neue Infos auf der Festplatte.

BEST THING

Aylin

»Einfach hochschieben.« Habe ich das gesagt? Ich erkenne mich nicht wieder. Vince muss denken, ich hätte jede Menge Routine in solchen Sachen. Das Gegenteil ist der Fall. Vor ihm gab es genau zwei Männer, mit denen ich Sex hatte. Kian natürlich. Und dann für kurze Zeit Dario. Doch auch wenn ich mir etwas romantischere Umstände für mein erstes Mal mit Vince gewünscht hätte, will ich es genau jetzt. Ich bin mir sicher, dass es in diesem Moment genau richtig ist, obwohl er mich vor ein paar Stunden auf ziemlich miese Weise versetzt hat und von mir in Ruhe gelassen werden wollte. Aber es war von Anfang an klar, dass die Sache nicht leicht werden würde mit ihm. Mit uns.

Was hier mit uns geschieht, fühlt sich jedoch wunderbar leicht und selbstverständlich an. Wie oft habe ich mir in den letzten Wochen gewünscht, ihm so nah zu sein, endlich seinen Körper zu berühren, mit dem er mir damals – es scheint Ewigkeiten her zu sein – den Blick in seine Wohnung versperrt hat. Ich erinnere mich an die Ausbuchtung in seiner Hose, die mir die Schamesröte ins Gesicht trieb, jetzt ist sie auch wieder da, deutlich zu sehen und noch deutlicher zu spüren, weil er auf mir liegt. Halb angezogen, aber das wird sich gleich ändern. Alles an ihm ist durchtrainiert – und hart.

Er scheint nur aus definierter Muskulatur zu bestehen – ein Wirklichkeit gewordener erotischer Frauentraum. Seine breiten Schultern, seine Brust und sein Sixpack sollten die Cover der heißen Liebesromane zieren, die in Josies Bücherregal stehen. Frauen würden sie schon allein wegen des Umschlags kaufen und verschlingen.

Ich erkenne mich auch deshalb nicht wieder, weil ich diejenige war, die eben die Initiative ergriffen hat. Er kam zu Beginn ein bisschen schüchtern rüber, das hat mich erstaunt. Aber diese anfängliche Schüchternheit hat er nun mehr als überwunden. Ich glaube, er fand es okay, dass ich ihn ermutigt habe, aber er will selbst aktiv werden – der rein passive Part liegt ihm nicht.

»Bin ich dir zu schwer?«, fragt er, und ich verneine, denn ich liebe es, wie er auf mir liegt, dass kein Blatt Papier zwischen uns passen würde, seinen schnellen Atem, das leichte Kratzen seiner Bartstoppeln – er hat sich wahrscheinlich in den letzten Tagen nicht rasiert – und außerdem drückt er sich nicht mit seinem ganzen Gewicht auf mich, sondern verlagert einen Teil davon, indem er sich mit den Ellenbogen etwas abstützt. Ich liebe es auch, dass er nicht verstummt bei unserem Vorspiel, sondern redet. Sehr leise, gar nicht unbedingt für meine Ohren bestimmt, geflüsterte Äußerungen des Wohlgefallens. Er sagt, wie schön er mich findet, meine goldene Haut, meinen flachen Bauch, meine Brüste, von denen ich früher dachte, dass sie zu klein wären, um einen Mann zu erregen. Doch die Geschmäcker sind unterschiedlich, das weiß ich inzwischen. Nach einem langen Kuss fragt er, diesmal direkt an mich gerichtet: »Hast du besondere Wünsche, Mondlicht?« Seine Stimme klingt auf eine unverschämt sexy Weise rau, und er schaut mich dabei so an, als erwarte er wirklich eine Antwort.

»Was meinst du?«, ist alles, was mir einfällt, und er zeigt wieder seine süßen Grübchen, bevor er mir ins Ohr flüstert: »Ich möchte, dass du gleich extrem viel Spaß hast, und wenn ich weiß, was dir gefällt, bekomme ich das hin. Vielleicht hast du gewisse Vorlieben … ja, grins du nur. Du weißt also, was ich meine.«

Ich muss wirklich ein bisschen lachen. »Du möchtest also mein Wunscherfüller sein?« Er nickt und schaut mich erwartungsvoll an, ehe ich fortfahre. »Ehrlich, ich bin offen für alles außer Hardcore-Zeugs. Ich will keine Schläge oder so was, und nach Möglichkeit will ich dich auch nicht auspeitschen müssen. Wenn ich mir aber schon was wünschen darf, dann …« Ich spreche nicht weiter, sondern amüsiere mich darüber, wie er in gespielter Ungeduld die Augen weit aufreißt, und warte auf sein lang gezogenes *Jaa?*, das auch tatsächlich kommt.

»Jaa?«

»Ich wünsche mir erst mal, dass du dieses grelle Licht dimmst.«

»Das ist alles? Okay … das lässt sich nicht dimmen. Aber ich kann es ausschalten.« Er will aufstehen, ich halte ihn am Hosenbund fest.

»Nein, noch nicht. Später. Sonst kann ich nicht sehen, ob mein Hauptwunsch in Erfüllung geht … Sex-Lines. Hast du die?« Inzwischen bin ich nicht mehr über mich selbst verwundert. Es macht mir irren Spaß, Vince aus dem Konzept zu bringen.

»Sex-was?« Er hat keine Ahnung, wovon ich rede. Ich kenne den Ausdruck von Josie. Sie liest außer Erotikromanen, Horoskopen und Klatschpresse auch immer das Männermagazin Men's Health und lag mir mit diesen Sex-Lines tagelang in den Ohren.

»Na, das sind besondere Muskeln, die sich alle Frauen bei ihrem Lover wünschen. Das abdominale V. Wäre aber, wenn, weiter unten«, kläre ich Vince auf.

Jetzt kann ich ihn nicht mehr festhalten, er entwindet sich meinem Griff mit Leichtigkeit. Dann stellt er sich in Pose und bewegt lasziv die Hüften, während er erst den Knopf öffnet und dann langsam den Reißverschluss. »Sag doch gleich, dass ich für dich strippen und die Hosen runterlassen soll. Guck mal. Siehst du was?«

Damit ist die Zeit der Worte vorbei, denn er lässt nicht nur seine Jeans, sondern ohne jegliche Scham gleich alles fallen, und ich sehe mehr, als ich erwartet habe. Sex-Lines auch, ja. Dazwischen hat Mutter Natur ihn höchst verschwenderisch ausgestattet.

»Jetzt darfst du das Licht ausmachen«, bringe ich gerade so hervor.

Mit einem *Hoffentlich darf ich mir danach auch etwas wünschen* wendet er mir seine Rückseite zu. Ich starre ihm wie hypnotisiert nach, denn ich durfte noch nie, nie, nie ein so perfekt geformtes Hinterteil bewundern. Fast bin ich enttäuscht, als das Licht erlischt, aber es ist nur im ersten Moment dunkel. Als sich meine Augen darauf eingestellt haben, kann ich ihn schemenhaft sehen, diesmal wieder von vorn, und das Letzte, was ich bei klarem Verstand höre, ist sein leise aufforderndes: »Jetzt du …«

Er hilft mir nicht, setzt sich neben mich aufs Bett und schaut zu. Ohne die grelle Beleuchtung fällt es mir erstaunlich leicht, mich vor ihm auszuziehen. Es ist ja nicht mehr viel, was ich anhabe: meine Hose, die ich zusammen mit den Socken abstreife. Und dann nur noch mein feuchter Slip. Das weitere Denken fällt in dem Moment schwer, in dem er beginnt, die Zonen zu küssen, die er noch nicht kennt.

Er setzt seine Zunge so virtuos ein wie ein begnadeter Klavierspieler seine Finger – aber nein, das ist ein schlechter Vergleich, denn Dario war mein Klavierlehrer, doch weder seine Zunge noch seine Finger vermochten mich auch nur annähernd so zu erregen wie Vince. Ich bin fast so weit, darum zu betteln, als er mir endlich gewährt, es ihm gleichzutun und auch *ihn* zu erkunden. Das Kondom stört leider den direkten Kontakt, künstliches Erdbeeraroma, mir wäre sein Duft, sein Geschmack lieber, aber sicher ist sicher. Ich überlasse mich unserer Lust, schalte den Kopf gänzlich ab, beginne, nur noch zu fühlen – ihn, wie er sich und mich in Position bringt, mich, wie ich ihn in mich aufnehme, uns, wie wir uns rhythmisch bewegen und zu früh, aber gleichzeitig kommen, als wären wir ein eingespieltes Team. Uns, wie wir atemlos aufeinander liegen bleiben und immer noch eins sind. Wie wir auseinandergleiten und uns ansehen im Dämmerlicht. Ihn, wie er das Kondom abstreift, seinen Kopf in meiner Halsbeuge vergräbt und sagt, es tue ihm leid, dass er zu schnell war. Mich, wie ich ihm versichere, dass er das für mich beste, das perfekte Timing hatte.

Er beginnt, eine Melodie zu summen, und dann, in einer Art leisem Sprechgesang: »It's not a choice anymore, it's more than I need, but you're the best thing that ever happened to me …« Dabei dreht er wieder eine meiner Locken zwischen seinen Fingern, ganz zärtlich irgendwie, total in diese Tätigkeit versunken. Auf meine Frage, was genau er in seinen Dreitagebart murmelt, meint er, das sei ein Song aus dem Film *Belgica* von Soulwax und Charlotte Adigéry. »Eigentlich heißt es *never happened to me*, aber du – du bist das Beste *ever*.«

»Nach außen hin wirkst du manchmal so machohaft, ich hätte nie gedacht, dass du eine romantische Ader haben könntest.«

»Wüsste auch nicht, dass ich ein Romantiker bin. Vielleicht für dich.« Und dann, wie zur Bekräftigung: »Nur für dich.«

Wir haben beide Durst. »Warte, ich hol uns was zu trinken«, sagt er und steht auf. Mit einem »Boah, ist das kalt hier!« greift er sein Kapuzenshirt und zieht es über, bevor er in die Küche geht. »Cola oder Mineralwasser?«, höre ich ihn rufen. Ich möchte Cola. Den Geräuschen nach zu urteilen, muss er erst noch Gläser spülen. Ohne seine Körperwärme spüre ich jetzt auch ein leichtes Frösteln und kuschele mich in die Bettdecke. Wenig später sehe ich kurz seine Silhouette im Flurlicht, bevor er es ausschaltet, und frage mich wieder einmal, ob wir uns in der Berliner Zeit zufällig begegnet sein könnten. Es scheint mit dem spärlichen Licht zusammenzuhängen, vielleicht auch mit einer ganz bestimmten Entfernung, wenn ich dieses Déjà-vu in Bezug auf Vince habe. Er kommt mit zwei Gläsern Cola und einer Dose mit gerösteten Cashews zurück, stellt alles neben dem Bett ab, zieht sein Shirt wieder aus und schlüpft nackt zu mir unter die Decke. Als unsere Gläser leer sind, öffnet er die Dose. Ich habe nach einer Handvoll Cashews genug, Vince inhaliert den Rest.

»Sorry, ich hab den ganzen Abend noch nichts gegessen«, erklärt er mit vollem Mund.

»Du musst deine Reserven gar nicht auffüllen. Dich erwarten heute keine kräftezehrenden Anstrengungen mehr, das weißt du doch.« Es macht mir Spaß, ihn zu veralbern. Er lacht, schüttet sich den letzten Rest in den Mund, lässt die leere Dose fallen und hat so beide Hände frei, um meine Füße zu kitzeln.

»Werd mir jetzt aber mal nicht frech! Ich hab dich für eine ganz Brave gehalten. Du irrst dich außerdem, es gibt noch einiges, was wir safe tun könnten, das auch Kalorien verbraucht.«

Doch erst mal möchte ich von ihm wissen, in welcher Ecke von Berlin er eigentlich gelebt hat.

»Offiziell war ich in Neukölln gemeldet. Die meiste Zeit habe ich allerdings bei einem Freund in Marzahn verbracht und mich dort dauerhaft einquartiert. Quasi als Untermieter.«

Neukölln und Friedrichshain, wo Kian und ich gewohnt haben, grenzen aneinander, aber Marzahn liegt viel weiter östlich. In den Bars, die ich abfrage, ist er auch nie gewesen. Ich erzähle ihm von meinem seltsamen Déjà-vu-Gefühl.

»Unwahrscheinlich, dass wir uns wirklich mal über den Weg gelaufen sind«, sagt er. »Und falls doch, kann ich mich leider nicht daran erinnern.«

Eng aneinandergeschmiegt halten wir uns lange beim Thema Berlin auf und landen danach bei Kian. Vince will wissen, wie wir uns kennengelernt haben, und gibt sich mit der Kurzfassung nicht zufrieden.

»Kian war einer der Monteure, die längere Zeit in meinem Ausbildungs-Hotel untergebracht waren. Er sah mega aus. Groß, schlank, schwarze Haare, als Kontrast dazu türkisblaue Augen. Klar, dass ich auf ihn abfuhr, und alle Kolleginnen ebenso. Für ihn war es nichts Neues, dass er gut ankam. Erst flirtete er mit mehreren parallel herum. Dann fokussierte er sich ganz auf mich, obwohl ich damals eine schüchterne graue Maus war.«

»Ich bin nachträglich eifersüchtig und hasse den Typen unbekannterweise«, brummt Vince mit finsterem Blick.

Es wäre leicht, Kian als den alleinigen Übeltäter darzustellen, der es genossen hat, ein schüchternes, unscheinbares Mädchen schlecht zu behandeln, das ihn bis zur völligen Selbstaufgabe liebte. Doch es gehören immer zwei dazu, und es ist mir wichtig, dass Vince das weiß.

»Den besten Charakter hat er sicher nicht, aber im Grunde ist er nur ein harmloser Blender, auf den ich blöderweise reingefallen bin. Als wir dann zusammen waren, haben wir nach und nach das Schlechteste ineinander zum Vorschein gebracht, wie zwei Substanzen, die aufeinandertreffen und erst in dieser Kombination toxisch werden.«

Damit ist alles gesagt für heute, ich merke, wie sich die Müdigkeit mit Macht bemerkbar macht. Auch Vince, der gedankenversunken meine Brüste streichelt, scheint nicht mehr zu den Spielereien aufgelegt zu sein, die er eben vollmundig angekündigt hat. Wir sind in softer Kuschelstimmung und Vince sagt: »Ich bin sicher, mit uns läuft es anders. Wir bringen das Beste in uns zum Vorschein.« Er küsst mich, und ich spüre, dass er doch wieder erregt ist. Aber ich animiere ihn nicht weiter, und von einer Sekunde auf die andere übermannt uns beide der Schlaf.

SUDDENLY BURNING

Vince

Den Handywecker habe ich gestern deaktiviert, keine Ahnung, wann genau. Ich vermute, nachdem klar war, dass Aylin bei mir übernachten würde. Ich wache aber sogar vor der normalen Weckzeit um halb sieben auf. Sie schläft noch. Anscheinend habe ich ihr im Schlaf die Bettdecke geklaut, vielleicht ist sie aber auch von allein verrutscht. So kann ich jedenfalls sehen, dass Aylin ganz entspannt auf der Seite liegt, ein Bein lang ausgestreckt, das andere angewinkelt. Ihr Gesicht ist mir zugewandt, ihr Mund leicht geöffnet, und ich höre ihren regelmäßigen Atem. Es ist ein dermaßen schöner, friedlicher Anblick, dass ich sie stundenlang anschauen könnte. Aber ob es ihr recht wäre, im Schlaf beobachtet zu werden? Wahrscheinlich nicht. Darum reiße ich mich los, decke sie vorsichtig zu und stehe leise auf. Im Bad überlege ich, später in der Firma anzurufen und mich fürs Erste krankzumelden. Wie und wann ich Hansen und meinen Vater darüber informiere, was es mit dieser vorgeschobenen Krankheit in Wahrheit auf sich hat, überlege ich später. Und auch, in welcher Reihenfolge ich es ihnen mitteile …

Die anderen Baustellen müssen ebenfalls noch ein paar Stunden warten, danach mal schauen, was mir so einfällt. Denn den heutigen Morgen möchte ich mit Aylin verbringen, das ist das Wichtigste. Auf etwas anderes kann ich mich eh nicht konzentrieren. Im Moment gibt die Lust den Ton an – und ich möchte Aylin beweisen, dass ich auch anders kann als schnell. Ganz anders. Der Kiosk in der Nähe des Bahnsteigs müsste schon geöffnet haben, und dort gehören auch Gummis zum Sortiment. Wenn ich jogge, bin ich in acht bis zehn Minuten zurück, und wir könnten es uns noch zwei Stunden im Bett gemütlich machen. Dann fahre ich sie zur Arbeit, und sobald ich wieder zu Hause bin, lasse ich mir was einfallen in Sachen weitere Lebensplanung.

Als ich im Bad fertig bin, gehe ich auf Zehenspitzen ins Schlafzimmer, um mir frische Klamotten zu holen. Obwohl ich mich bemühe, Aylin nicht zu wecken, bekommt sie doch mit, dass ich aufgestanden bin und mich am Kleiderschrank zu schaffen mache.

»Guten Morgen. Schon wach? Oh … ich dachte, wir wachen zusammen auf …«

Ihre Stimme klingt verschlafen – und enttäuscht.

Darum setze ich mich neben sie aufs Bett und bitte sie nach einem Gutenmorgenkuss darum, einfach noch mal kurz die Augen zu schließen und im Bett zu bleiben.

»Ich muss nur eben sehr, sehr dringend was am Kiosk besorgen. In zehn Minuten bin ich zurück, komme zu dir unter die Decke … und dann zeige ich dir, was ich mitgebracht habe. Es wird dir gefallen, glaube ich.«

Aylin setzt an, etwas zu fragen. Aber weil ich mir ein Grinsen nicht verkneifen kann und mein Blut sich seinen Weg unübersehbar in untere Regionen bahnt, fällt der Groschen bei ihr schnell. »Bananengeschmack wäre zur Abwechslung toll«, sagt sie und rekelt sich dabei wohlig. Als hätte es noch einer besonderen Motivation bedurft, den Sprint zum Kiosk hin und zurück in rekordverdächtiger Zeit hinzulegen.

Nach einem weiteren deutlich längeren und vielversprechenden Kuss ziehe ich mich an und renne los. Tatsächlich werde ich im Kiosk fündig, decke mich mit drei Packungen ein – Banane, Vanille und *Crazy Cola*! Cola ist neu, hatte ich noch nie. Aber ich weiß ja, dass Aylin Cola zumindest gern trinkt. Würde mich nicht wundern, wenn sie auch mal dran lutschen möchte. Schon allein der Gedanke an die vielen verlockenden Aussichten des weiteren Morgens im Bett beschleunigt meine Schritte. Die letzten Meter lege ich wirklich im Sprint zurück. Mit drei Packungen Gefühlsechten in der Hand. Ich muss über mich selbst lachen. Wer auch immer mich so sieht, wird wohl denken, dass ich es dringend nötig habe. Na ja, ist auch so! Ich lasse die Präser in der Hosentasche verschwinden, als ich den Schlüssel heraushole. Immer zwei Stufen auf einmal fliege ich die Treppe hoch – und sehe Bennet vor meiner Wohnungstür.

Ich stoppe abrupt.

»Alter, was machst du denn hier?«, frage ich ihn perplex.

»Kleine Überraschung«, gibt er zur Antwort, und irgendwas an seinem künstlichen Grienen stört mich gewaltig. Schritte von oben, am Treppenabsatz taucht eine massige Gestalt auf. Ich bringe in diesem Moment noch überhaupt nicht zusammen, was hier gerade abgeht. Bennet. Adi. Mein Verstand weigert sich, die richtigen Schlüsse zu ziehen.

Adi führt beim Näherkommen den Zeigefinger an den Mund und flüstert: »Psst. Schön still sein und mitkommen. Und versuch erst gar keine Tricks. Denk an die kleine Schlampe da unten.«

Jeden Muskel angespannt und bereit zur Verteidigung halte ich nach seinen letzten Worten in einer Abwehrbewegung inne. Aylin. In meinem Kopf rotiert es. Bennet. Adi. Aylin. Was ist hier los? Doch bevor ich einen klaren Gedanken fassen kann, zischt Adi: »Deine Braut wird gerade rangenommen von zwei Kumpels. Hat freiwillig die Tür geöffnet, und jetzt bettelt sie bestimmt schon nach einer weiteren Runde. Wenn du freiwillig mitkommst und wir ein paar Dinge unter vier Augen vereinbaren, wird Bennet dafür sorgen, dass es nicht noch eine dritte gibt … könnte die Kleine etwas überfordern. Oder was meinst du, steht sie drauf? Mag sie es hart?«

Mir wird schlecht. Vor hilflosem Entsetzen beiße ich mir auf die Lippen und schmecke Blut. Das Einzige, was mir Hoffnung gibt: Er hat von Aylin *da unten* gesprochen. Das heißt, er blufft. Er weiß nicht, dass sie bei mir ist. Sie ist in Sicherheit. Es sei denn … was, wenn sie kurz nach unten gegangen ist? Wenn es dann bei ihr geklingelt hat, könnte sie den Bastarden tatsächlich geöffnet haben. Ich bin nicht gläubig, aber jetzt bete ich innerlich: Gott, wenn es dich gibt, lass sie in Sicherheit sein. Und wenn sie in meiner Wohnung ist, lass sie nicht gerade jetzt auf der Bildfläche erscheinen, weil sie Stimmen gehört hat.

»Auf dem Hinterhof können wir reden …«, bringe ich mit gepresster Stimme hervor.

Adi bedeutet mir mit einer Kopfbewegung vorzugehen, er und Bennet folgen mir. Bennet bleibt vor Aylins Tür stehen, Adi und ich gehen weiter. Inzwischen bin ich mir zu neunundneunzig Prozent sicher, dass sie bluffen. Adi will nur verhindern, dass ich mich zur Wehr setze. Aber auch wenn es nur noch ein Prozent Unsicherheit ist, das reicht, um mich zu fügen. Ich führe ihn bis zu einer Ecke des Hofes, wo ein paar Büsche Sichtschutz bieten. Er baut sich vor mir auf, und mir bleibt nichts anderes übrig, als der Ansage dieses Irren zu lauschen.

»Ja, Victory … Vince … Mertin. Ich weiß dank Bennet,

was im Keller vom Gladiator abgeht, und damit ihr es wisst: Verarschen könnt ihr euch allein. Ich bekomme meine Revanche an einem … sagen wir mal *neutralen* Ort. In den nächsten Tagen, zu meinen Bedingungen. Ich kenne da eine abgelegene Lichtung im Aaper Wald, Nähe Dachsbergweg. Tag und Uhrzeit bekommst du in den nächsten Tagen. Deiner Braut zuliebe solltest du dich nicht zieren!«

Ich möchte diese Unterredung einfach nur hinter mich bringen. Auf alles eingehen, um Zeit zu gewinnen.

»Alles klar, wie und wann du willst. Nur du und ich.«

Von hinten höre ich Bennets Stimme. »Kann sein, dass noch ein paar Kameraden zugegen sind.«

In mir lodert der Hass auf diesen Verräter. *Er* war also der Informant. Macht mit Adi und seinen braunen Arschkriechern gemeinsame Sache. Jetzt ist nicht die Zeit, nach dem Warum zu fragen, aber er demonstriert mir Sekunden später ungefragt, dass der blanke Hass sein Motiv ist. Ein Tritt von hinten in die Kniekehlen streckt mich nieder. Bennet baut sich über mir auf, und völlig unerwartet folgt der nächste Tritt, diesmal gezielt in die Glocken. Während ich mich auf dem Boden vor Schmerzen winde, spuckt Bennet neben mir aus, gefolgt von einem hämischen: »Uuups, kein Suspensorium … das tat weh!«

Bevor sie sich davonmachen, droht Bennet mir noch: »Und kein Wort zu irgendwem, wenn dir was an deiner *Nachbarin* liegt!« Dann sind die beiden endlich außer Sicht- und Hörweite. Ich rappele mich auf. Mein Unterleib schmerzt wie Hölle, aber es gibt Wichtigeres. Was ist mit Aylin? Wieder stürme ich die Treppe hoch, mache aber auf der ersten Etage Halt und klingele bei ihr. Es rührt sich nichts. Ist das ein gutes Zeichen? Ich hoffe es, haste zu mir, schließe mit zitternden Fingern auf. »Aylin?«, rufe ich und stehe in der nächsten Sekunde im Schlafzimmer vor einem leeren Bett. Panik steigt in mir hoch – da höre ich ihre Stimme aus dem Bad. »Das hat ja ewig gedauert, wo warst du denn so lange?«

Vor Erleichterung versagen mein Kreislauf und meine Stimme ihren Dienst. Ich lehne mich an die Wand, um den Puls wieder unter Kontrolle zu bringen. Mit etwas Verzögerung antworte ich so ruhig wie möglich: »Sag ich dir gleich.« Ich will nicht, dass sie in Angst und Schrecken gerät, wenn ich ihr den Ernst der Lage schildere. Darum versuche ich, mir Worte zurechtzulegen, mit denen ich weder die Gefahr herunterspiele noch Aylin total verstöre. Als sie im Schlafzimmer auftaucht, sitze ich auf dem Bett – äußerlich einigermaßen gefasst, hoffe ich. Aber anscheinend sieht man mir doch an, dass etwas nicht in Ordnung ist.

»So, Katzenwäsche erledigt … Was ist denn los? Du blutest ja!«

Zuallererst stehe ich auf und nehme sie in den Arm. Im Überschwang meiner Gefühle ziehe ich sie wohl zu fest an mich, denn sie protestiert: »Hey, pass auf, du erdrückst mich!«

Was bin ich froh, dass sie wohlauf ist. Ich lockere meinen Griff, und wir setzen uns zusammen aufs Bett. Während der nächsten Minuten erzähle ich in groben Zügen, was vorgefallen ist. Die unerträglichen, auf Aylin bezogenen Gewaltfantasien der beiden lasse ich aus, doch ich stelle klar, dass die braune Bande vor nichts zurückschreckt und auch für sie eine Gefahr bedeutet.

Aylin sorgt sich jedoch eher um mich. »Vince, du kannst auf keinen Fall weitermachen wie bisher. Das ist nichts, was sich im Alleingang lösen lässt. Du musst sie jetzt wirklich anzeigen! Nach dem Angriff hast du doch was Konkretes in der Hand.«

»Bringt uns im Moment nur leider gar nichts. Ich weiß, wie die Bullen arbeiten. Die schützen dich erst, wenn wirklich was passiert ist. Vorher nehmen sie brav alles zu Protokoll, und das war's.«

Mir geht bei alldem natürlich auch durch den Kopf, wie sehr ich in das Ganze involviert bin. Sergej, der Fight Club, die illegalen Wetten, die Drogen … meine Aussage käme einer Selbstanzeige gleich. Über die Konsequenzen, die das für mich hätte, muss ich nachdenken – und vorher mit Marc sprechen, denn jetzt ist klar, dass er die Information mit meinen Fights von Bennet hatte. Bis dahin ist Aylins Sicherheit das Wichtigste.

»Auch wenn du es wahrscheinlich übertrieben findest, ich möchte, dass du erst mal komplett aus der Schusslinie bist. Kannst du ein paar Klamotten zusammenpacken und dich bei jemandem einquartieren? Bei Josie vielleicht? Nur zwei oder drei Nächte. Um das Risiko zu minimieren. Echt, mir wäre um einiges wohler, wenn du nicht in deiner oder meiner Wohnung bist.«

»Dann frage ich Josie. Sie gewährt mir bestimmt Asyl.«

Ich bin unheimlich froh, dass sie sofort auf meinen Vorschlag eingeht, obwohl ihr der Ernst der Lage wahrscheinlich nicht in seinem kompletten Ausmaß bewusst ist. Sie tippt eine Nachricht an Josie, die sofort antwortet. Sie texten hin und her, dann sagt Aylin: »So, ich habe jetzt verabredet, dass ich meine Reisetasche zur Arbeit mitnehme und von dort aus nach Dienstschluss direkt zu ihr nach Stockum fahre. Sie wohnt in der Nähe des Messegeländes.«

Ich atme auf. Das wäre also erst einmal in trockenen Tüchern.

Bis zu Aylins Schichtbeginn bleibt nur noch wenig Zeit … das war's mit unserem gemütlichen Morgen im Bett. Ich wäre eh zu nichts mehr fähig. Abgesehen vom Körperlichen – Bennets Sacktritt hat Nachwirkungen – streikt auch mein Kopf. Zu viel Beunruhigung, zu viel, was ich jetzt nicht mehr nach gewohnter Manier verschieben kann. Aylin geht zum Duschen runter, und ich fahre sie dann zur Arbeit. Auf dem Parkplatz entdecke ich zwischen all den anderen Luxuslimousinen Vaters schwarzen Mercedes, leicht zu identifizieren am Nummernschild: D-PM-523 steht für Peter Mertin, Jahrgang 52, Geburtsmonat März. Ich deute überrascht auf den Wagen. »Ach sieh mal einer an, mein Alter hat anscheinend ein Meeting bei euch.«

Aylin geht nicht darauf ein, sie ist in Eile. »Pass auf dich auf!«, bittet sie mich, gibt mir einen Kuss, und weg ist sie. Ich schaue ihr nach, bis sie in einem Seiteneingang verschwindet. Dann rufe ich nacheinander Marc und Finn an, um ihnen mitzuteilen, dass ich sie schnellstens sprechen muss.

MY LOVE

Aylin

Im Nachhinein weiß ich nicht, wie ich den Arbeitstag überstanden habe, denn ausgerechnet heute war extrem viel los. Wie auf Autopilot habe ich mich durchgekämpft, Stunde um Stunde. Es gab Netzwerkprobleme, infolgedessen streikte das Buchungssystem. Zu allem Übel trafen mehrere exzentrische Gäste mit Sonderwünschen ein – und dann on top noch Mertins Check-out am späten Mittag. Er kam allein zur Rezeption, ohne Frau Hansen. Danach hieß es noch ein paar Stunden durchhalten bis zum ersehnten Feierabend.

Seit Vince das parkende Auto erkannt hat, steht zweifelsfrei fest, dass dieser unangenehme Gast sein Vater ist. Aber mit wem hat er bei uns logiert? Kann es tatsächlich sein, dass seine Begleiterin nur zufällig denselben Nachnamen hat wie diese Marlene?

Darüber unterhalte ich mich mit Josie, nachdem ich ausführlich Bericht erstattet habe – erst über den Stand der Dinge zwischen Vince und mir und dann über die beunruhigenden Ereignisse des Morgens. Wieder einmal bin ich froh und dankbar über die Freundschaft, die Josie und mich verbindet. Wenn wir nicht zufällig an derselben Fortbildung teilgenommen hätten, wären wir uns vielleicht nie begegnet. Aber wir saßen nebeneinander und waren uns auf

Anhieb sympathisch. Später haben wir uns im selben Hotel vorgestellt und wurden beide aus einer Vielzahl von Bewerberinnen ausgewählt. Erstaunlicherweise ticken wir ähnlich, obwohl wir im Grunde genommen so unterschiedlich sind. Das fängt schon damit an, dass Josie in einer chaotischen Patchwork-Sippe aufgewachsen ist. Das Kontrastprogramm zu meiner Familiengeschichte. Sie ist hin- und hergewandert zwischen den neuen Familien von Vater und Mutter, in denen die jeweiligen Partner und Kinder mehrmals wechselten. Oder um Josie zu zitieren: *Ich hatte drei Mütter, vier Väter und zwölf Geschwister.* Vielleicht ist sie deswegen so kontaktfreudig und zugleich sprunghaft.

Wir sitzen in ihrer kunterbunt zusammengewürfelten Küche. Viel Ikea, dazu Aufgearbeitetes vom Sperrmüll und als Blickfang ein himmelblau lackierter altmodischer Küchenschrank aus den Fünfzigern mit Aufsatzbuffet, den sie von einer ihrer zahlreichen Großtanten geerbt hat. Es duftet nach dem Nudelauflauf, den wir vorbereitet und eben in den Backofen geschoben haben. Mit extra viel Käse und genug für vier Leute, denn gleich wollen Finn und Vince vorbeikommen.

»Kannst du dich noch erinnern, wer die Holiday Superior Suite reserviert hat?«, möchte ich von Josie wissen. »Sophia meinte, du hättest die Namen verwechselt.«

Sie muss nicht lange überlegen. »Eine Frau Hansen. So hat sie sich am Telefon gemeldet, kann ich beschwören. Ich wüsste nicht, dass der Name Mertin gefallen ist, allerdings hat sie auch unheimlich hastig und wirr gesprochen. Könnte sein, dass ich es einfach überhört habe. Die Reservierung habe ich ihr dann wie üblich auch per Mail bestätigt. Schätze mal, ihr ist nicht aufgefallen, dass da Hansen und nicht Mertin stand.«

So etwas Ähnliches habe ich mir schon gedacht. Er hat seine Geliebte also das Zimmer reservieren lassen und wahrscheinlich war sie ein wenig nervös. Nur zu verständlich, wenn mein Verdacht sich bewahrheitet. Denn dann wäre der Typ, mit dem sie fremdgeht, nicht nur der Geschäftspartner ihres Mannes, sondern auch beinahe der zukünftige Schwiegervater ihrer Tochter geworden – wenn es weiter nach Plan gelaufen wäre. Ich weiß immer noch nicht, ob ich es Vince sagen soll.

Josie ist der Meinung, ich solle genau das tun. »Ich finde, er sollte wissen, was sein Vater treibt. Nach dem, was du mir eben erzählt hast, ist der doch mitverantwortlich dafür, in welcher Klemme Vince jetzt steckt. Schon allein deswegen!«

Zu Hause gibt er den charakterstarken Heiligen ohne Fehl und Tadel, schießt es mir durch den Kopf. So hat Vince mir sinngemäß mal beschrieben, wie sein Vater sich gerne selbst inszeniert. Und wie ich jetzt weiß, ist er jenseits der heimischen vier Wände ein eitler Egomane, verlogen noch dazu. Inzwischen glaube ich auch, dass Vince wissen sollte, was für eine Art von Meeting seinen Vater ins Holiday Hotel geführt hat. Darum stimme ich Josie nach kurzem Überlegen zu.

»So ungern ich mich in Dinge einmische, die mich nichts angehen, in diesem Fall ist es wohl berechtigt. Ich schätze aber, zunächst gibt es Wichtigeres für Vince. Und bevor die Jungs hier auftauchen, sag doch mal, wie läuft es bei euch?«

Es sprudelt nur so aus ihr heraus. Ich höre ihr aufmerksam zu, und während sie erzählt, hoffe ich immer mehr, dass sie in Finn endlich die große Liebe gefunden hat. Seit ich sie kenne, ist sie auf der Suche danach – und sie ist leicht zu entflammen. Leider entpuppt sich das Ganze dann meist als kurzlebiges Strohfeuer. Trotzdem wage ich die frühe Prognose, dass Finn geschafft hat, was keinem anderen in den letzten Jahren gelungen ist: sie nachhaltig zu beeindrucken. Ich bin optimistisch, dass dieser Prinz nicht wieder in den üblichen zwei, drei Wochen als Frosch aussortiert wird.

Insgesamt erscheint mir alles wie eine Fügung. Nicht auszudenken, wenn sie sich bei der Party auf Vince konzentriert hätte … vielleicht wäre dann alles anders gekommen.

Allein der flüchtige Gedanke an Vince lässt mich unruhig werden. Ich kann es kaum erwarten, ihn wiederzusehen. Nach Dienstschluss haben wir länger telefoniert. Darum weiß ich, dass Marc und Finn inzwischen in die ganze Sache eingeweiht sind. Marc hat Bennet Hausverbot erteilt und bestätigt, was Vince schon ahnte: Der Tipp mit den illegalen Kämpfen stammte von Bennet. Außerdem ist das Ausbildungsverhältnis beendet. Nach einer Unterredung mit seinem Chef Hansen hat der es wegen groben Fehlverhaltens mit sofortiger Wirkung aufgelöst. Tja, grobes Fehlverhalten – das trifft wohl auch auf den Vater seines Azubis zu. Ich schätze, wenn Herr Hansen davon wüsste, würde er die geschäftlichen und freundschaftlichen Beziehungen ebenfalls mit sofortiger Wirkung auflösen …

Unsere Männer erscheinen überpünktlich. Vince sieht ziemlich fertig aus, aber seine Augen leuchten, als er mich erblickt. Er umarmt und küsst mich ausgiebig, bevor er Josie begrüßt. Finn sehe ich seit der Party zum ersten Mal. Um mir links und rechts einen Schmatzer auf die Wangen zu geben, muss er sich tief bücken, und ich bin aufs Neue beeindruckt von ihm. Er ist schon ein ansehnlicher Mann, da gibt es nichts zu meckern. Und gescheit noch dazu. Von Beruf Security Manager, erfahre ich beim Essen, überwiegend im Personenschutz tätig. Darüber ist er zum Krav Maga gekommen.

Auch ihn trifft es hart, dass sein Kumpel Bennet zu den Nibelungen gehört.

»Es ist unbegreiflich«, sagt er immer wieder. »Bennet hat in den letzten Monaten verändert gewirkt. Aber rechte Gesinnung? Die hat er gut vor allen verborgen.« Im Übrigen ist er wie Vince der Meinung, eine Anzeige würde für den Moment kaum etwas zur Sicherheitslage beitragen. Und das trotz seiner guten Kontakte zur Polizei. »Es geht ja hier um zwei unterschiedliche Sachen, zum einen die Nibelungen und zum anderen den Club. Eine Razzia wäre ideal, um ihn hochgehen zu lassen. Illegale Kämpfe, Wetten, Rauschgift – kommt jetzt drauf an, wie tief du da drinsteckst, Vince. Wenn du den entscheidenden Tipp gibst und kooperierst, würdest du bestimmt glimpflich davonkommen. Vorstrafen hast du ja nicht?«

»Nein, keine Vorstrafen.«

Finn nimmt noch einmal nach. Wir hätten wahrscheinlich die doppelte Menge Auflauf machen müssen, um den hungrigen Riesen satt zu bekommen. Während Josie und ich fasziniert zusehen, wie sich auch der zweite Teller unglaublich schnell leert, gibt Finn seinem Freund Tipps für die weitere Vorgehensweise.

»Aufgrund der politischen Einstellung der Nibelungen würde ich dir raten, dich in der Sache erst einmal direkt an die Verfassungsschutzbehörde zu wenden. Stell dich als Informant zur Verfügung – gegen Zusicherung von Straffreiheit oder einer sehr milden Strafe. Selbst wenn dann ein Verfahren gegen dich eingeleitet wird, weil du in die illegalen Kämpfe und Drogengeschäfte involviert warst, kann die ermittelnde Staatsanwaltschaft nach Ermessensspielraum das Verfahren einstellen. Dann hast du die Sache sauber gelöst.«

Vince ist ganz Ohr. »Klingt nach einem guten Handel. Was die Drogen anbelangt, ich bin oder war nur Konsument, gedealt habe ich nie. Bleiben die illegalen Kämpfe. Hast du einen Kontakt? Und muss ich vorher zur Polizei gehen?«

Finn kann ihm einen Ansprechpartner nennen. Für den Verfassungsschutz in NRW ist eine besondere Abteilung im Ministerium des Innern zuständig.

»Frag nach Herrn Weber. Du hast gute Karten, in Sachsen wurde deren Kampfsportformat schon verboten, und ich weiß aus zuverlässiger Quelle, dass die Nibelungen unter Beobachtung stehen. Die Behörde nimmt ihre Aufgaben gesondert von der Polizei wahr. Ist also nicht nötig, vorher Anzeige zu erstatten.«

Ich höre immer besorgter zu. Verfassungsschutz. Meine Güte, ein richtig heftiges Ding, in das Vince da verwickelt ist. Aber ich vertraue Finn blind. Er scheint genau zu wissen, wovon er redet. Ich bin froh, dass er und Marc zu Vince halten, obwohl sie die Kämpfe und die Kokserei missbilligen. Bevor Vince irgendetwas unternimmt, wollen sie am nächsten Tag zu dritt weiter beratschlagen. Für heute reicht es uns wohl allen mit dem unerfreulichen Thema. Als Josie eine Schale mit Ferrero Küsschen auf den Tisch stellt, tun wir einfach so, als wäre alles in bester Ordnung. Wir sind zwei frisch verliebte Pärchen in einer besonderen Konstellation: zwei gute Freundinnen und zwei gute Freunde. Das könnte der Beginn einer wunderbaren Zeit sein. Ich sehe vor meinem geistigen Auge, wie wir vier zusammen in den Urlaub fahren, vielleicht nach Südfrankreich, wo ich unbedingt mal hinwill. Oder in die schottischen Highlands, die Josie über alles liebt. Oder einfach nur am Wochenende gemütlich zusammensitzen und Serien schauen. Ohne die ganzen Schwierigkeiten, in die Vince sich gebracht hat und die wie ein Damoklesschwert über der Zukunft schweben, wäre dies ein lockerer Abend. Stattdessen sind wir alle etwas gestresst, Vince und ich natürlich deutlich mehr.

Ist es wirklich erst elf oder zwölf Stunden her, dass ich nach unserer gemeinsam verbrachten Nacht in seinem Bett aufgewacht bin? Es kommt mir viel länger vor, vielleicht wegen des schrecklich abrupten Endes. Nachdem er losgezogen ist, um seine »Besorgungen« zu erledigen, konnte ich seine Rückkehr kaum erwarten. Ich war von Kopf bis Fuß auf Sex eingestellt und entsprechend aufgeregt oder eher erregt. Aber dann dauerte es viel länger als erwartet, und irgendwann meldete sich meine Blase. Ich habe mir aber gar keine Sorgen gemacht, sondern ging davon aus, Vince hätte sich mit den zehn Minuten einfach verkalkuliert. Dann dieser Schock, als ich aus dem Bad kam und ihn sah: leichenblass, mit blutender Lippe und panisch. Beim Gedanken daran lege ich meine Hand auf seine. Als hätte er nur auf ein Zeichen von mir gewartet, fragt er Josie: »Ich würde gern mal kurz mit Aylin unter vier Augen sprechen, ist das okay?«

»Na klar doch! Verdrückt euch mal in die Kemenate«, schlägt sie vor.

Die *Kemenate* ist nichts anderes als eine schlauchförmige Besenkammer. Josie nutzt dieses winzige Zimmer hauptsächlich als Abstellraum, hat aber auch ein schmales Gästebett darin untergebracht, eher eine Pritsche. Kaum fällt die Tür hinter uns zu, liegen wir uns in den Armen. Es kommt mir so vor, als hätten wir uns ewig nicht berührt. Aber leider befinden wir uns weder am richtigen Ort, noch haben wir Zeit für mehr als eine innige Umarmung und einen Kuss, in den wir all unsere Sehnsucht legen.

»Wie geht es dir?«, erkundige ich mich. Die Frage klingt

banal, aber ich möchte wissen, wie es ihm *wirklich* geht. Wie er damit klarkommt, dass Neonazis ihn bedrohen, ein vermeintlicher Freund ihn ans Messer geliefert hat und sein Ausbildungsverhältnis vorzeitig beendet wurde. Vince kann recht gut verbergen, wie er sich fühlt, das ist mir aufgefallen. Umso mehr möchte ich, dass er mich hinter die Fassade schauen lässt. An meinem Tonfall lässt sich hoffentlich heraushören, dass es eine ernst gemeinte Frage ist und keine Aufforderung zum Small Talk.

Bevor er antwortet, küsst mich Vince noch einmal, und ich schließe die Augen, um für diesen Moment alles andere auszublenden.

»Ich bin ehrlich gesagt nicht ganz sicher, wie es mir geht. Was meinen Rausschmiss bei Hansen anbelangt, null Bedauern. Ich bin sogar echt erleichtert. Den anderen Scheiß will ich jetzt einfach hinter mich bringen. Und dann neu anfangen. Wobei ...«

Er überlegt kurz, bevor er weiterspricht: »... Neuanfang wäre zwar toll, aber kann man wirklich *neu* anfangen? Ich bin nicht neu. Ich bin und bleibe derselbe Mensch, und es hat ja einen Grund, dass ich seit Jahren mein Leben vor die Wand fahre.«

Ich möchte ihm Mut machen, denn es ist möglich, die Weichen neu zu stellen. Sogar dann, wenn man so verzweifelt ist, dass man mit dem Leben abgeschlossen hat und es beenden will. Wenn wir mehr Zeit hätten, würde ich ihm von der Nacht meines Neuanfangs im Berliner Mäusetunnel erzählen. Aber diese Zeit haben wir gerade nicht. Darum beschränke ich mich auf ein knappes: »Denk nicht so negativ, Vince.«

»Ich gebe mir Mühe«, erwidert er. »Aber was ich dir eigentlich unter vier Augen sagen wollte ...«

Ich warte mit Spannung, was jetzt kommt.
Es sind nur drei Worte.
»Ich liebe dich.«

BE HIGHER

Vince

Den ganzen Vormittag habe ich heute mit Marc zusammengesessen und in der Zeit mehrere Anrufe meines Vaters ignoriert. Ich weiß nicht, wie oft ich ihn weggedrückt habe. Er war hartnäckig. Kann es wahrscheinlich kaum erwarten, mich nach allen Regeln der Kunst zusammenzufalten, aber da wird er sich in Geduld üben müssen. Das Treffen mit Marc war mir wichtiger als ein Anschiss des erbosten Häuptlings. Finn kam später dazu und hat mir nicht nur die Durchwahl besorgt, unter der ich den Typen vom Verfassungsschutz direkt erreichen kann, sondern auch noch einen Ausdruck mitgebracht, den er als *top secret* bezeichnet.

»Da stehen brandheiße Infos drin, die erst nächstes Jahr im Verfassungsschutzbericht des Landes Nordrhein-Westfalen veröffentlicht werden. Ich habe meine Beziehungen spielen lassen und dir den Teil besorgt, in dem es um die Nibelungenszene geht. Sind nur ein paar Seiten. Der gesamte Bericht für 2017 umfasst über zweihundert Seiten, der von 2018 wird noch umfangreicher. Viel Rechtsextremismus, reichlich Islamismus und ein bisschen Linksextremismus. Lies dich in die Materie ein, bevor du Weber anrufst.«

Ich werde mir die Lektüre später zu Gemüte führen. Jetzt

cruise ich erst mal mit ausgeschaltetem Handy herum, denn ich muss nachdenken.

Unter anderen Umständen würde ich diesen Ausflug an einem Wochenende machen – mit Aylin. Bei gutem Wetter wie heute könnten wir die Tour mit einem Picknick am Baldeneysee kombinieren. Bestimmt würde meine Lieblingsrundstrecke Aylin auch gefallen: vom Rhein zur Ruhr, dann an den See, durchs Felderbachtal und über Neviges zurück nach Hause. Viel Landschaft, viel Wasser. Aber die Voraussetzungen sind nun mal suboptimal. Heute dürfte eine der letzten Gelegenheiten für eine Ausfahrt sein. Aylin muss arbeiten – und am Wochenende ist das Auto wahrscheinlich schon von Vater beschlagnahmt. War zwar ein Geschenk, aber ist auf ihn gemeldet, und er hat die Papiere. Ich kann mich also geistig schon mal von dem guten Stück verabschieden.

Allein unterwegs zu sein, hat immerhin den Vorteil, dass ich beim Fahren fast zwei Stunden lang laut Musik hören und mir dabei Marcs überraschendes Angebot durch den Kopf gehen lassen kann. Er hat mir doch tatsächlich vorgeschlagen, sein Kompagnon im Krav-Klub zu werden. Seine Worte habe ich eins zu eins im Gedächtnis abgespeichert:

Schwamm über Sergej und seinen Keller. Das ist Vergangenheit, lass uns über die Zukunft reden. Steig bei mir ein, Vince! Du hast Erfahrung, du hast Potenzial – und das Wichtigste: Du brennst für Krav Maga. Ich könnte mir keinen besseren Teilhaber vorstellen als dich. Guck nicht so ungläubig, ist mein Ernst.

Marc hat immer große Stücke auf mich gehalten, egal welchen Bockmist ich gebaut habe. Im Laufe der zwölf Jahre, die wir uns nun kennen, ist er ein guter Freund geworden. Aber ich dachte, nach der Fight-Club-Sache, wegen der ich ja eine scharfe Verwarnung von ihm kassiert habe, hätte er seine Meinung über mich geändert. Deswegen war ich mehr als überrascht, als er mit seinem Vorschlag um die Ecke kam. Auf meine Frage, wie er sich das im Detail vorstellen würde, meinte er, dass er mir den normalen Trainingsbetrieb weitgehend überlassen würde. Ich hätte da freie Hand.

Meinetwegen kannst du dann auch Frauentraining anbieten.

Das habe ich ihm schon zigmal geraten. Frauenkurse liegen im Trend, die Nachfrage ist enorm. Bisher hat er sich immer geweigert.

Mach, was du für richtig hältst – mir ist es einfach wichtig, im täglichen Betrieb entlastet zu werden. Dann komme ich endlich mal dazu, meine Schulungen und Seminare für Behörden auszubauen. Alles Vertragliche können wir beim Notar regeln, aber das eilt nicht.

So weit, so gut. Genau mein Ding, hey, da bräuchte ich gar nicht zu überlegen. Doch es gibt diesen verdammten Haken, und in dem Punkt lässt Marc nicht mit sich diskutieren: Ihm ist es wichtig, dass ich den Instructor-Schein in dem Camp in Israel mache, in dem er auch ausgebildet wurde. Das würde mich mit Flug und allem Drum und Dran ein paar Tausender kosten – utopisch. Er meinte, er könne mir einen Teil vorstrecken. Aber selbst dann weiß ich nicht, wie ich das stemmen soll. Von irgendwas muss ich in der Zeit ja auch Miete und laufende Kosten bezahlen. Vater erneut um Geld zu bitten, ein Darlehen diesmal, das ich in Raten zurückzahlen könnte, halte ich für wenig aussichtsreich. Da würde mir wohl eher die Bank Geld geben, haha, einer meiner schlechten Scherze. Natürlich bekomme ich nirgendwo einen Kredit, außer bei solchen Typen wie Dukat. Noch nicht mal das Auto kann ich verkaufen, weil es mir ja nicht gehört.

Als ich wieder zu Hause bin, überfliege ich die acht Seiten, die Finn mir in die Hand gedrückt hat, bis ich zu dem Abschnitt mit den Nibelungen komme, der mich am meisten interessiert. Darin wird die Kampfsportveranstaltungsreihe *Kampf der Nibelungen* als rechtsextremistisch bezeichnet. Maßgeblicher Organisator soll seit einigen Jahren eine Führungsperson aus dem Dortmunder Kreisverband von *Die Rechte* sein. Außerdem steht da, dass Personen aus dem Umfeld des Kreisverbandes beim Aufbau und der Durchführung der letzten Veranstaltungen halfen. Und neuerdings soll auch ein russischer Rechtsextremist als Organisator der Kampfveranstaltungen mitmischen, mit dem Ziel, die rechtsextremistische Kampfsportszene zu professionalisieren und als geile Erlebniswelt darzustellen. Ein Großevent nur für echte Deutsche, weil es sich von anderen Kampfsportveranstaltungen dadurch unterscheidet, dass garantiert keine Nordafrikaner und Araber antreten. So ähnlich steht es in einem rechten Propaganda-Blatt, das dann noch ausgiebig deutsche und soldatische Tugenden sowie rassische Überlegenheit beschwört: Härte, Unerbittlichkeit, Selbstüberwindung – und Wehrhaftigkeit, um sich für gewaltsame Auseinandersetzungen mit den Feinden der Szene vorzubereiten. Fazit des Ganzen: Der Verfassungsschutz geht davon aus, dass der KdN die Gewaltbereitschaft und -fähigkeit erhöht und dies auch erwiesenermaßen tut.

Krass das alles. Ich komme ins Grübeln. Sergej hat immer so getan, als würde er die Nibelungen im Grunde seines Kämpferherzens verachten und lediglich Geschäfte mit ihnen machen. Aber wer weiß, vielleicht steckt er da viel tiefer drin und hat sogar Kontakt zu diesem Russen. Ich muss nur einmal den Namen googeln, dann habe ich Gewissheit: Den

Typen kenne ich! Ich bin mir sicher, dass ich seine Visage schon mal unter den Zuschauern im Fight Club gesehen habe. Das heißt, ich lege mich nicht nur mit Adi und seinen Rassistenfreunden an, sondern mache mir auch Sergej und seinen Landsmann zum Feind, wenn ich mich an den Verfassungsschutz wende.

Die Tragweite der Entscheidung macht mir zu schaffen, und ich brüte eine Weile vor mich hin. Gibt es eine Alternative? Ich könnte Adis Herzenswunsch erfüllen. Mich von ihm unter dem johlenden Gelächter der versammelten Mannschaft zusammenschlagen lassen und dabei gerade so viel Gegenwehr leisten, dass es glaubhaft wirkt. Doch wäre damit etwas gewonnen? Ich denke an die Art und Weise, wie sie Aylin beschimpft und bedroht haben, auch Bennet, dieser hinterhältige Spitzel. Ich denke an den Hass, der in ihnen lodert und der sich immer ein Ventil suchen wird. Wenn es nicht Aylin und ich sind, werden es andere sein, die ihre Gewalt zu spüren bekommen. Es gibt nur eine saubere Lösung. Entschlossen schalte ich mein Handy ein, lösche zuerst alle verpassten Anrufe meines Vaters – es sind inzwischen schon dreizehn – und wähle dann die Nummer, die mir Finn gegeben hat. Das Gespräch mit Weber ist kurz und knackig, er stellt eine Reihe von Fragen, macht sich Notizen und bestellt mich für Montag in sein Büro, um das weitere Vorgehen zu bereden.

Nach dem Telefonat fühle ich mich erleichtert. Jetzt sind die Weichen gestellt. Ich lege Depeche Mode auf, Delta Machine, und schaffe endlich Ordnung in der Bude. Neun Tracks später bin ich damit fertig. *Should Be Higher* … der zehnte Song erinnert mich daran, ein Versprechen einzulösen, das ich mir selbst gegeben habe. Ich gehe in die Küche, nehme die Kaffeedose in die Hand und öffne den Deckel.

Am Boden der Dose liegt mein sehr überschaubarer Restbestand an Drogen. Das Pulver habe ich fein säuberlich in zwei kleine Koksbriefchen abgepackt, das Gras in eine Papiertüte. Seit der Party ist beides unangetastet, ich habe nichts mehr geschnupft oder geraucht. Das Zeug, das ich mir neulich noch einmal reingeknallt habe, gehörte nicht mir. Es war eine Kostprobe von einem der Typen aus dem Fight Club. Obwohl die Briefchen und die Tüte so gut wie kein Gewicht haben, wiegen sie schwer in meiner Hand, als ich mich damit ins Bad verziehe. Einmal tief Luft holen, dann schütte ich den Inhalt ins Klo. Ist wohl kaum die optimale Art der Beseitigung, verbrennen wäre wahrscheinlich besser. Soll nie wieder vorkommen, gelobe ich, weder Drogen noch diese Art der Entsorgung, und betätige mehrmals die Spülung.

Danach dusche ich, ziehe den Anzug an, den ich zum letzten Mal bei dem Besuch in der Villa getragen habe, und warte, dass es neunzehn Uhr wird, damit ich Aylin von der Arbeit abholen kann. Josie hat uns ein asiatisches Restaurant empfohlen, wo es die ihrer Meinung nach besten Sushis gibt. Ich bin nicht so der Sushi-Fan, aber Aylin steht drauf. Also werden wir dort etwas essen, in der Hoffnung, dass wir kurzzeitig alles Bedrohliche ausblenden können.

Das gelingt auch anfangs. Ich erzähle Aylin von der Option, bei Marc einzusteigen. Sie findet das spontan großartig, bis ich zum Problem mit dem teuren Trainingscamp komme. Schließlich sage ich: »Wäre schon geil, aber letztlich wird es wohl an der Kohle scheitern. Mein Vater ist ein Hardliner, der rückt keinen weiteren Cent raus. Finn kam dann noch mit einer Security-Ausbildung als Alternative um die Ecke. Könnte sein, dass die gefördert wird, da müsste ich beim Arbeitsamt nachfragen.«

Aylin merkt sofort, dass sich meine Begeisterung dafür in Grenzen hält. »Marcs Angebot wäre dir lieber, oder?«

»Definitiv, aber bei den Kosten für das Camp ist die Security-Sache wohl realistischer. Auf jeden Fall besser als nichts. Und wenn alle Stricke reißen, mache ich einen auf Tischler.«

»Fände ich sexy«, witzelt sie, wird dann aber urplötzlich ernst und wechselt das Thema. »Die Ehe deiner Eltern, wie läuft die?«

Mir fällt fast das Sushi aus dem Mund. Auch mein Blick lässt wohl erkennen, wie irritiert ich bin, denn sie erklärt: »Klingt seltsam, ich weiß, aber ich frage das aus einem bestimmten Grund. Wirst du gleich verstehen.«

»Also die Ehe meiner Eltern … die läuft wohl ganz gut. Glaube ich. Jedenfalls wüsste ich nicht, dass es da mal gekriselt hätte. Meine Mutter akzeptiert halt von jeher alles, was mein Vater sagt, tut und anordnet, insofern gibt es wenig Reibungspunkte.«

Aylin nimmt einen Schluck Tee, bevor sie eine weitere Frage stellt. »Wie würde sie reagieren, wenn er eine Affäre hätte?«

Jetzt werde ich hellhörig und antworte mit einer Gegenfrage. »Auf was willst du hinaus?« Danach sage ich längere Zeit gar nichts mehr, sondern höre mir im wahrsten Sinne des Wortes sprachlos an, was Aylin im Hotel beobachtet hat. Das Familienoberhaupt auf Abwegen! So wie sie die blonde Frau beschreibt, mit der er die Nacht verbracht hat, muss es tatsächlich Patricia Hansen gewesen sein. Die erste Betroffenheit ist nur von kurzer Dauer, denn im Nachhinein betrachtet ergibt alles einen Sinn. Die Runderneuerung der Hansen in den letzten Monaten, die Komplimente meines Vaters, die tiefen Blicke in ihr Dekolleté und der augenzwinkernde Kommentar in Richtung meiner Mutter: *Gönn dir die Klinik doch auch mal.* Das verkniffene Gesicht meiner Mutter, die ansonsten zu der Bemerkung schweigt, während Patricia Hansen geschmeichelt lächelt. Ich habe dabeigesessen, und obwohl ich meine Ohren während der Tischgespräche grundsätzlich auf Durchzug schalte, habe ich das mitbekommen. Dann die vielen kurzen Geschäftsreisen in den letzten Monaten, die angeblich eine Übernachtung erfordern. Wie blind kann man sein? Natürlich, die beiden haben was miteinander! Wahrscheinlich schon länger, das Stelldichein in der Superior Suite war vermutlich nicht ihre Premiere. Gott, wie erbärmlich verlogen ist das?

»Vince?«

»Entschuldige, was hast du gesagt?«

Aylin betrachtet mich mit diesem gewissen Blick, den ich inzwischen gut kenne. So guckt sie, wenn sie beunruhigt ist. »Nichts, aber du warst gerade völlig weggetreten. Vince, ich wollte dir das eigentlich gar nicht sagen. Aber andererseits fühle ich mich auch nicht wohl dabei, es zu verschweigen. Nachdem ich Josie um Rat gebeten habe, waren wir uns einig, dass du es wissen solltest, weil dein Vater dir gegenüber immer so unfehlbar tut. Und als du mir von Marcs Angebot erzählt hast, dachte ich, dass du ihn mit deinem Wissen vielleicht doch dazu überreden könntest, dir das Geld zu leihen und ...«

»Nein, Aylin«, falle ich ihr ins Wort. »Das würde sich wirklich anbieten, trotzdem werde ich dieses Wissen nicht nutzen, um ihn zu erpressen. Dann wäre ich nämlich keinen Deut besser als er. Aber ich bin dankbar, dass du mich informiert hast. Das war absolut richtig.«

Aylin ergreift über die Tischplatte hinweg meine Hände. »Wenn ich noch irgendeinen Beweis gebraucht hätte, dass du ein guter Junge bist, dann hast du ihn mir gerade gegeben.

Und jetzt schäme ich mich für meinen Vorschlag.«

»Dazu besteht kein Grund, er hätte es mehr als verdient. Mal sehen, was ich mit der Info anfange. Irgendwas fällt mir schon ein. Aber vorher muss ich morgen den Termin mit dem Verfassungsschutz-Typen hinter mich bringen.«

Wir lassen uns die Rechnung geben und brechen dann auf. Als wir im Auto sitzen, fahre ich noch nicht sofort los. »Was ist los? Worauf wartest du?«, will Aylin wissen.

»Mondlicht, ich bin verrückt vor Sehnsucht nach dir. Aber da du mich als guten Jungen bezeichnet hast, würde ich mich heute schon mit etwas harmlosem Geknutsche auf dem nächsten finsteren Parkplatz zufriedengeben. Was meinst du?«

»Bin dabei«, sagt Aylin. Ich starte den Motor, um kurz darauf meinen Worten Taten folgen zu lassen. Eine halbe Stunde später flüstert mir Aylin ins Ohr: »Ich nehme alles zurück und behaupte das Gegenteil. Böser Junge ...«

THE LIGHT

Aylin

Kann es wirklich sein, dass mein Umzug in die neue Wohnung noch keine zwei Monate her ist? Es ist so viel passiert, dass es für zwei Jahre reichen würde. Manchmal fühlt es sich so an, als wäre ewig viel Zeit vergangen, seit ich am ersten Abend in der neuen Wohnung erschöpft ins Bett gefallen bin und über mir jemand die Bohrmaschine betätigte, und dann kommt es mir wieder so vor, als wäre es erst gestern gewesen. *Der Vollidiot über mir.* So habe ich ihn insgeheim genannt, und bei dem Gedanken muss ich lächeln. Der Vollidiot über mir, in den ich mich verliebt habe und der in diesen Minuten beim Verfassungsschutz sitzt. Hoffentlich läuft dort alles glatt.

Wie gern würde ich mich jetzt bei mir zu Hause mit ein paar Übungen am Piano ablenken. Stattdessen sitze ich fröstelnd in Josies Wohnung und warte ungeduldig auf seinen Anruf. Was Heizen anbelangt, ist Josie minimalistisch. Für sie beginnt die Periode dazu grundsätzlich nicht vor Oktober, egal wie die Temperaturen draußen sind. Ich will keine Saboteurin sein und lasse darum trotz ihrer Abwesenheit die Finger von der Heizung. Im Unterschied zu Josie habe ich heute frei. Das einzig Gute an den Wochenenddiensten: Es folgt immer ein freier Montag. Trotzdem war es blöd, dass ich Samstag und Sonntag arbeiten musste, denn ich konnte nicht viel Zeit mit Vince verbringen. Am Samstag haben wir uns nur kurz getroffen, Sonntag gar nicht. Umso gemeiner, dass es wohl seit Sonntagabend wichtige News gibt, die er mir aber persönlich berichten will und nicht per WhatsApp.

Morgen nach dem Termin erzähle ich dir alles ausführlich, ist echt der Hammer. Melde mich, sobald ich fertig bin. Josie hat doch nichts dagegen, wenn ich dich dann mal besuche?

Hat sie natürlich nicht. Ich möchte zu gern wissen, was das für Hammerneuigkeiten sind – ich weiß nicht mal, ob gute oder schlechte. Genauso gespannt bin ich auf das Ergebnis des Meetings mit diesem Herrn Weber, der auf Vince am Telefon einen recht aufgeschlossenen Eindruck gemacht hat. Inzwischen ist es schon Mittag, allmählich werde ich zappelig. Dann endlich kommt die sehnlich erwartete Nachricht, dass er unterwegs und in zehn Minuten bei mir ist. Ich bereite in Josies Küche schon mal Kaffee und Sandwiches vor, weil ihm der Magen wahrscheinlich in den Kniekehlen hängt, wenn er hier auftaucht.

Wie sich herausstellt, liege ich mit der Annahme richtig. Aber erst mal gibt es eine stürmische Begrüßung, bei der Vince mich hochhebt, herumwirbelt und so temperamentvoll küsst, dass mir von einer auf die andere Sekunde unheimlich heiß wird. Erst dann stürzt er sich ausgehungert auf die Thunfischsandwiches, während ich vor Aufregung fast platze und ihn bitte, seine guten Tischmanieren zu vergessen. Hauptsache, ich erfahre endlich alle Neuigkeiten!

»Okay, warte, eben kurz auskauen … so! Ich fange mit

Weber an. Dem Verfassungsschutz sind Adi und seine Freunde bekannt. Die werden schon seit Längerem vom Mobilen Einsatzkommando, dem MEK, observiert, und nicht nur die. Auch Sergejs Fight Club steht unter Beobachtung. Die wissen über sämtliche Machenschaften Bescheid und sammeln Beweise – auch für abgesprochene Schlägereien in einem entlegenen Waldstück. Sie haben noch nicht herausgefunden, wo genau die stattfinden. Hier komme ich ins Spiel. Durch mich wissen sie jetzt schon vom Treffpunkt in der Nähe des Dachsbergwegs. Von dort würde ich sie quasi hinführen, sodass sie die Truppe in flagranti erwischen. Und später natürlich als Zeuge aussagen.«

Er greift zum zweiten Sandwich, die Gelegenheit für eine Zwischenfrage, die mir unter den Nägeln brennt. »Und wie sieht das mit deinem Drogenbesitz und deiner Verbindung zu Sergej aus? Haben die dir was Strafmilderndes in Aussicht gestellt?«

Noch ein letzter Bissen, dann schiebt er den Teller zur Seite. »Ja! Mir kommt zugute, dass ich immer nur geringe Mengen besessen und erworben habe. Da wäre laut Betäubungsmittelgesetz zwischen einer Geldstrafe als Untergrenze und fünf Jahre Freiheitsstrafe als Obergrenze alles möglich.«

Das versetzt mir einen Schock. »O Gott, fünf Jahre wären eine Ewigkeit!«

»Keine Sorge, es gibt da noch den wunderschönen Paragrafen 31a BtMG, der die Möglichkeit der Verfahrenseinstellung bei Geringfügigkeit vorsieht. Und als Sahnehäubchen kein Eintrag ins Führungszeugnis! Das wäre bei mir dann das Verfahrensziel. Könnte sein, dass trotzdem mein Führerschein weg ist. Das passiert unabhängig vom Strafverfahren, sobald eine Meldung an die zuständige Führerscheinstelle rausgeht.«

Ich bin unglaublich erleichtert. »Ach, das wäre aber zu verschmerzen, oder?«

Vince nickt. »Definitiv. Allerdings werden anschließend ziemlich viele Leute ziemlich schlecht auf mich zu sprechen sein. Und leider werden nur wenige in Untersuchungshaft sitzen, die anderen laufen frei herum. Das ist der Punkt, der mir echt schlaflose Nächte bereitet. Wegen dir, weil sie dich jetzt auch auf dem Schirm haben, wenn sie sich an mir rächen wollen.«

Bei den letzten Worten wird er unwillkürlich lauter. Er scheint es ebenfalls zu merken, verstummt und sieht in diesem Moment so verzweifelt aus, dass ich meine Hände um sein Gesicht lege und sage: »Konzentrieren wir uns auf das Positive, Vince. Auf das Licht am Ende des Tunnels. Und das sehen wir doch jetzt beide. Außerdem werden die sich wohl kaum mit einem Gegner anlegen, der gute Connections hat. Finn und Marc und jetzt auch der Verfassungsschutz und das MEK.«

Vince entspannt sich etwas. »Noch wissen sie das mit den guten Connections nicht.« Dann ringt er sich ein kleines Lächeln ab. »Aber sobald sie es checken, werden sie lieber unter dem Radar bleiben wollen. Und jetzt zu den Breaking News. Ich habe gestern Abend mit meiner Schwester in Kanada geskypt. Hauptsächlich wegen Vater. Ich wollte sie um Rat fragen, weil ich echt nicht weiß, ob ich es für mich behalten soll, dass er Ma auf derart widerliche Weise betrügt. Wenn es irgendeine Frau wäre, würde ich mich raushalten. Aber seine Loverin ist nun mal keine Unbekannte. Ich finde das so unfair unserer Ma gegenüber. Da bekomme ich Brechreiz. Außerdem dachte ich, es sei an der Zeit, Vanessa mitzuteilen, dass *Onkel* Vince seinen siebenundzwanzigsten Geburtstag zum Anlass genommen hat, um endlich erwachsen zu werden.«

Onkel sagt er mit einem breiten Grinsen. Stimmt, er hat mir erzählt, dass seine Schwester schwanger ist und er sich mega darüber freut, weil sie und ihr Mann die Hoffnung schon fast aufgegeben hatten.

Vince kommt aber sofort auf die Sache mit seinem Vater zurück. »Vanessa ging das richtig an die Nieren, und sie hat mir dann erzählt, was der eigentliche Grund war, damals nach Kanada zu ziehen. Ich dachte immer, sie hätte das getan, um unabhängig zu sein. Das stimmt auch, aber es gab einen konkreten Anlass. Als sie gegen Ende ihres Studiums in Vaters Firma gejobbt hat, sind ihr Unregelmäßigkeiten aufgefallen. Ma hat damals ein beachtliches Vermögen in die Ehe gebracht und Vater mit einem Teil der Kohle den Aufbau der Firma ermöglicht. Aber später hat er einfach ohne ihr Wissen weiter investiert. Nicht mit erwirtschaftetem Kapital, sondern mit ihrem Geld, das ihm gar nicht zustand. Er hat dafür Bankvollmachten missbraucht, da ist sich Vanessa sicher. Sie hat ihn zur Rede gestellt und ihm vorgeworfen, das Geld veruntreut zu haben. Und er hat in gewohnter Manier die moralische Erpressungskeule geschwungen.«

Während er den arroganten Tonfall seines Vaters täuschend echt imitiert, sagt er dann: *»Entscheide selbst, ob du schuld sein willst, wenn darüber eine glückliche Ehe zerbricht. Denk dabei auch an Vincent, der Junge hat genug Probleme. Davon abgesehen ist das Geld sicher und sogar gewinnbringend angelegt, der Betrieb steht auf soliden Beinen.«*

Er räuspert sich kurz und spricht dann normal weiter: »Na ja, um es abzukürzen, Vanessa hat den Mund gehalten und wollte danach nur noch weg.«

Das muss ich erst mal verdauen. So unterschiedlich meine Mutter und sein Vater auch sind, eines haben sie gemeinsam:

Ihnen ist jedes Mittel recht, ihren Willen durchzusetzen. Ich würde jetzt nicht behaupten, dass sie über Leichen gehen, aber vor Lügen, Heimlichkeiten und Betrug schrecken sie noch nicht mal im engsten Familienkreis zurück. Vince wartet auf eine Reaktion von mir. Wie er da so vor mir sitzt, die Ellenbogen auf dem Tisch, das Kinn abgestützt, die Stirn in Falten gelegt, ist er leider wirklich ein jüngeres Ebenbild seines Vaters. Aber der hat ihm zum Glück nur das Aussehen vererbt und nicht den miesen Charakter.

»Das mit der glücklichen Ehe kann er wohl nicht mehr vorbringen, um seiner Tochter Schuldgefühle einzureden … Kümmerte sich deine Mutter denn gar nicht um ihre Konten? Wozu hat dir Vanessa nun geraten?« Gleich zwei Fragen auf einmal – ich kann es nicht verhindern, dass sie, kaum habe ich sie in Gedanken formuliert, ungefiltert aus mir herausströmen.

»Ma hat Vater in Sachen Geld blind vertraut, sie hatte da wohl keinen Überblick. Als Tochter aus herrschaftlichem Hause ist sie zu absolutem Gehorsam erzogen worden und hat hingenommen, dass sie nie etwas entscheiden durfte. Auch was uns Kinder anbelangt, hat er immer alles so geregelt, wie er es für richtig hielt. Vielleicht hat sie sich deswegen in diese ganzen Wohltätigkeitsdinge geflüchtet. Patenschaften für Kinder aus Ruanda, Sterntaler Stiftung und all so was, da hat er sie gewähren lassen.«

Er hält kurz inne und geht dann zur nächsten Frage über. »Vanessa will mit Ma sprechen. Das wollte sie unbedingt übernehmen. Sie meinte, damals hätte sie die Verantwortung nicht tragen wollen. Aber jetzt ist sie entschlossen, ihr alles zu sagen. Sie hatten eh verabredet, heute zu telefonieren.«

Wieder äußere ich spontan, was ich denke: »Finde ich gut! Ich kenne Vanessa zwar nicht, aber sie ist vielleicht etwas behutsamer als du. Du kannst dein Temperament manchmal schlecht zügeln.«

»Richtig …« Daran, wie Vince mich plötzlich anschaut und breit grinst, erkenne ich genau, dass er für den Moment seine Probleme vergessen möchte. »Da war doch was! Ich bin ja noch immer nicht dazu gekommen, dir zu beweisen, dass ich mein Temperament sehr wohl zügeln kann. Was sagtest du, wann Josie wieder hier ist?«

»Guter Versuch, ich sagte gar nichts dergleichen. Aber da sie um zwei Uhr Feierabend hat, wird sie gegen halb drei zurück sein.«

Nach einem raschen Blick auf sein Handy verzieht Vince das Gesicht. »Na super, ist ja schon gleich zwei. Mach dich auf eines gefasst, mein süßes Rehauge, sobald dieser ganze Scheiß vorbei ist, wirst du dich vor Beweisen nicht mehr retten können.«

»Ach nein? Und bis dahin muss ich mich gedulden?«

»Wie soll ich das denn verstehen? Aaah … sag es doch gleich! Du willst einen Quickie!!«

Normalerweise würde ich so tun, als hätte er mich falsch verstanden. Dazu komme ich aber nicht mehr, denn Vince ist bei seinen letzten Worten aufgestanden, um mich danach ebenfalls hochzuziehen. Nebenbei hat er meinen Arm auf den Rücken gedreht, ganz vorsichtig. Gefangen in diesem angedeuteten Polizeigriff schiebt er mich nun mit sanfter Gewalt vor sich her.

»Wo geht's noch mal zu Ihrer Suite, Frau Henniger? Hier entlang, glaube ich.«

»Nein, Herr Mertin, so geht das wirklich nicht! Ohne Reservierung keine Chance!«

Vince lacht schallend, mein Protest wirkt nicht sehr glaubhaft. Ehe ich mich's versehe, stehen wir schon in der

Besenkammer, und er hat die Tür hinter uns zugezogen. Es liegt wohl kaum an seiner mangelnden Kondition, dass er ziemlich schnell atmet. Ich glaube, die Situation macht ihn an – und mich auch. Heftiger und plötzlicher als die Hitze, die vom Unterleib ausgehend jetzt meinen Körper von den Fußsohlen bis zur Kopfhaut erfasst, kann keine Hitzewelle sein. Ich glühe und spüre zugleich eine Gänsehaut. Diese Woge ist ganz und gar nicht unangenehm, sondern prickelnd.

»Was hast du vor?«, frage ich, obwohl die Antwort naheliegt.

»Was denkst du denn?«, lautet seine Gegenfrage, während er mich mit seinem breiten Brustkorb an die Wand drückt, eine Hand in seiner Hosentasche verschwinden lässt und mit der anderen den Knopf seiner Jeans öffnet.

»Du hättest dich wehren können«, sagt er dann und beschäftigt sich nun mit dem Reißverschluss meiner Hose. »Wenn dich jemand in den Polizeigriff nimmt, musst du dich nach vorn beugen und den Arm auf dem Rücken durchstrecken, gleichzeitig ein Bein nach hinten hoch, kräftig treten, und er hört die Glocken läuten.«

Er dreht mich so, dass ich mit dem Gesicht zur Wand stehe. Als er sich Sekunden später an mich presst, trennt uns kein Stoff mehr. Eine seiner Hände knetet meinen Po. Diese Massage ist so ungewohnt wie alles, was hier gerade stattfindet. Ich will mehr davon! Doch dann rückt sein Körper ein Stück von mir ab, und ich höre Vince sagen: »Guck mal, was ich hier habe.«

Aus den Augenwinkeln erkenne ich, was er in der Hand hält. Ein Kondom.

»Für den Geschmackstest haben wir keine Zeit … leider. Aber es ist Banane.«

Seine Stimme klingt dunkel und heiser. Ich unterdrücke

die berechtigte Frage, ob er nie ohne Kondom aus dem Haus geht, schließe die Augen und konzentriere mich auf meine Lust. Quickies kenne ich bisher nur vom Hörensagen. Ich konnte mir nicht vorstellen, so schnell in Stimmung kommen zu können. Aber ich bin es und erwarte jede Sekunde, etwas anderes zu spüren als seine Hand und seine Finger. Allein die Vorstellung, dass er sich gerade jetzt das Kondom überstreift und es nicht mehr lange dauert, bis er so weit ist, lässt mich leise stöhnen …

Leise genug, um Josie zu hören.

»Hallo! Bin wieder da!«, ruft sie.

Vince gibt in meinem Nacken ein undefinierbares Geräusch von sich und seufzt: »Das darf doch nicht wahr sein! Sie ist zu früh!«

So schnell, wie die Flut der Lust über mich gekommen ist, ebbt sie auch wieder ab. Ihm geht es anscheinend ähnlich. »Shit!«, höre ich ihn fluchen. »Und jetzt?«

Ich drehe mich zu ihm, küsse ihn zärtlich und ziehe die Hose, die über meine Knöchel gerutscht ist, wieder hoch. Er sieht nicht sehr glücklich aus, verstaut dann aber das, was von seiner Erektion übrig geblieben ist, in Boxershorts und Jeans. Ich schaue ihn fragend an, er nickt, und ich rufe: »Wir kommen gleich!« Im ersten Moment weiß ich gar nicht, was er daran so unheimlich lustig findet, aber dann stimme ich in sein Lachen ein. Bevor wir die Besenkammer verlassen, raunt er in mein Ohr: »Wir holen das alles, *alles* nach!«

JUDGEMENT DAY

Vince

Letzten Donnerstag haben mich Adi und Bennet im Hausflur abgefangen. Heute ist Mittwoch – und immer noch keine weitere Kontaktaufnahme. Ich habe damit gerechnet, dass sie sich schneller melden. Aylin war bis gestern bei Josie, jetzt ist sie wieder in ihrer Wohnung. Sie wollte unbedingt nach Hause, kann ich auch verstehen. Ich bringe sie aber vorläufig zur Arbeit und hole sie auch wieder von dort ab. Mag übertrieben sein, aber der Vorfall letzte Woche sitzt mir noch in den Knochen. Ich will nichts riskieren. Nach der heutigen Frühschicht habe ich sie nach Hause gebracht und bis zu ihrer Wohnungstür begleitet. Danach bin ich direkt weitergefahren, denn Weber hat kurzfristig ein zweites Treffen anberaumt. Diesmal kam der Einsatzleiter vom MEK dazu. Alonso heißt er, und er wird am Tag X mit einer zivilen Observationseinheit vor Ort sein. Schon jetzt beobachten wechselnde Teams den Parkplatz und den Weg, der von dort aus in den Wald führt. Sobald Bennet mir die Infos durchgibt, leite ich sie weiter. Weber und Alonso gehen davon aus, dass die Ankündigung sehr plötzlich kommt, zwei bis drei Stunden, bevor der Kampf steigen soll. Sie halten es für wahrscheinlich, dass er spätnachmittags vor Einbruch der Dämmerung stattfinden wird. Heißt konkret, da

Sonnenuntergang aktuell gegen neunzehn Uhr ist, sie rechnen mit dem Zugriff zwischen sechzehn und achtzehn Uhr. Sie haben mir dann noch jede Menge Fotos von Personen gezeigt, die ich identifizieren sollte. Adi und Sergej waren dabei und noch einen Typen habe ich erkannt. Bei zwei anderen war ich mir unsicher. Für den Fall, dass mir noch was dazu einfällt, haben sie mir einen Ausdruck mitgegeben. Ich soll mich dann auf jeden Fall melden.

Verflucht, ich bin das Warten so leid! Auf der Fahrt nach Hause steigt die Nervosität, immer wieder schaue ich aufs Handy. Nachdem ich die Nummer des Häuptlings blockiert habe, werden mir seine Anrufe nicht mehr angezeigt. Keine Ahnung, ob er es noch versucht. Interessiert mich nicht, ich bin fertig mit ihm. Um zu verhindern, dass er den Wagen einfach abholt, parke ich weiterhin am Rheinufer. Offiziell gehört das Auto ihm, und er ist auch im Besitz des Zweitschlüssels – doch am Rhein wird er es wohl kaum finden. Sicher ist sicher, da ich es im Moment dringend brauche.

Nach einem Fußmarsch von zehn Minuten stehe ich vor Aylins Wohnungstür und betätige die Klingel. Einmal drücken, kurze Pause. Noch einmal, kurze Pause. Ein drittes Mal lang drücken. Das ist unser verabredetes Zeichen. Sekunden später öffnet Aylin mir. Immer, wenn ich sie sehe, entdecke ich etwas Neues an ihr, das mir gefällt. Dieses winzige goldbraune Muttermal seitlich am Kinn ist mir bisher nicht aufgefallen. Anscheinend leide ich, was sie betrifft, unter einer verzögerten Wahrnehmung.

»Oh, du bist schnell zurück«, empfängt sie mich freudig. »Komm rein. Was ist … hab ich da was?«

Sie reibt mit dem Zeigefinger über die Stelle, auf die ich immer noch schaue, was mir bis eben nicht bewusst war.

»Nein, nein. Nur dieses … Pünktchen. Hast du das schon die ganze Zeit?«

Aylin wirkt verunsichert. »Ja, seit meiner Geburt. Warum?«

Ja, warum eigentlich? Warum zum Teufel plappere ich dummes Zeug und stelle bescheuerte Fragen? Ich rette mich in eine Umarmung und stelle dann klar, dass ich das Pünktchen niedlich finde, woraufhin sie sich entspannt und lächelnd sagt: »Dann bin ich ja beruhigt.«

Wir gehen hinein. Als ich im Flur meine Jacke ausziehe und an einen Kleiderhaken hänge, fallen die Papiere auf den Boden, die ich zusammengerollt in die Jackentasche gestopft habe. Aylin sammelt sie auf und legt sie übereinander. An einem Foto bleibt ihr Blick hängen.

»Was sind das für Leute?«, will sie wissen. Ich erkläre ihr, dass es Fotos vom MEK sind.

»Ist ja irre. Den da kenn ich!« Sie deutet auf ein Gesicht, das ich noch nie gesehen habe. An so eine hässliche Visage hätte ich mich erinnert.

»Echt jetzt? Woher denn?«, frage ich verwundert.

Aylin betrachtet mit angewiderter Miene das Porträt. Es ist ebenso wie die anderen kein klassisches Fahndungsfoto, sondern wurde wahrscheinlich während einer Observierung aufgenommen. Runder Kopf mit wabbeligen Hamsterbacken. Aschblonde, schüttere Haare, Seitenscheitel. Wässrig blaue Augen glotzen direkt in die versteckte Kamera. Tränensäcke. Breite, fleischige Nase. Alter schwer zu schätzen, auf jeden Fall über fünfzig. Nein, der ist mir definitiv noch nie begegnet.

»Das ist mein ehemaliger Vermieter«, sagt Aylin. Daubert heißt er, Thorsten Daubert. Ich wusste immer, dass er rechts ist, hätte ihn aber der AfD zugeordnet.«

»Tja, er ist wohl noch ein bisschen rechter, wobei die Übergänge da ja fließend sind. Und der hat dir eine Wohnung vermietet, obwohl du so gar nichts Arisches an dir hast?«

Aylin berichtet, dass sein ganzes marodes Haus mit Asylbewerbern und Migrantenfamilien vollgestopft ist. »Da zieht doch niemand freiwillig ein. Also vermietet er an *Parasiten*, wie er zu sagen pflegt, lässt das Haus und die Wohnungen vergammeln, tyrannisiert die Leute, die darin wohnen, und kassiert gut ab. Denn die Mieten werden pünktlich vom Jobcenter oder von der Ausländerbehörde gezahlt. Ich glaube, ich war die Einzige im Haus, die keine Sozialleistungen bezog und ihm die Miete selbst überwiesen hat. Und ekelhafterweise hat er mich auch noch in sein Herz geschlossen. Vermutlich weil mein Nachname ihm besser gefiel als Popescu, Abdallah und Krasniqi.«

Sie guckt noch einmal finster auf das Foto, und bevor sie mir die Blätter hinhält, sagt sie: »Ich wünsche selten jemandem etwas Schlechtes, aber wenn Daubert wirklich mit drinsteckt, dann soll er dafür auch zahlen.«

Der schrille Ton meines Handys verhindert eine Antwort. Ich erschrecke mich so sehr, dass meine Hände unkontrolliert zittern. Denn ich habe die Nicht-stören-Funktion aktiviert und einen einzigen Kontakt als Ausnahme hinzugefügt: Bennet. Das heißt, nur sein Anruf kann mein Handy klingeln lassen, ansonsten bleibt es stumm. Ein Nicken in Aylins Richtung, einmal tief durchatmen, dann nehme ich das Gespräch an und sage: »Hallo Arschloch.«

Bennet reagiert mit einem kurzen, hämischen *»Da hat aber einer schlechte Laune«* auf die Beleidigung und kommt sofort zur Sache: »Schwing deinen zarten Hintern hierher. Um fünf am Parkplatz Dachsbergweg.«

Es ist kurz vor vier, mir bleibt gerade mal eine Stunde.

»Geht's noch? Unmöglich, schaffe ich nicht. Halb sechs frühestens«, antworte ich, denn Alonso und Weber haben mir eingeschärft, um Zeit zu feilschen. Je mehr Vorlauf, umso besser. Bennet scheint sich mit irgendwem im Hintergrund abzustimmen. Was sie tuscheln, bleibt für mich unverständlich, das Ergebnis ist jedoch eindeutig.

»Fünf Uhr. Keine Diskussion. Pünktlichkeit ist eine deutsche Tugend. Denk immer daran, was andernfalls passieren könnte.«

»Du mieses Stück Scheiße!«, fluche ich ins Handy, doch er hört es schon nicht mehr.

Die nächste Viertelstunde gerät maximal hektisch. Ich wähle Alonsos Nummer, gebe die Zeit durch und bekomme letzte Instruktionen. Sie wussten schon Bescheid, denn ihr Team am Dachsbergweg – ein Mann und eine Frau in Zivil, der Mann macht einen auf Jogger, die Frau geht mit einem Belgischen Schäferhund spazieren – hat eindeutige Aktivitäten beobachtet. Das Einsatzfahrzeug ist unterwegs zu einem anderen Parkplatz, von wo aus der Trupp für den Zugriff Stellung beziehen wird. Während ich Schienbeinschoner, einen elastischen Tiefschutz und darüber lockere Trainingsklamotten anziehe, versichere ich Aylin, das sei eine Vorsichtsmaßnahme. Eigentlich kann ich ausschließen, dass es zu einem Kampf kommt, aber so bin ich für alle Eventualitäten gerüstet. Gleichzeitig versuche ich, sie zu beruhigen, denn sie schiebt Panik, will unbedingt mitkommen und bettelt: »Ich kann doch einfach im Auto bleiben, besser, als hier herumzusitzen!«

Ich stelle klar, dass sie mich auf gar keinen Fall begleiten darf, und schließlich sieht sie es ein – notgedrungen, weil ich ihr keine Wahl lasse und ihr verspreche, sehr gut auf mich aufzupassen. Dann muss ich auch schon los. Bis zum Wald brauche ich um diese Uhrzeit über die B8 bestimmt dreißig Minuten. Jetzt rächt es sich, dass ich am Rheinufer parke, denn der Weg zum Auto kostet mich auch noch mal ein paar Minuten. Während der Fahrt höre ich Ignite so laut, dass es mir fast das Trommelfell zerfetzt und mich dermaßen aufputscht, dass ich wieder runterkommen muss und was Softes im Radio einschalte. Im Rückspiegel sehe ich, wie ein schwarzer Mercedes hinter mir die Lichthupe betätigt und dicht auffährt. Eine Schrecksekunde lang glaube ich, Vaters Wagen zu erkennen, aber es ist nur irgendein Drängler. Dabei rase ich selbst schon wie ein Irrer. Laut Navi erreiche ich das Ziel um 16:55 Uhr. Das Timing stimmt, um kurz vor fünf fahre ich auf den kleinen Parkplatz, der sich neben einer Gaststätte befindet. Das nasskalte Wetter lockt heute anscheinend kaum jemanden ins Freie, es stehen nur wenige Autos dort – und eines davon gehört Bennet. Als ich direkt daneben parke und aussteige, überquert ein Typ in Laufklamotten die Straße und trabt auf den Waldweg zu. Ich schaue mich auf dem Platz um, es ist sonst niemand zu sehen. Also setze ich mich auch Richtung Waldweg in Bewegung. Noch immer keine Menschenseele weit und breit, außer dem Läufer, der nun in einiger Entfernung an einen Baumstamm gelehnt Dehnübungen macht. Doch dann nehme ich hinter mir ein Geräusch wahr, drehe mich um und sehe Bennet. Er muss in einem der anderen Autos gewartet haben – zusammen mit zwei Schlägertypen in Bomberjacken, die ihn begleiten. Wenn mich nicht alles täuscht, sind das dieselben, die mich damals bei mir zu Hause in der Seitenstraße abfangen wollten. Sie schließen mit schnellen Schritten zu mir auf und Bennet sagt anzüglich: »Pünktlich wie die *Eier*uhr. Komm mit.« Er marschiert vorweg, die Nibelungen nehmen mich in die Mitte. Dabei rücken sie mir so dicht auf die Pelle, dass ich ihre ranzigen Körperausdünstungen rieche. An der nächsten Gabelung begegnen wir einer rothaarigen Frau mittleren Alters, die sich am Wegrand über einen großen, langhaarigen Hund beugt und sein Fell bürstet. Ein gewaltiges Haarbüschel liegt neben ihnen. Sie ist so in ihre Tätigkeit versunken, dass sie nicht aufschaut. Bennet biegt vom befestigten Hauptweg auf einen Seitenpfad ab, um auch diesen nach ungefähr fünfzig Metern zu verlassen. Flankiert von den Stinkern folge ich ihm. Bis auf das Rascheln des Herbstlaubs, das hier knöchelhoch den Waldboden bedeckt, ist es geradezu unheimlich still – und auch schon recht dunkel. Mir wird jetzt doch mulmig. Die Frau und der Läufer gehören zum MEK, aber haben die uns noch im Blick?

Wir schlagen uns eine gefühlte Ewigkeit durchs Gehölz, bis der Wald sich übergangslos lichtet. Es ist aber keine natürliche Lichtung, sondern hier wurde bis zum Kahlschlag gerodet. Ringsherum sind gefällte Baumstämme zu Stapeln geschichtet, an denen sich Grüppchen von Nibelungen zusammengerottet und mit Holzknüppeln bewaffnet haben. Ich zähle auf die Schnelle mindestens zehn Mann. Auf dem höchsten Baumstapel steht Adi, in der rechten Hand einen ausgefahrenen Teleskopschlagstock. Spontan wünsche ich mir, die Stämme würden ins Rollen geraten und ihn unter sich begraben. *Das* verstehen die also unter einem fairen Kampf. Ich kenne diese unangenehme Schlagstockart aus Stahl. Das Teil besteht aus mehreren Segmenten und lässt sich zweifach verlängern.

»Da ist ja unser Prügelknabe!«, tönt er großspurig von oben und gibt dann mit der linken Hand ein Zeichen, woraufhin die Meute halbkreisförmig näher kommt. Er selbst bewegt seine grobschlächtige Mischung aus Muskel-

und Fettmasse durch einen erstaunlich sicheren Sprung auf den Boden und baut sich vor mir auf. Alle meine Muskeln sind angespannt, bereit zur Flucht oder zur Verteidigung – was auch immer gefordert ist, wenn nicht bald mal irgendwer hier auftaucht, um dem Spektakel ein Ende zu bereiten. Worauf bitte warten die? Ich versuche, nach außen hin Ruhe zu bewahren und die Bewegungen in meinem Rücken zu ignorieren, als plötzlich ein Hund laut bellend von der Seite auf uns zustürmt, mit einigem Abstand dahinter die rothaarige Frau. Sie ruft: »Entschuldigung, tut mir leid, er hat sich losgerissen! Aber der tut nichts.«

Adi herrscht sie an, sie solle sofort die Töle zurückpfeifen, was sie auch macht.

»Ricky, kommst du wohl hierher! Jaa, braver Hund!«

Für den Moment gilt die Aufmerksamkeit der Nibelungen nicht uneingeschränkt mir. Ich weiß, dass es sich um ein Ablenkungsmanöver handelt. *Braver Hund* ist das Signal, das den Zugriff einleitet. Aber obwohl ich darauf vorbereitet bin, dass jetzt gleich etwas passiert, erscheinen die bewaffneten Männer in speziellen Tarnanzügen auch für mich total überraschend auf der Bildfläche. Ghillie suits heißen die Teile, Finn hat auch so einen. Sie werden genau auf den jeweiligen Einsatz abgestimmt, damit die Träger mit der Umgebung verschmelzen. Hier ist es Laub, das die Konturen der Männer verwischt und sie quasi unsichtbar macht. Ich habe mir vorgestellt, dass vorher irgendwelche Kommandos gebrüllt werden, viel Geschrei und Getöse, aber der Zugriff geht recht unspektakulär über die Bühne. Leise und vor allem effizient, Adis Leute wissen gar nicht, wie ihnen geschieht. Die Jungs vom MEK haben sie rasch unter Kontrolle – alle bis auf einen. Bennet hat sich zwar bei unseren Trainings nie besonders geschickt angestellt, die elementaren Befreiungstechniken kennt er aber natürlich. Irgendwie ist es ihm gelungen, sich aus dem Haltegriff zu winden, und er versucht zu flüchten. Nun wird es doch kurz laut, als der Schäferhund Bennet auf Kommando mit scharfem Bellen folgt. So endet die Flucht schon nach wenigen Metern, als Ricky Bennet stellt und am Weiterlaufen hindert. Alonsos Männer sammeln ihn ein, und diesmal leistet er keinen Widerstand. Zwecks Gefahrenabwehr werden alle zum Einsatzwagen geführt und in Sicherungsgewahrsam gebracht. Bevor sie Bennet mitnehmen, stelle ich ihm die eine Frage, die mich seit seinem Verrat beschäftigt: »Warum? Wir waren Freunde, was habe ich dir getan?«

»Freunde!« Er spuckt das Wort verächtlich aus. »Adi ist mein Freund, du warst es nie. Meinst du, ich hätte nicht gemerkt, dass du dich als was Besseres gefühlt hast? Ich war für dich nur der Depp, auf dessen Kosten du dich beim Training hervortun und blöde Witze reißen konntest.«

Er hat unrecht, sowohl Marc als auch Finn und ich haben Bennet gemocht. Wir waren uns einig, dass er etwas schlicht gestrickt ist, aber wir mochten ihn trotzdem. Klar, Witze haben wir gerissen, aber nicht ausschließlich auf seine Kosten. Und oft genug hat er selbst derbe ausgeteilt.

Ich habe keine Lust und keine Zeit, mich weiter damit zu befassen, denn das Wichtigste ist jetzt, Aylin anzurufen. Ich erzähle ihr in aller Kürze, was Sache ist und dass ich noch mit zur Wache muss. Dort vergehen Stunden – vor allem mit Herumsitzen und Warten. Ich nutze die Gelegenheit, um auch Finn und Marc Entwarnung zu geben. Es wird halb zehn, bis ich mich endlich auf den Weg nach Hause machen kann. Zum ersten Mal seit Wochen parke ich wieder in der nahen Seitenstraße, und als ich Licht in Aylins Wohnung sehe, beschleunige ich meine Schritte.

SHINE BRIGHT

Aylin

Um meine Nerven zu beruhigen, sitze ich am Piano und übe den ersten Satz der Mondscheinsonate. Stundenlang, schon seit Vince losgezogen ist. Ohne Kopfhörer, damit ich auf keinen Fall sein Klingeln überhöre. Erst nachdem er sich gemeldet hat, um mir zu sagen, dass alles nach Plan gelaufen ist, habe ich mir eine kurze Pause gegönnt.

Ich verstehe, dass es zu riskant gewesen wäre, ihn zu begleiten. Aber hier alleine auszuharren und nicht zu wissen, was im Wald vor sich ging, war Folter. Aus purer Verzweiflung habe ich die angestaubten Notenblätter aus der Versenkung geholt und mich nach langer Pause in das schwierige Adagio der Sonate verbissen. Die meisten Lehrer empfehlen mindestens vier Jahre Klavierunterricht, bevor man sich daran wagt. Aber Dario vertrat eine andere Meinung. Er begriff, dass mich das Einerlei der einfachen Etüden demotivierte, und ermutigte mich, zu spielen, wozu ich Lust hatte – frei vom Erwartungsdruck der Vollkommenheit. An seine Worte erinnere ich mich genau.

Spiel das, was dir Freude bereitet. Du bist Späteinsteigerin, Aylin, also orientiere dich nicht am Niveau von Konzertpianistinnen. Wenn du mit Ausdauer und Ehrgeiz übst, kannst du auch ohne technische Brillanz die Melodie schon bald tra-

gend und klanglich solide spielen. Aber genauso wichtig ist das Gefühl: Versuch, dich in das Adagio Sostenuto hineinzufühlen. Halte die Töne lang, und lass sie sanft ausklingen, während du gleichzeitig das Tempo verzögerst.

Ich erinnere mich auch, dass nach diesen Worten seine erste vorsichtige Berührung folgte. Ich saß etwas zusammengesunken an seinem Flügel, er stand hinter mir. Um mich aufzurichten, legte er seine Hände auf meine Schultern. Wenig später begann unsere kurze Beziehung. Keine sehr leidenschaftliche, aber sie gab mir damals genau das, was ich nach Kian brauchte: Verständnis, Nähe und Wärme. Tatsächlich nur Wärme, kein Feuer. Die paar Male, die wir miteinander schliefen, lassen sich an einer Hand abzählen. Es war immer mühsam. Ein anderes Wort dafür fällt mir nicht ein. Nach knapp drei Monaten offenbarte er mir, dass er bi sei. Er fühlte sich emotional zwar zu Frauen hingezogen, suchte und fand aber sexuelle Erfüllung eher bei Männern. Nun verstand ich, weshalb wir uns im Bett so schwertaten. Es war ein gemeinsamer Entschluss, getrennte Wege zu gehen und auch den Klavierunterricht zu beenden. An all das habe ich schon lange nicht mehr gedacht, und es kommt mir vermutlich gerade jetzt in den Sinn, weil ich verzweifelt versuche, nicht an Vince zu denken.

Die Zeit vergeht schrecklich zäh. Zwei weitere Stunden verbringe ich damit zu üben. Endlich, als ich gerade den Klavierdeckel zugeklappt habe, weil mir die Finger wehtun, klingelt es. Kurz, kurz, lang. Vince! Ich springe auf, renne zur Tür, öffne sie – und wundere mich. Denn anstatt mich schwungvoll zu begrüßen und mit Küssen zu überschütten, wie ich es von ihm gewohnt bin, bleibt er wie angewurzelt stehen und sieht mich mit einem versonnenen Gesichtsausdruck einfach nur an. Dann sagt er: »Ich habe dir zugehört. Bestimmt fünf Minuten lang. Ich wollte dich mit meinem Klingeln nicht rausreißen. Dieses Lied, das du gespielt hast … es gefällt mir. Du weißt ja, ich hab's nicht so mit Klassik, aber das kenne sogar ich. Beethovens Mondscheinsonate. Richtig?«

Ich nicke überrascht. Nicht, weil ich ihm nicht zugetraut hätte, die Mondscheinsonate und ihren Komponisten zu kennen. Sie ist eines der populärsten klassischen Stücke überhaupt. Überraschend und rührend zugleich finde ich etwas anderes: Er hat vor der Tür gewartet. Weil er mich nicht stören wollte. Ist das derselbe Mann, der noch vor ein paar Wochen in meiner Wahrnehmung dem Prototyp des rücksichtslosen Egoisten entsprach?

Jetzt erst kommt Bewegung in ihn, und er setzt zum vertrauten Begrüßungsritual an. Seine Umarmung reißt mir im wahrsten Sinne des Wortes den Boden unter den Füßen weg, denn er hebt mich hoch, bis meine Lippen auf Höhe seines Mundes sind.

»Hast du es nun hinter dir?«, frage ich, als er mich wieder auf die Füße gestellt hat.

»Ja«, gibt er zur Antwort, aber es klingt nicht wirklich erleichtert, sondern wenig enthusiastisch. »Sorry, ich bin absolut platt. Ich erzähle dir morgen alles genau, mit mir ist heute nicht mehr viel los.«

Das kann ich so gut verstehen. Die ganze Anspannung der letzten Wochen muss ihm unheimlich zugesetzt haben, auch wenn er nach außen hin locker wirkte. Ich beherrsche meine Neugier und bedränge ihn nicht mit weiteren Fragen, obwohl ich am liebsten sofort alles im Detail erfahren möchte.

»Komm doch erst mal rein«, sage ich darum nur. Er zieht die Schuhe aus und lässt sich im Wohnzimmer aufs Sofa sinken, während ich in Richtung Küche verschwinde, um uns Kaffee zu machen. Ich frage gar nicht, ob er einen möchte, denn Kaffee trinkt er zu jeder Tages- und Nachtzeit. Die Tassen nehme ich dann zusammen mit einer Flasche Wasser und ein paar Knabbereien auf einem Tablett mit ins Wohnzimmer. Zuerst glaube ich, dass Vince eingeschlafen ist, denn er hat sich lang ausgestreckt und seine Augenlider sind geschlossen. Doch als ich das Tablett leise auf dem Beistelltisch abstelle, sagt er plötzlich etwas.

»Du hast es nie ausgesprochen, Aylin.«

»Was meinst du? Was hab ich nicht ausgesprochen?«, frage ich, denn seine Bemerkung wirkt auf mich total zusammenhanglos.

Vince setzt sich aufrecht hin und fährt sich mit den Fingern durch die Haare, bevor er weiterredet. »Ich habe dir gesagt, dass ich dich liebe, erinnerst du dich? Und du hast das einfach so stehen lassen, ohne eine Antwort.«

Seine Augen sind auf mich gerichtet. Sie suchen meinen Blick, und für einen Moment verliere ich mich in ihnen, sodass ich erst nach einer kleinen Pause reagiere. »Natürlich erinnere ich mich. Nach dem Essen bei Josie, und wir hatten so wenig Zeit miteinander. Ich liebe dich auch. Sehr, sehr, sehr!« Ich unterstreiche das mit einem langen Kuss, für den ich mich zu ihm aufs Sofa setze. Er zieht mich auf seinen Schoß und hält mich auch dann noch fest, als unsere Lippen und Zungen sich schließlich wieder voneinander lösen. Wieder einmal wundere ich mich, dass sich mit ihm alles so anders, so intensiv anfühlt. Auch ich fühle mich anders. Diese Art von Liebe habe ich noch nie empfunden. Eine Liebe, die nicht verzehrend ist, sondern so, wie sie sein sollte. In Kian habe ich anfangs meinen Erlöser gesehen. Nach dem bitteren Ende war Dario dann ein Teil meines

Heilungsprozesses. Vince ist … einfach nur er selbst. Unperfekt wie ich – und vielleicht passt es genau deswegen so gut. Eine Wellenlänge, körperlich und seelisch. Ich bin eigentlich richtig schlecht darin, über persönliche Befindlichkeiten und Gefühle zu reden. Das war wohl auch einer der Gründe, warum ich in Josies Besenkammer nicht spontan auf seine Liebeserklärung reagiert habe. Aber die nächsten Worte fallen mir leicht, es ist mir sogar ein Herzensbedürfnis, sie auszusprechen.

»Weißt du, bevor das mit uns begann, plätscherte mein Leben dahin. In einer Zwischenzone … die dunklen Zeiten waren vorbei, aber obwohl in den letzten Jahren alles gut lief, lag immer über allem ein leichter Grauschleier. Lässt sich schlecht erklären. Jedenfalls ist es anders, seit wir zusammen sind. Heller. Irgendwie hast du mein Leben zum Leuchten gebracht.«

Da ist es wieder, sein strahlendes Lächeln übers ganze Gesicht.

»So was wie ein Flutlicht bin ich also? Na dann, Spot an! Aber jetzt brauche ich Koffein.« Er schnappt sich eine Tasse Kaffee, und während er sie leert, summt er eine Melodie vor sich hin.

»Schön. Was ist das?«, erkundige ich mich. »Das habe ich noch nie durch die Decke gehört.«

»Du hast mich mit dem Leuchten gerade drauf gebracht. *Diamonds* heißt es. Davon gibt es eine geile Pianoversion, die gefällt dir vielleicht noch besser als das Original von Rihanna.«

»Höre ich mir bei Gelegenheit an. Wenn es was Bekanntes ist, finden sich auf YouTube bestimmt auch Tutorials, dann kann ich es mal spielen.«

Bei Vince scheint das Koffein zu wirken, denn er sieht

plötzlich gar nicht mehr so müde aus. Anscheinend ist er sogar schon wieder zu Scherzen aufgelegt, denn er schlägt vor: »Oder ich singe den Refrain. Reicht dir das, um es nachzuspielen?«

»Jetzt gleich?«, frage ich ungläubig.

Bei aller Liebe, ich kann mir keinen singenden Vince vorstellen.

»Warum nicht? Lass uns zusammen leuchten!«

Es ist ihm wohl tatsächlich ernst damit. Also setze ich mich noch einmal ans Piano und gucke ihn auffordernd an. »Okay, bekomme ich hin. Aber nur, wenn du die Töne sauber triffst.«

Er zwinkert mir zu. »I'll do my very best!« Nachdem er den letzten Schluck Kaffee auch noch in sich hineingeschüttet hat, räuspert er sich, summt ein paar Takte und beginnt dann tatsächlich zu singen.

Shine bright like a diamond … We're beautiful like diamonds in the sky …

So shine bright, tonight, you and I …

Seine Stimme ist selbst ein ungeschliffener Diamant. Weich und warm, heller, als ich bei seiner Sprechstimme vermutet hätte. Obwohl ich das Lied nicht kenne, klingt jeder Ton in meinen Ohren, als sollte er genau so sein.

»Wow, unfassbar gut! Damit kann ich arbeiten«, sage ich anerkennend und versuche mich an einer einfachen Klavierbegleitung mit ein paar Grundakkorden. Das reicht, zumal Vince nur den Text des Refrains kennt und dann irgendeinen Quatsch improvisiert, der mich zum Lachen bringt. So endet unser Piano-Gesangs-Duett schon nach wenigen Minuten.

»Für den ersten Versuch doch schon ganz gut«, behauptet Vince, wirft einen Blick aufs Handy und stöhnt. »Shit, schon so spät, und du hast morgen Frühdienst.«

Ich schüttele den Kopf. »Nein, hab ich nicht. Ich mache nämlich überstundenfrei. Und dann hänge ich noch ein paar Urlaubstage dran. Heißt konkret, dass ich erst in einer Woche wieder arbeiten muss ... nach dem ganzen Stress brauche ich das mal. Und ich dachte, du würdest dich vielleicht auch freuen.«

Vince grinst mich so übertrieben an wie damals, als ich ihm den Kuchen vorbeigebracht habe. »Vielleicht? Und ob ich mich freue. Das eröffnet ja ungeahnte Möglichkeiten ...«

Er gähnt demonstrativ, reibt sich die Augen und bringt dann den Satz zu Ende. »... für den weiteren Verlauf des Abends! Darf ich bei dir übernachten?«

Natürlich darf er. Vorher verschwindet er noch mal nach oben, um seine Zahnbürste zu holen. Es dauert ganz schön lange, bis er wiederkommt. Er hat sich umgezogen und entschuldigt sich, dass er mich hat warten lassen.

»Sorry, mir ist aufgefallen, dass ich gestunken habe wie ein Iltis. Nachdem ich heute im Wald selbst von extrem widerlichen Körpergerüchen umgeben war, wollte ich dir das nicht zumuten und mich für dich mal etwas frisch machen.«

Ich schnuppere an ihm. »Oh, gut. Nicht, dass du vorher gemüffelt hättest. Aber einen feinen Duft hast du da aufgelegt, was ist das?«

»Keine Ahnung«, sagt Vince. »Irgendein Rasierwasser, aber Hauptsache, dir gefällt's. Und ich hab uns noch was mitgebracht. Du hast freie Auswahl für die Premiere in deinem Bett. Womit sollen wir anfangen?« Freudestrahlend hält er mir drei Packungen Kondome vor die Nase. Happy Banana, Crazy Cola und Milly Vanilla.

»Du hast doch eben noch gesagt, mit dir sei nichts mehr los«, rufe ich ihm in Erinnerung.

Doch davon will er nichts mehr wissen. »Das war eben, jetzt bin ich topfit. Aber wenn du zu müde bist, können wir auch nur kuscheln. Ich bin mit allem zufrieden. Ich hoffe, dein Bett ist bequem?«

»Stimmt, du hast ja noch gar nicht Probe gelegen. Ist bequemer als die Pritsche bei Josie«, kläre ich ihn auf, während ich ihn an der Hand zum Schlafzimmer führe und die Tür öffne.

»Aber nicht viel breiter«, stellt Vince fest, um dann sofort hinzuzufügen: »Da müssen wir wohl in Löffelchenstellung schlafen.«

Wir schlafen aber noch lange nicht. Vince hat durchaus nicht zu viel versprochen, als er ankündigte, sich topfit zu fühlen. Erst zwei Geschmacksrichtungen später gibt er zu, dass er selbst überrascht davon ist, wie viel Energie noch in ihm steckte. »Ehrlich, ich war so fertig, als ich von der Wache hierherfuhr. Kein Gedanke an Sex, gar nicht. Tja, ich hab mich dann doch schnell erholt.«

»Ja, du großer Kämpfer. Du hast es noch recht gut hinbekommen«, lobe ich ihn, wobei ich mir ein leises Kichern nicht verkneifen kann. Ich kenne ihn inzwischen so gut, dass ich seine Reaktion genau vorhersehe. Und richtig, er beschwert sich sofort über meine kleine Relativierung.

»Hallo? Was heißt hier *recht* gut?«

Lachend korrigiere ich mich. »Echt gut. Ich meinte natürlich *echt* gut.«

»Das beruhigt mich«, flüstert er in mein Ohr und kuschelt sich so eng an mich, wie ich es liebe. Seine Haut glüht und heizt auch meinen Körper auf. Uns beiden ist so warm, dass wir die Bettdecke im Moment nicht brauchen, die auf den Fußboden gerutscht ist. Nach ein paar Minuten, in denen wir einfach nur wohlig erschöpft daliegen, tastet Vince doch nach der Decke. Anschließend verbringen wir einige Zeit mit dem Versuch, sie uns gerecht zu teilen und – was weitaus schwieriger ist – auf hundert Zentimeter Matratzenbreite eine annehmbare Schlafposition zu finden. Ein ambitioniertes und zugleich lustiges Unterfangen, da Vince, wenn auch kein Hüne wie Finn, doch sehr raumgreifend ist. Es funktioniert erst, als er sich von hinten an mich schmiegt und seinen Arm so um mich legt, dass ich nicht aus dem Bett rollen kann. »Sag ich doch, Löffelchenstellung«, murmelt er zufrieden, und kurz darauf klappt es bei uns beiden endlich mit dem Einschlafen.

WHAT EVER

Vince

Ich döse schon seit ein paar Minuten im Halbschlaf vor mich hin und habe nicht die geringste Ahnung, wie spät es ist. Vorsichtig, um Aylin nicht zu wecken, wühle ich aus dem Klamottenstapel neben dem Bett mein Handy hervor und sehe nach. Viertel vor acht erst. Mir fällt ein, dass es immer noch stumm geschaltet ist. Ich aktiviere wieder die Normaleinstellungen, checke, was mir seit gestern alles entgangen ist – unter anderem ein Anruf meiner Ma –, und sichte auch den Posteingang. Die Mail mit dem Absender Grit Mertin lese ich sofort – und plötzlich bin ich hellwach. Aylin dreht sich zu mir, sie muss wohl doch meine Bewegungen mitbekommen haben.

»Guten Morgen«, sagt sie. Dann schließt sie die Augen wieder. Sie hat das süßeste Gesicht, das ich nach dem Aufwachen je bei einer Frau gesehen habe. Zum Anbeißen. Ich hauche ihr ein zartes Küsschen auf die Wange und wünsche ihr auch einen guten Morgen. Danach beginne ich zu tippen.

»Was schreibst du denn zu so früher Stunde?«, fragt sie mit verschlafener Stimme.

»Meine Mutter hat gestern eine Mail geschickt. Ist mir aber entgangen, deswegen antworte ich ihr jetzt.«

»Oh, etwas Wichtiges?« Aylin richtet sich halb auf, und ich halte das Handy so, dass sie die Mail lesen kann.

Lieber Vincent,
telefonisch erreiche ich dich leider nicht. Gestern hat deine Schwester mich angerufen – du weißt, um was es ging. Wir haben sehr lange gesprochen und sie hat daraufhin einen Flug gebucht. Würdest du sie morgen Nachmittag vom Flughafen abholen und hierherbringen? Ankunft und Flugnummer im Anhang. Abends möchte ich dann gern mit euch bei einem gemeinsamen Essen ein paar wichtige Dinge bereden. 19 Uhr, kannst du das einrichten? Euer Vater wird nicht anwesend sein.
Viele Grüße
Deine Ma

»Sie scheint es ziemlich gefasst aufzunehmen«, wundert Aylin sich. Für mich ist das nicht weiter erstaunlich, denn Ma ist nach außen nie besonders emotional. Was in ihr vorgeht, weiß sie immer gut zu verbergen. Das Bemerkenswerte an der Sache ist für mich, dass meine Schwester sich in den Flieger nach Düsseldorf gesetzt hat und die Villa betreten wird. Zum ersten Mal, seit sie in Toronto lebt. Mutter hat sie dort einige Male besucht, aber Vanessa hat sich nie mehr zu Hause blicken lassen. Wenn sie jetzt so spontan beschließt, mal eben vorbeizufliegen, dann hat das etwas zu bedeuten.

Bei einem kleinen Frühstück im Bett diskutieren Aylin und ich darüber, ob meine Ma wohl schon an Scheidung denkt und über diese Angelegenheit mit Vanessa und mir reden will. Ja, ich glaube, es muss etwas in der Art sein. Das schließe ich auch daraus, dass Vater meine Mailbox nicht mehr vollgequatscht hat. Er ist nicht mehr geblockt, aber keine Anrufe von ihm seit vorgestern, keine Nachrichten oder sonstige Kontaktversuche. Und nicht nur das, auch mein ehemaliger Chef ist komplett abgetaucht. Logisch, falls Hansen Bescheid weiß, richtet sich sein Zorn jetzt auf einen anderen als auf den abtrünnigen Ex-Azubi. Er wird es nicht witzig finden, dass der geschätzte Geschäftspartner heimlicher Nutznießer seiner erheblichen Investitionen in Silikon und Botox ist. Und meine Mutter mag sich ihrem Mann in der Ehe untergeordnet haben, weil sie so erzogen wurde. Aber sie wurde auch dazu erzogen, das Familienvermögen zusammenzuhalten. Ich kann schlecht einschätzen, was ihr mehr zusetzt: dass er sie dermaßen schamlos betrügt oder dass er ihr uneingeschränktes Vertrauen in finanziellen Angelegenheiten missbraucht hat. Beides zusammen jedoch ist mit Sicherheit ein Grund für sie, Konsequenzen zu ziehen.

Inzwischen habe ich auch genug Abstand zum gestrigen Tag, um Aylin ausführlich Bericht zu erstatten, was im Wald und später passiert ist. Beim Erzählen wird mir erst so richtig bewusst, dass die Situation im Wald mich mittlerweile relativ kaltlässt. Die Stunden auf der Wache haben mich mehr mitgenommen. Es fühlt sich immer noch mies an, gegen langjährige Freunde wie Bennet und Sergej als Zeuge ausgesagt zu haben. Ich komme mir schäbig vor, obwohl ich richtig gehandelt habe. Bennet ist ein schmieriger Dreckskerl und mein alter Kumpel Sergej hat mich im Grunde genauso gelinkt wie die Nazis. Er hat uns gegeneinander ausgespielt. Für Sergej zählte einzig und allein, dass der Rubel rollt. Sein ganzes verächtliches Getue, seine Großzügigkeit bei der Versorgung mit Stoff, alles Kalkül. Die Leute vom Verfassungsschutz haben ihm und seinem Club einen Besuch abgestattet und dort neben reichlich Drogen eindeutige Belege für illegale Kämpfe und Wetten sichergestellt. Eine Gegenüberstellung gab es nicht, ich wurde in einen separaten Raum gerufen. Dort habe ich die Wahrheit gesagt, ohne Rücksicht darauf, ob ich mich selbst belaste.

Am Ende meiner Schilderung fragt Aylin: »Sitzen die denn jetzt alle in Untersuchungshaft?«

Das muss ich leider verneinen, denn dafür sind sie zu kleine Fische. »In U-Haft sind laut Alonso nur Sergej, Adi und ein anderer Rechtsextremer mit einer langen Strafakte. Bennet und die anderen Nazis sind bisher nicht auffällig geworden. Mitläufer wie die mussten sie nach Hause lassen.«

Das ist genau die Sache, die mir schon seit Langem das größte Kopfzerbrechen bereitet. Mir war klar, dass es mit dem Zugriff nicht automatisch vorbei ist, denn wir tauchen nach dieser Sache nun mal nicht in ein Zeugenschutzprogramm ab. Wäre eigentlich geil, wenn das möglich wäre. Am besten auf eine schöne einsame Insel. Neuanfang unter Palmen oder so. Aber das ist Wunschdenken. Trotzdem beruhige ich Aylin und versichere ihr, sie müsse sich deswegen keine Sorgen machen. Akute Gefahr besteht jetzt nicht. Und das ist Fakt. Ich bin ebenso wie Finn und Marc überzeugt, dass die Jungs erst einmal Gras über die Sache wachsen lassen. Und langfristig werden wir Vorkehrungen treffen. Finn hat schon ein paar konkrete Ideen, Sicherheit ist ja sein Spezialgebiet. Was immer auch erforderlich sein wird, wir bekommen das hin.

Insgesamt bin ich also optimistisch – und außerdem merke ich, dass ich allmählich etwas anderes brauche als ein paar Cornflakes zum Frühstück. Laut knurrend erinnert mich mein Magen daran, dass es fast Mittag ist. In den letzten Tagen habe ich das Essen vernachlässigt, jetzt könnte ich mal wieder was vertragen. Aylin lacht sich kaputt, als ich mutmaße, wahrscheinlich schon an Muskelschwund zu leiden.

»O ja«, sagt sie, wobei sie meine Bauchmuskulatur checkt. »Dagegen müssen wir was unternehmen, du fällst sonst noch vom Fleisch. Ich hätte hier die Nummern vom Chinataxi, von Pastapasta und von Fresh & Bowls.«

Nach einem beidseitigen Check ganz anderer Zonen einigen wir uns auf Pasta. Während ich bestelle, springt Aylin schon unter die Dusche. Ich warte, bis sie fertig ist, und als sie im Morgenrock mit Turban um den Kopf wieder zum Vorschein kommt, habe ich schon wieder mehr Appetit auf etwas Süßes als auf Nudeln. Aber nun ist es zu spät zum Umdisponieren. Ich beeile mich im Bad, damit ich fertig bin, wenn der Lieferdienst kommt.

Knapp anderthalb Nudelportionen später – Aylin hat mir ihren Rest großzügig überlassen – wird es langsam Zeit, zum Flughafen zu fahren. Ich frage Aylin: »Wie sieht's aus, kommst du mit?«

»Nein, Vince, das ist keine gute Idee. Ihr habt euch so lange nicht gesehen, ich käme mir da fehl am Platz vor«, wendet sie ein.

Allerdings halte ich es für eine hervorragende Idee. Ich habe Vanessa beim letzten Videochat schon so viel über Aylin erzählt, dass sie ganz gespannt darauf ist, meine Freundin kennenzulernen.

Meine Freundin. Klingt ungewohnt. So offiziell, verbindlich. Aber ich wünsche mir auch, dass es was Verbindliches wird. Aylin könnte einen kurzen Blick auf mein Elternhaus werfen. Sie hat die Villa ja noch nie gesehen. Was die nahe Zukunft anbelangt, denke ich sogar schon viel weiter. Ich möchte, dass meine Mutter Aylin bald kennenlernt. Außer Marlene, die nicht so wirklich zählt, weil meine Ma sie eh schon kannte, habe ich noch nie ein Mädchen offiziell zu Hause vorgestellt. Als Jugendlicher habe ich die eine oder andere heimlich in mein Zimmer geschleust, und das zählt noch weniger. Roswitha wird auch entzückt sein. Wie oft hat sie geseufzt: »Junge, was du brauchst, ist ein nettes Mädchen, das dir zeigt, wo's langgeht im Leben.«

Dieses Mädchen habe ich definitiv gefunden, und das soll nun auch jeder wissen. Aber eins nach dem anderen. Jetzt geht es zunächst darum, Vanessa abzuholen, und dazu erklärt sich Aylin schließlich doch bereit. Wir fahren zeitig los, stellen das Auto so nah wie möglich vor der Ankunft C auf einem der Kurzzeitparkplätze ab und nutzen dann die Gelegenheit, noch etwas durch die Airport Mall zu bummeln. In einer Parfümerie halten wir uns länger auf und testen alles Mögliche durch. Als Aylin dann eine Toilette aufsucht, kaufe ich ungeachtet der Tatsache, dass ich mir das nicht mehr leisten kann, einen kleinen Flakon mit dem sündhaft teuren zitronenfrischen Duft, der ihr am besten gefallen hat. Den werde ich heimlich in ihr Badezimmer zwischen die anderen Parfüms stellen und abwarten, wann sie es bemerkt. Dann müssen wir uns doch beeilen, denn laut Anzeigetafel ist der Flieger schon gelandet.

Wir müssen nicht lange auf Vanessa warten. Als eine der ersten Passagiere taucht sie im Ankunftsbereich auf. Obwohl es keinen Direktflug von Toronto nach Düsseldorf gibt und sie über elf Stunden mit Zwischenstopp in Frankfurt unterwegs war, sieht sie wie das blühende Leben aus. Und apropos blühendes Leben: Sie trägt ein eng anliegendes Stretchkleid, das den gerundeten Bauch betont.

»Hey Schwesterherz!«, rufe ich, und erst da sieht sie uns, lacht, winkt und steuert mit ihrem Reisetrolley auf uns zu. Aylin wird genauso herzlich umarmt und mit einem Wangenkuss begrüßt wie ich. Ihre Sorge, Vanessa könne es störend finden, dass sie mich begleitet, erweist sich als komplett unbegründet.

»Die Schwangerschaft steht dir verdammt gut«, sage ich, als wir zum Parkplatz gehen. »Aber ich weiß nicht, ob du noch in mein Auto passt. Wundert mich, dass sie dich noch ins Flugzeug gelassen haben.«

Vanessa versetzt mir einen leichten Knuff und sagt zu Aylin: »Frech wie eh und je, so kenn ich ihn!«

»Was heißt hier frech?«, protestiere ich. »Ist doch wahr, so richtig sportwagentauglich bist du nicht mehr. Aber wenn Aylin sich nach hinten setzt, wird's gehen. Auf der Beifahrerseite hast du mehr Bauchfreiheit.«

Nachdem wir losgefahren sind, dreht Vanessa sich zu Aylin: »Vince hat mir erzählt, dass du sehr mit dir gerungen hast und deine Beobachtungen eigentlich für dich behalten wolltest. Aber mach dir deswegen bitte keinen Kopf. Es wäre ohnehin rausgekommen, auch wenn du Vince nichts erzählt hättest. Unsere Mutter ahnte etwas, sie wollte einen Privatdetektiv engagieren.«

Ich bin ebenso baff wie Aylin, denn das wusste ich noch nicht.

»Hatte sie denn Frau Hansen in Verdacht?«, fragt Aylin nach.

»Nein, das nicht. Sie mutmaßte nur, dass er fremdgeht, aber er hat natürlich alles abgestritten, als sie ihn darauf ansprach.«

»Und warum dein spontaner Familienbesuch?« Diese Frage beschäftigt mich schon, seit ich die Mail gelesen habe.

»Das will sie heute Abend verkünden, aber ich kann dir sagen, dass es auch um die Finanzen geht. Sie dreht ihm den Geldhahn zu.«

Das Abendessen verspricht, spannend zu werden. Den Geldhahn zuzudrehen, ist für Vater die Höchststrafe.

»Wie lange bleibst du eigentlich?«, erkundige ich mich, als wir schon in die Allee einbiegen, die unser Ziel ist.

»Nur drei Tage. Aber ich schätze, in Zukunft werde ich öfter hier sein. Und dann nicht allein.« Bei den letzten Worten streicht sie über ihren Bauch. »Und wenn das Baby da ist, seid ihr natürlich herzlich zu uns eingeladen.« An Aylin gewandt fragt sie: »Warst du schon mal in Kanada?«

Aylin schüttelt den Kopf. »Leider bisher nicht.«

»Also, wenn ihr Urlaub für nächstes Jahr plant, wisst ihr Bescheid: Ihr seid jederzeit willkommen.«

»Darf der zukünftige Onkel Vince denn auch erfahren, was es wird? Oder wisst ihr es immer noch nicht?«

Einen Augenblick, nachdem Vanessa verraten hat, dass es ein Junge wird und Noah heißen soll, erreichen wir die Einfahrt zur Villa. Ich drücke auf die Hupe, um meiner Freude lautstark Ausdruck zu verleihen. Dann bringe ich Vanessa noch kurz zur Tür, begrüße Ma und verabschiede mich bis zum Abendessen. Auf der Rückfahrt sagt Aylin, dass meine Schwester ihr sehr sympathisch sei. Wusste ich's doch.

»Und nächstes Jahr besuchen wir dann den kleinen Noah?«, frage ich.

Aylin lacht und meint, so weit in die Zukunft sollten wir noch nicht planen. »Aber Kanada wäre grundsätzlich schon okay als Reiseziel. Ich würde gern mal die Niagarafälle sehen.«

Ich grinse und sage: »Von Toronto aus ein Tagestrip. Das nehme ich also als klares Ja!«

Sehr viel Zeit bleibt nicht mehr, bis ich wieder losmuss zum Familientreffen ohne Oberhaupt. Drei Stunden dauert es, und danach habe ich allen Grund, mit Aylin zu feiern. Ich kaufe an der Tanke Schweppes, soweit ich weiß, ihr Lieblings-Sektersatz. Nachdem wir angestoßen haben, ohne dass sie ahnt, was eigentlich los ist, erzähle ich ihr die News häppchenweise. Den Knaller hebe ich mir natürlich für den Schluss auf.

»Ma hat sich einen genauen Überblick über die Privat- und Geschäftskonten verschafft und Vater bis auf Weiteres rausgeschmissen. Er hat in eine sofortige räumliche Trennung eingewilligt und wohnt vorerst in einer Pension. Immerhin ist er schlau genug zu wissen, wann er verloren hat. Ihm geht es jetzt um Schadensbegrenzung für sich selbst. Beim Überprüfen der Kontobewegungen ist sie auch auf die Summe gestoßen, die er mir damals in Berlin gegeben hat. Ihr Geld, nicht seins. Sie hätte niemals zugelassen, dass er mich mit ihrem Geld quasi erpresst. Ihr gegenüber hat er es immer so dargestellt, als ob es meine freie Entscheidung gewesen wäre, bei Hansen anzufangen. Und jetzt kommt's: Sie hat mir Starthilfe für die Teilhaberschaft im Krav-Klub und die Instruktorenausbildung in Israel angeboten. Eine sehr großzügige Starthilfe. Vierzigtausend Euro.«

Aylin jubelt und kann sich gar nicht mehr einkriegen vor Freude. Dann erhebt sie noch mal feierlich ihr Glas und sagt: »Läuft bei dir!«

HEART SHAPE

Aylin

Allmählich gewöhne ich mich an die Déjà-vus. Sie treten nicht mehr so oft auf, wie zu Beginn. Nur ganz selten und ohne dass ich weiß, was – abgesehen von Vince selbst – der konkrete Auslöser sein könnte. Fakt ist aber, dass mich dieses Gefühl, ihn schon gesehen zu haben, manchmal immer noch überfällt. Josie hat da eine absurde Theorie, die sie mir gerade am Glühweinstand erläutert. Wir wärmen uns beide mit Kinderpunsch auf, aber wenn ich nicht wüsste, dass sie täglich ihr Horoskop liest und eine spirituelle Ader hat, würde ich ihr eine leichte Weinseligkeit unterstellen. Um den Weihnachtsmarktlärm zu übertönen, brüllt sie mir ins Ohr: »Also für mich steht fest, es war vorherbestimmt, dass du und Vince euch begegnet! Da sind so Schwingungen zwischen euch gewesen, von Anfang an habe ich die wahrgenommen!«

Es fällt mir schwer, ernst zu bleiben. Hatte sie es nicht anfangs auf Vince abgesehen? Dann wohl trotz der angeblichen Schwingungen. Die einzigen, die ich momentan wahrnehme, sind die ihrer Punschtasse. Mit der kommt sie mir gefährlich nah, denn weil sie sich gerade in ihre Mutmaßung hineinsteigert, fuchtelt sie mit den Händen herum. Ich sehe es schon kommen, dass die rote Brühe gleich herausschwappt und mir den schönen neuen Wintermantel ruiniert. Unwillkürlich rücke ich ein Stück zur Seite, aber Josie ist in ihrem Element und führt ihren Mund wieder dicht an mein Ohr.

»Das Schicksal hat es so gewollt, es hat euch zusammengeführt. Es sollte so sein. Ich glaube nicht an Zufälle, alles ergibt einen Sinn! Der muss sich uns Menschen mit unserem begrenzten Bewusstsein nicht erschließen, aber er ist da. Vielleicht solltet ihr euch in Berlin begegnen, aber es kam etwas dazwischen. Und im Unterbewusstsein spürst du das.«

Zum Glück muss ich nichts darauf antworten, denn in diesem Moment nähern sich unsere Männer, unübersehbar in der Menschenmenge durch den breitschultrigen Hünen, der sich eine Russenmütze aus Fellimitat über den blonden Schopf gestülpt hat. Vince wirkt neben Finn fast zierlich, obwohl er in den letzten Wochen täglich trainiert. Er ist mal wieder nicht winterfest angezogen: dünnes Lederjäckchen, kein Schal, keine Mütze, keine Handschuhe. Aber ich kenne seine Einstellung dazu: *Ich brauche das nicht, ich bin abgehärtet.* Tja, irgendwie scheint da was dran zu sein, denn ich bin dauererkältet, und er erfreut sich einer robusten Gesundheit.

Während Vince Getränkenachschub holt, stehen Josie und Finn etwas abseits und haben nur Augen füreinander, wie so oft. Ich beobachte sie lächelnd und denke dabei an Josies Worte. Glück, Zufall, Schicksal – gibt es eine mystische Logik, eine Gesetzmäßigkeit im Leben? Passen zwei Herzen so exakt zusammen, dass nur sie von einer höheren Macht füreinander bestimmt sind? Nein, das ist Spinnerei. Und wenn überhaupt, dann trifft es wohl eher auf Josie und Finn zu. Bei den beiden hat man sofort gemerkt, dass es so sein sollte. Weiter komme ich nicht in meinen Überlegungen, denn Vince schiebt sich an mir vorbei, um ein Tablett mit drei Lumumba und einem einfachen Kakao für mich auf einem Stehtisch abzustellen, alles dampfend heiß.

»Was ist mit Marc?«, erkundige ich mich.

»Der lässt schön grüßen, er schafft es heute nicht. Muss noch Material für den theoretischen Teil unserer Behördenschulung zusammenstellen.«

Er legt die Hände trichterförmig um seinen Mund, um Finn und Josie zuzurufen: »Hey, jetzt hört doch mal mit der Knutscherei auf, ist ja nicht zum Aushalten! Was mich betrifft, ich trinke das Zeug lieber heiß.«

Die beiden gesellen sich zu uns an den Tisch. Finn umfasst den Henkel seiner Tasse, hält sie hoch und sagt feierlich: »Advent, Advent, ein Lichtlein brennt! Prost!«

Wahnsinn, in drei Wochen ist schon Weihnachten. Vince und ich sind heilfroh, dass seine Mutter die Feiertage bei Vanessa und Evan verbringt. Uns beiden hat es etwas davor gegraut, Heiligabend womöglich in der Villa feiern zu müssen. Mit seiner Mutter bin ich nicht richtig warm geworden, obwohl sie uns regelmäßig einlädt und mich angeblich sehr schätzt. Aber davon spüre ich nichts, von ihr geht kein bisschen Herzlichkeit aus. Deswegen bin ich immer etwas unentspannt und finde die Besuche bei ihr anstrengend. Vince sagt, es habe überhaupt nichts mit mir zu tun.

Ma kann nicht anders. Sie kann ihre Gefühle nicht zeigen und wirkt deshalb immer distanziert.

Wir haben uns schon oft über unsere Familiensituationen unterhalten, die auf ganz unterschiedliche Weise problematisch sind. Dabei ging es auch um meine Mutter. Vince hat mich gefragt, ob ich nie wieder das Gespräch mit ihr suchen wolle, obwohl sie doch fast um die Ecke wohnt – ein Thema, das ich lange verdrängt habe. Deswegen hatte ich auch keine

Antwort parat. Ich glaube, irgendwann werde ich bereit sein, mich bei ihr zu melden. Ich finde das schon wichtig, und sei es nur, um endgültig einen Schlusspunkt zu setzen. Auf jeden Fall würde ich versuchen, etwas über meinen Vater zu erfahren. Auch wenn er ihr nichts bedeutet hat, wird sie sich an seinen Namen erinnern, hat vielleicht sogar ein Foto aufgehoben.

Unabhängig davon wollen Vince und ich irgendwann in die Türkei reisen. Ich möchte das Land kennenlernen, aus dem mein Vater stammt. Aber erst mal stehen andere Reisepläne an. Nächsten Herbst Kanada. Und davor reist Vince allein. Im Juni fliegt er nach Israel und wird vier Wochen im Trainingslager verbringen, dreißig Kilometer von Tel Aviv entfernt in der Stadt Netanya, in unmittelbarer Nähe des Sport- und Militärinstituts Wingate.

Ich fand es erst spleenig, dass Marc auf diese Trainer-Ausbildung in Israel besteht, obwohl es inzwischen diverse Möglichkeiten gibt, sie auch in Deutschland zu machen. Aber Marc und Vince sehen das anders, und nachdem ich mir ihre Argumente angehört habe, verstehe ich den Sinn dahinter. Es geht um die Kombination aus Qualität und Effizienz – oder den ultimativen Booster, wie Marc es nennt. Das Sommercamp soll Vince in kurzer Zeit extrem voranbringen, sowohl technisch als auch taktisch, physisch und mental. Und natürlich freut er sich mega drauf. Es ist wohl etwas ganz Besonderes, schon allein deswegen, weil der Krav-Maga-Begründer Imrich Lichtenfeld in Netanya lebte, lehrte und auch dort begraben ist. Wenn man mal bedenkt, dass er diese Kampftechniken anfangs Juden beibrachte, damit sie sich gegen Übergriffe von Nazis verteidigen konnten. Und dann lässt dieser Sergej alias Gladiator einen Neonazi gegen jemanden vom Krav Maga antreten …

Aber an diese Geschichte will ich gar nicht mehr denken. Vince war anfangs übervorsichtig und hat hinter jeder Straßenecke eine Gefahr gewittert. Allmählich wird er zum Glück etwas lockerer. Er hat mir erzählt, dass der Verfassungsschutz die Aktivitäten der Vereinigung sehr engmaschig kontrolliert. Die Personalien der meisten Mitglieder sind bekannt, und da Anhaltspunkte für ihre Verbindung mit einer neonazistischen Terrorzelle vorliegen, werden die Nibelungen stillhalten, das ist sicher. Sergej ist in U-Haft, von dem geht keine akute Bedrohung aus.

Vince stupst mich an, und ich schrecke aus meinen Gedanken hoch. »Ach du Scheiße, am Musikpavillon steht Marlene«, zischt er. »Und sie kommt auf uns zu. In Begleitung.«

Eine Schrecksekunde lang fürchte ich, diese Begleitung könne ihre Mutter sein. Da ich Marlene nicht kenne, spähe ich in die Menge, ob Frau Hansen in Sicht ist. Doch die große, blonde Schönheit, die plötzlich Arm in Arm mit einem bestimmt zehn Jahre älteren Typen vor uns steht, ist keine jüngere Ausgabe ihrer Mutter. Abgesehen von der Haarfarbe besteht keinerlei Ähnlichkeit. Kein Schönheitschirurg der Welt hätte Frau Hansen in dieses atemberaubend langbeinige Model verwandeln können. Das also ist Marlene. Neben ihr fühle ich mich sofort ziemlich klein und durchschnittlich.

»Hallo Vincent, das ist ja ein Zufall! Ich wollte mich schon längst mal bei dir melden nach dieser scheußlichen Sache. Aber immer kam mir was dazwischen …«

Sie lächelt den Mann an ihrer Seite an und stellt ihn uns als ihren Freund Christian vor. Vince entspannt sich merklich. Er hat bestimmt befürchtet, dass sie ihn auf seinen Vater anspricht, ihm vielleicht sogar Vorhaltungen oder eine Szene macht. Das tut sie aber nicht. Ich übernehme meine Vorstellung selbst und dann wünschen die beiden auch schon ein schönes Adventswochenende in die Runde und ziehen weiter. Marlene dreht sich sogar noch einmal um. Sie winkt uns zu, dann sind sie und Christian im Getümmel verschwunden. Wir brechen kurz danach auch auf und verabschieden uns von Josie und Finn, die noch etwas bleiben wollen.

Zu dir oder zu mir? Das ist unser Running Gag, wenn wir zusammen unterwegs waren und nach Hause kommen. Dabei sind die Regeln eigentlich klar: Wenn es ums gemeinsame Übernachten geht, zu ihm. Nur vor dem Frühdienst schlafe ich ganz gern mal allein in meinem Bett, sonst in seinem. Tagsüber halten wir uns meist in meiner Wohnung auf, weshalb wir nach dem Weihnachtsmarktbummel erst mal zu mir gehen. Er hat das größere Bett, ich den größeren Fernseher. Wir machen es uns auf der Couch bequem, zappen etwas herum und bleiben bei einem alten französischen Thriller hängen, *Léon – Der Profi*. Da uns aber der Anfang fehlt, kommen wir nicht so richtig rein. Vince checkt nebenbei bei ImmoScout gewerbliche Mietangebote. Er und Marc wollen mit dem Krav-Klub nächstes Jahr in neue, größere Räumlichkeiten ziehen, wo sie das Kursangebot erweitern können.

Der Abspann läuft, schöne Musik, so melancholisch wie das Ende. Abgesehen davon, dass ich die Zusammenhänge nicht kapiert habe, fand ich den Film gut. Aber eigentlich habe ich mich gar nicht so richtig darauf konzentriert. Ich denke immer noch über die Begegnung mit Marlene nach.

»Kaum zu glauben, dass du mich ihr vorgezogen hast.«

Vince guckt weiter auf sein Laptop und fragt abwesend: »Wovon redest du?«

»Marlene«, sage ich. »Ich wusste nicht, wie toll sie aussieht. Und sie war mir sympathisch. Ach, ich weiß auch nicht, irgendwie bin ich nachträglich eifersüchtig.«

»Wie kommst du denn bloß darauf, dich zu wundern, dass ich dich ihr vorgezogen habe?« Er klappt das Laptop zu, legt den Arm um mich und denkt einen Moment nach, bevor er weiterspricht. »Marlene sieht top aus. Offen gestanden entspricht sie so ziemlich meinem früheren Frauen-Idealtyp. Und sie ist, abgesehen von ein paar Dingen, die mich an ihr genervt haben, auch wirklich nett. Aber ich hatte schon meine Gründe, mich in dich zu verlieben.«

»Von deinem Frauen-Idealtyp hast du dich mit mir aber meilenweit entfernt. Blond und groß und wow? Das bin ich alles nicht. Was sind denn deine Gründe?«

Vince schüttelt den Kopf. »Es gibt so viele, die kann ich nicht alle aufzählen. Blond und groß bist du nicht, richtig. Aber extrem wow!«

Er nimmt eine Haarsträhne und spielt damit. »Deine Locken sind wow.« Dann umfasst er mit der Hand mein Kinn und guckt auf eine bestimmte Stelle. »Das süße Pünktchen da ist wow.« Die Hand wandert weiter runter zu meinen Brüsten. »Die sind auch wow.«

Er sagt das mit einer ungewohnten Ernsthaftigkeit. Aber er ist noch nicht fertig. »Du musst dir überhaupt keine Sorgen machen, dass irgendetwas an dir nicht das ist, was ich möchte. Ja, ich stand immer aufs Barbieschema. Ich habe keine Ahnung, was du mit mir gemacht hast. Das fing an, als wir auf deinem Balkon in der Abendsonne saßen. Ein paar Tage später habe ich zum ersten Mal beim Duschen von dir fantasiert … und dagegen half nur sehr viel eiskaltes Wasser …«

Jetzt ist er nicht mehr ernst, und ich fange den Ball, den

er mir zugeworfen hat. »Da erst? Ich habe schon früher von dir fantasiert! Ich glaube, schon nach der ersten Begegnung. Du hast mir genug Fantasieanregendes präsentiert.«

Er lacht vergnügt und fragt dann: »Ab wann zählt es denn dann? Also wann feiern wir unser Einjähriges?

»Du denkst ja vielleicht weit voraus! Erst mal feiern wir Weihnachten.«

Aber Vince will ein Datum festlegen. »Die Nacht der Geburtstagsparty, als wir spazieren waren? Da haben wir uns geküsst. Oder der Tag danach, als ich dir verkokeltes Rührei serviert habe? Oder unser erstes Mal?«

»Das war auch der Tag, an dem du Schluss machen wolltest«, erinnere ich ihn.

»Und der Tag, an dem mir durch dich klar wurde, was das Koks mit mir macht. Ich war dicht davor, es nicht mehr unter Kontrolle zu haben. Ich glaube, es sollte so sein, dass du hierhergezogen bist. Höhere Gewalt.«

»Lustig, so was Ähnliches hat heute auch Josie gesagt. Alles klar, und an welchem Datum sollen wir uns demnächst beim Schicksal bedanken?«

Vince zögert keine Sekunde: »19. September wäre dann unser Tag. Zufällig weiß ich das auswendig.«

ALRIGHT TONIGHT

SIX MONTHS LATER (NETANYA & DÜSSELDORF)

Heute hat es endlich wieder mit dem Videochat geklappt, weil meine Spätdienstwoche vorbei ist. Vince kann immer nur nach der letzten Trainingseinheit des Tages chatten, und in der Zeit musste ich arbeiten. Die Kurse sind so vollgepackt mit Training, dass den Teilnehmern des Sommercamps kaum Freizeit bleibt, noch nicht mal für kleinere Ausflüge. Das gefällt Vince und den anderen Jungs natürlich nicht. »Wir bekommen alle langsam, aber sicher einen Lagerkoller«, hat er sich eben beklagt. »Die Devise lautet train – eat – learn – eat – train – eat – sleep. Knochenhart. Hier gibt es den schönsten Strand Israels, aber glaub nicht, dass ich dort schon mal war. Auch kein Stadtbummel durch Netanya bisher. Und Tel Aviv mal ausgiebig zu erkunden, können wir wohl komplett knicken.«

Ich kann seinen Frust gut verstehen. Wäre ja wirklich schade, vier Wochen in Israel gewesen zu sein, ohne etwas anderes als das Campgelände und den Flughafen gesehen zu haben.

»Alles okay bei dir?«, hat er dann gefragt, und ich habe geantwortet: »Ja, alles gut, bis auf eins.« Und da war es, sein Lächeln – und sein *Jaa?*, wie ich beides liebe!

»Frag nicht, du weißt es doch! Du bist nicht da, und du fehlst mir. Aber nur noch eine Woche, dann bist du wieder zurück!«

* * *

Noch eine ganze elend lange Woche, bis ich sie wiedersehe … Sieben lange Tage. Sieben noch längere Nächte. Also habe ich mich beschwert: »Unverschämtheit! Was heißt hier *nur*? So wenig vermisst du mich?« Sie hat gegrinst, denn das war natürlich ganz klar Fishing for Compliments. Ich wollte genau das hören, was sie dann sagte. »Ach Vince, ich vermisse dich ganz schrecklich! Die vier Wochen ziehen sich auch endlos für mich, ich kann es kaum erwarten, dich wiederzusehen.«

Das wollte ich hören, das ging runter wie Öl, weil es auch so verdammt echt und sehnsüchtig und verliebt klang. Ich weiß schon, warum ich die Frauen hier im Camp keines Blickes würdige, obwohl ich ziemlich ausgehungert bin und nachts Geräusche höre, die klar darauf hindeuten, dass bei anderen in der Richtung was läuft. Bei mir läuft nichts, ich denke immer nur an Aylin, rund um die Uhr, und ich möchte verdammt noch mal bei ihr sein.

Bald!

Inzwischen sind wir schon fast neun Monate zusammen. Die besten Monate unseres bisherigen Lebens, da sind wir uns einig. Und was die Zukunft betrifft, da sind wir uns auch einig: Unser gemeinsames Leben, das hat erst begonnen.

PLAYLIST

Jeder Song war Inspiration für ein Kapitel, eine Szene, ein Motiv, eine Stimmung …

Darum zum Schluss noch ein Überblick mit allen Songs. Die Playlist – mit zusätzlichen Tracks – ist auf YouTube und Spotify zu finden.

Viel Spaß beim Hören und Anschauen!

BROKEN NOW – *Logic, Rag'n'Bone Man – Broken People*

SWEET HOME – *Lynyrd Skynyrd – Sweet Home Alabama*

WASTING TIME – *Lilly Among Clouds – Wasting My time*

POST WAR – *Jack Bruce – Post War*

I'M FINE – *Robin Schulz, HUGEL – I Believe I'm Fine*

SOUL CAKE – *Sting – Soul Cake*

DAMN THING – *Lukas Graham – Not A Damn Thing Changed*

SEPTEMBER BLUES – *Bryan Ferry – September Song*

KNOW YOU – *Craig David, Bastille – I Know You*

SOME NUMBERS – *BOY – Little Numbers (Acoustic)*

STRESSED OUT – *Twenty One Pilots – Stressed Out*

PARTY GOING – *The B-52's – Keep This Party Going*

MORNING LIGHT – *SRNO, David Benjamin – Morning Light*

MONSTERS OFF – *Passenger 10 – Monsters Off My Back*

THINKING ABOUT – *Nathan Goshen, KVR – Thinking About It (Let It Go)*

ANOTHER NIGHT – *Chris Ayer, Palm Trees – Stay Another Night*

WHY RUNNING – *Betical, Tailor – Runnin*

WAY DOWN – *Kaleo – Way Down We Go*

WAKING UP – *Rhys Lewis – Waking Up Without You*

BEST THING – *Charlotte Adigéry, Soulwax – The Best Thing (Belgica Soundtrack)*

SUDDENLY BURNING – *Beranger – Suddenly*

MY LOVE – *SYML – Where's My Love*

BE HIGHER – Depeche Mode – *Should Be Higher*

THE LIGHT – *Villagers – A Trick Of The Light*

JUDGEMENT DAY – *Ignite – My Judgement Day*

SHINE BRIGHT – *Josef Salvat – Diamonds*

WHAT EVER – *Imagine Dragons – Whatever It Takes*

HEART SHAPE – *Sting – Shape Of My Heart*

ALRIGHT TONIGHT – *Depeche Mode – Never Let Me Down Again*

THANKS

Es bedeutet mir sehr viel, dass auch mein zweiter Roman wieder bei Piper erschienen ist. Liebes Team von Piper Digital: Danke für die vertrauensvolle und wertschätzende Zusammenarbeit.

Auch die Kollegialität der Piper-Autor*innen und den intensiven Austausch untereinander empfinde ich als großen Glücksfall – ich fühle mich wohl bei euch und freue mich, ein Teil der »Piper-Familie« zu sein.

Durch die sorgfältige und zugleich feinfühlige Bearbeitung meiner Lektorin hat die Geschichte an Strahlkraft gewonnen. Ich bin dir so dankbar, liebe Diana Steigerwald!

Liebe Alexa von A&K Buchcover: Du hast mich mit deinem Premade-Cover und mit deinen Ideen zum Plot inspiriert. Dein neu designtes Cover leuchtet genau so, wie ich es mir gewünscht habe. Dafür und für den intensiven Austausch und die vielen Tipps herzlichen Dank.

Bei allem rund um Krav Maga, Mixed Martial Arts, Polizei, Spezialeinheiten, Security und Behörden war mein ältester Sohn eine große Hilfe. Lieber Felix, vielen Dank für deinen praktischen und theoretischen Support.

Ein guter Freund hat Aylin vor einem zu anstrengenden, psychologischen Monolog und Vince vor einem unlogischen Vinyl-Sammelverhalten bewahrt … und noch vieles mehr – danke Plücki.

Autorenkollegin Frieda Papp hat die erste erotische Annäherung kritisch durchleuchtet und mir die eine oder andere Denkanregung bezüglich Safer Sex gegeben – dafür und für vieles mehr danke ich dir.

Dann sind da noch meine drei Testleserinnen: die Autorenkolleginnen Susanne Gärtner (so viel wertvoller Input!), Annie (Plot-Analyse!) und ganz besonders auch die Bloggerin Alex (alexsbuecherwelt). Ihr habt mir mit eurer Meinung und konstruktiver Kritik sehr geholfen. Tausend Dank für eure Unterstützung.

Liebe Autorenkollegin Christine, du hast in der Endphase als erste Leserin den gesamten Roman vor Abgabe des Manuskripts unter die Lupe genommen und mir abschnittweise deine Meinung dazu mitgeteilt – danke dir für deine Kommentare und Korrekturen.

Und last, but not least: Liebe Leserin, lieber Leser, vielen Dank für die Zeit, die du mit Aylin und Vince verbracht hast! Beim Schreiben habe ich die beiden Kapitel für Kapitel immer mehr ins Herz geschlossen, und nun kann ich nur hoffen, dass es dir beim Lesen genauso ging.

FINAL NOTE

Die Handlung dieses Romans spielt im Jahr 2018. Diese und die Figuren sind frei erfunden und eventuelle Ähnlichkeiten mit lebenden Personen wären somit rein zufällig. Realistisch und auf Tatsachen beruhend dargestellt sind illegale Kampftreffen in Deutschland, die verfassungsschutzrechtlich bedenkliche und mit einem Verbot belegte Kampfsportveranstaltung Kampf der Nibelungen sowie die Kampfsportart Mixed Martial Arts und Krav Maga als Nah- beziehungsweise Kontaktkampf.

Kampf der Nibelungen (KdN)

Die Kampfsportveranstaltung KdN wird im *Verfassungsschutzbericht des Landes NRW 2018* (veröffentlicht Juni 2019) im Zusammenhang mit dem Landesverband der Partei *Die Rechte* erwähnt. Es heißt darin, die Veranstaltung sei in der rechtsextremistischen Szene ausschließlich positiv wahrgenommen worden. Des Weiteren würden die Veranstalter des KdN in der Selbstbeschreibung auf ihrer Website ihre Ablehnung der freiheitlichen demokratischen Grundordnung erkennen lassen. Was die im Rechtsextremismus verbreitete Widerstands- und Bürgerkriegsrhetorik anbelangt, findet diese laut Verfassungsschutzbericht im Kampfsport ihre körperliche Entsprechung. So soll sich unter anderem eine rassische Überlegenheit in körperlicher Fitness widerspiegeln[1]

Mixed Martial Arts (MMA)

MMA ist im Normalfall eine vielseitige Kampfsportart, die Menschen aus allen Kulturen betreiben – auch in der rechten Szene beliebt. Laut *Deutschlandfunk Kultur* organisiert ein Moskauer Neonazi, dem auch Kontakte zur rechten Ultra-Szene in Köln nachgesagt werden, regelmäßig geheime Wettkämpfe in europäischen Städten. Einige Schläger aus der rechten Szene nutzen Treffen in entlegenen Wäldern zu abgesprochenen Kämpfen.[2]

Krav Maga

Krav Maga ist ein Selbstverteidigungssystem, in dem unter anderem Schlag-, Fixierungs-, Hebel- und Tritttechniken genutzt werden. Modernes Krav Maga ist eine Fortentwicklung von Techniken, die der ungarische Boxer und Ringer Imrich Lichtenfeld in den 1930er-Jahren den in der Slowakei lebenden Juden vermittelte. Er wollte sie damit in die Lage versetzen, sich gegen antisemitische Übergriffe zu verteidi-

1 Vgl. Ministerium des Innern des Landes Nordrhein-Westfalen: Verfassungsschutzbericht des Landes Nordrhein-Westfalen 2018 (www.im.nrw/system/files/media/document/file/VS_Bericht_2018.pdf, Zugriff am: 06.07.2020).

2 Vgl. Blaschke, Ronny: Rechtsextremismus. Warum Hooligans immer gefährlicher werden (www.deutschlandfunkkultur.de/rechtsextremismus-warum-hooligans-immer-gefaehrlicher-werden.966.de.html?dram:article_id=420618, Zugriff am 06.07.2020).

gen. Nach seiner Emigration aus der Slowakei und einem zweijährigen Dienst bei der britischen Armee reiste Lichtenfeld 1942 nach Palästina, wo er 1948 Nahkampfausbilder der israelischen Armee wurde.[3] Krav Maga wird seither als Nahkampftechnik von der israelischen Armee und dem Geheimdienst Mossad angewendet, ist heute aber darüber hinaus weltweit verbreitet im Militär-, Sicherheits- und Zivilbereich.[4]

3 Vgl. Birkner, Matthias: Was ist Krav Maga (www.krav-maga-global.de/was-ist-krav-maga/, Zugriff am 06.07.2020).

4 Vgl. Paetzold, Johannes: Israelische Kampfsportart wird immer beliebter. Was fasziniert an Krav Maga? (www.mdr.de/kultur/krav-maga100.html, Zugriff am 06.07.2020).